Theresa Czerny

Die Pferde von Eldenau

Donnernde Hufe

Band 3

magellan

Frida

»Wir müssen los.«

Ich brummte, rührte mich aber nicht. Es war gerade so friedlich. Der frische, würzige Duft des Heus, Jannis' gleichmäßiger Atem, seine Fingerspitzen, die meine ausgestreckte Hand berührten. Dank der leichten Brise vom Wasser her, die durch die offenen Luken des Heubodens strich, war selbst die Hitze erträglich. Von draußen kam nur gedämpftes Vogelzwitschern herein, ansonsten war die Welt weit, weit weg. Keine schreienden Reitkinder und keine nörgelnden Feriengäste. Nur wir.

Leider hatte Jannis recht. Diese halbe Stunde zusammen hatten wir uns abgeknapst, wie meistens in den letzten Wochen. Wir waren seit nicht mal einem Monat zusammen, hatten Ferien und waren noch dazu Nachbarn, trotzdem sahen wir uns kaum öfter als Linh und Max, die zweihundertfünfzig Kilometer voneinander entfernt lebten. Unsere gemeinsame Zeit war also rar. Doch jetzt stand das Sommerfest des Carlshofs an und Jannis als Sohn der Stallbesitzerin musste dort natürlich aufschlagen.

Neben mir raschelte das Heu, als sich Jannis aufrichtete. Obwohl ich die Augen fest geschlossen hielt, wusste ich, dass er mich anlächelte. Ich konnte es fühlen wie das Prickeln der Augustsonne. Wie Livs weiche Nüstern an meiner Haut.

Im nächsten Moment entwischte mir ein Kichern. Das waren nicht Livs Nüstern, sondern eindeutig Jannis' Lippen. Sie hauchten einen Kuss unter mein rechtes Ohrläppchen und arbeiteten sich zielstrebig über meine Wange voran. Als er bei meinem Mund ankam, grinste ich längst breit.

»Etwas mehr Ernsthaftigkeit bitte«, murmelte er, bevor er mir einen festen, aber sehr kurzen Kuss auf die Lippen drückte. Ich murrte, doch er war schon aufgestanden und griff nach meiner Hand. Mit einem Ruck zog er mich hoch. Überrascht von seinem Schwung landete ich in seinen Armen, wo es bei genauerer Betrachtung auch ganz gemütlich war. Ich kuschelte mich an ihn, aber er fasste meine Schultern und schob mich von sich weg. »Nichts da, Frida. Wir haben heute noch Verpflichtungen.«

Jetzt machte ich doch die Augen auf und sah ihn tadelnd an. »Der Einzige mit Verpflichtungen bist du. Ich bin freiwillig hier. Und ich kann mir echt was Besseres vorstellen, als den Abend mit euren versnobten Einstellern zu verbringen.«

Jannis holte Luft, garantiert, um etwas zu sagen wie »So schlimm sind die alle gar nicht« oder »Sei doch nicht immer so voreingenommen«, aber dann änderte er seine Strategie und zog mich wieder an sich.

»Und was wäre das?«, fragte er in einem verheißungsvollen Tonfall, der klarmachte, dass er sich auf die erste Hälfte meines Satzes bezog.

Wenn ich vor einer halben Sekunde noch auf eine schlagfertige Antwort gehofft hatte – die Chance war vorüber. Ich plinkerte ihn an wie eine verknallte Eule, und während sein Grinsen immer breiter wurde, tat ich das Erstbeste, was mir einfiel, um meine Würde zu retten.

Es war natürlich das Falsche.

Obwohl, eigentlich fühlte es sich ziemlich richtig an. Und

Gelegenheit zum Grinsen hatte Jannis auch nicht mehr, als mein Mund auf seine Lippen traf.

Zum tausendsten Mal fragte ich mich, wie man jemanden so gern küssen konnte – hörte das irgendwann auf? Wurde es vielleicht langweilig?

Jannis machte ein leises Geräusch, das von Langeweile sehr weit entfernt war, und holte mich damit aus meinem Kopf zurück in seine Arme. Da blieb ich, bis meine Finger seine Haare so durchwühlt hatten, dass sie in alle Richtungen abstanden, und ich dringend Luft holen musste, wenn ich nicht in Ohnmacht fallen wollte. Mit einem kleinen Ruck löste ich mich von ihm.

Jannis' Augen leuchteten mich dunkelgrün an, während er tief durchatmete und seine Stirn an meine legte. »Oh Mann, Frida«, seufzte er, aber der verträumte Blick verging schnell, und er begann wieder zu grinsen. »Das wäre definitiv besser.«

Ich brauchte einen Moment, bis ich kapierte, dass er das Gespräch von eben wieder aufnahm, dann grinste ich zurück. »Tja, schade, dass du Verpflichtungen hast.«

Sein Lachen verebbte, während er eine meiner Haarsträhnen um seinen Finger wickelte und dabei nicht aufhörte, mir in die Augen zu sehen.

Wir fuhren beide zusammen, als jemand »Jaaaannis!« über den Hof brüllte. »Friiiiida!«, kam es hinterher, und wir seufzten.

»Bereit?« Jannis hob die Augenbrauen.

Ich zuckte mit den Schultern. »Bringen wir es hinter uns.«

Auf dem Hof kamen uns Linh und Max entgegen, stylish wie so ein Hochglanzpaar auf Instagram. Kaum zu glauben, dass die beiden mit Jannis und mir befreundet waren. Obwohl, bei Jannis war es ja egal, was er anhatte, der sah immer gut aus.

Seufz.

»Ihr wart jetzt nicht im Ernst auf dem Heuboden, oder?«, holte mich Max mit spotttriefender Stimme aus meiner Was-hab-ich-bloß-für-ein-Glück-mit-meinem-Freund-Verzückung.

Ich sah ihn streng an. Es war ja nicht gerade so, dass er und Linh es beim Händchenhalten beließen.

Jannis empfand das offenbar genauso, denn er fragte bloß: »Und?«

Linh zupfte mir einen Heuhalm aus den Haaren und zog nur stumm die Augenbrauen hoch, aber Max hielt natürlich mit seiner Meinung nicht hinter dem Berg. »Leute, ihr seid so ein Klischee.«

Für Max' Verhältnisse war das eine geradezu charmante Formulierung, sodass ich einfach grinsend weiterging, aber Jannis ließ meine Hand los und stürzte sich auf Max.

Eine Weile sahen Linh und ich zu, wie sie miteinander rangen und dabei immer wieder »Alter« grunzten, aber dann wurde es mir zu blöd. Ich deutete fragend zum Innenhof, und obwohl Linh seit Tagen kaum von Max zu trennen gewesen war, verdrehte sie die Augen und nickte. Lächelnd hakte ich mich bei ihr unter. Max würde morgen zurück nach Berlin fahren und Linh ihn den Rest der Ferien nicht mehr sehen, aber es war auch unser letzter Abend. Linh wollte mit ihren Eltern drei Wochen lang ihre Verwandten in Vietnam besuchen, also nutzte ich besser mal jede Minute, die ich mit ihr allein hatte.

»Wir gehen schon mal vor, ja?«, rief ich den Jungs zu, und wir wandten uns ab.

»He!«, kam es erstickt von Jannis, den Max gerade im Schwitzkasten hielt. »Ich verteidige hier deine Ehre!«

Trocken lachte ich auf. »Ich wusste gar nicht, dass ich so was habe.«

Linh prustete, aber während wir auf die Ecke des Stalls zuschlenderten, dauerte es nicht mal zwanzig Sekunden, bis die Jungs rechts und links von uns auftauchten und uns den Arm um die Schultern legten.

»Ihr glaubt wohl, dass wir euch allein bei dieser Reitersause auftauchen lassen, was?« Linhs Arm glitt unter meinem heraus, als Max sie näher an sich zog. »Könnt ihr vergessen«, murmelte er in ihr Haar. »Die zwei hübschesten Mädels lassen wir bestimmt nicht aus den Augen.«

Linh wandte Max das Gesicht zu und küsste ihn, aber ich schnaufte nur. »Bitte. Abgesehen von ein paar alten Männern werdet ihr allein unter Frauen sein. Entspannt euch.«

Jannis nahm den Arm von meiner Schulter, fasste nach meiner Hand und drückte sie. Ich lächelte auf unsere verschlungenen Finger hinunter, dann sah ich ihn an. Und stutzte. »Warte mal.«

Notdürftig ordnete ich seine Haare, die nach der Rauferei mit Max schlimmer abstanden als vorhin auf dem Heuboden. Dabei tat ich so, als würde ich nicht bemerken, wie aufmerksam er mich musterte. Es reichte, dass meine Haut sich ganz dünn anfühlte, wie ein uraltes Lieblingsshirt, so als würde sie bald durchlässig werden und alle meine Gefühle für diesen Jungen ans Tageslicht kommen. An den allerdünnsten Stellen schienen sie wahrscheinlich sowieso längst durch.

Zumindest in meinen Augen musste irgendwas davon zu sehen sein, denn als wir wieder losliefen, hörte ich genau, wie er langsam tief ausatmete. An der Ecke grinsten uns die anderen beiden entgegen, aber kaum machte Max den Mund auf, trat ihm Linh auf den Fuß, und was immer er sagen wollte, er verschonte uns damit.

Linh lächelte nur, doch als wir um den Stall bogen, flüsterte sie mir zu: »Ihr seid so süß zusammen.«

Falls sie eine Antwort erwartete, musste ich sie enttäuschen, denn ich blieb wie angewurzelt stehen. »Wow!«

Jannis drehte den Kopf zu mir. »Was ist?«

Mit meiner freien Hand deutete ich auf den Innenhof. »Wann habt ihr das alles aufgebaut?«

Jannis grinste Linh und Max an, aber ich hatte gar kein Auge dafür, sondern ließ den Blick über die weiß und maigrün eingedeckten Tische vorn am Eingang schweifen, die Solarleuchten, die überall in den Beeten steckten, und die Bar, die sie gegenüber der Reithalle aufgestellt hatten. In einer Ecke des Hofs stand ein riesiger Grill und um die Überdachung zwischen Halle und Stall rankten sich grün-weiße Girlanden.

»Na ja, wir waren fleißig seit gestern«, antwortete er, »und Hilfe hatten wir immerhin auch.«

Wahrscheinlich in Form der zwei Dutzend größtenteils in Grün gekleideten Mädchen, die in Grüppchen verteilt herumstanden und sich bei Limo und Bowle unterhielten. Wie erwartet zogen Jannis und Max von allen Seiten Blicke auf sich, während wir uns an den Paddocks vorbei Richtung Eingang schlängelten. Es wäre leichter gewesen, wenn wir einzeln gegangen wären, aber Jannis hielt meine Hand fest in seiner. Zufrieden lächelte ich in mich hinein.

Auf den Abend hatte ich mich nicht gerade gefreut. Solche Partys waren sowieso nicht mein Ding, zu viele Leute, die ich kaum kannte, zu viel Lärm und Durcheinander und Small Talk. Noch dazu ein Sommerfest mit einer Horde Turnierreiter – wie viel Spaß konnte man da schon erwarten? Doch dass Jannis jetzt darauf bestand, an meiner Seite zu bleiben, stimmte mich fröhlich.

Mister Siegerschleife und ich waren zusammen. Das grenzte fast schon an ein Wunder, wenn ich daran dachte, wie wir uns kennengelernt und monatelang angefeindet hatten. Doch Dinge ließen sich verändern, Menschen lernten dazu. Ich bildete mir nicht ein, dass hier nun alle zu Pferdeflüsterern wurden, nur weil Jannis besser verstand, was seine Pferde ihm sagen wollten. Aber ein Anfang war gemacht. Und irgendwo musste man beginnen.

»Da seid ihr ja«, begrüßte uns Eva, als wir uns endlich durch die Leute zu ihr vorgekämpft hatten. »Hallo, Frida«, schob sie hinterher und umarmte mich, weil wir uns heute noch gar nicht gesehen hatten. Dann glitt ihr Blick über unsere zerknautschten Shirts. Auch ihr fiel anscheinend der Unterschied zwischen Linh und Max und ihrem Sohn und mir auf, denn sie runzelte die Stirn und sagte: »Zieht ihr euch bitte noch um?«

Jannis und ich guckten uns an und mussten grinsen.

»Und nicht vergessen, auch hinter den Ohren waschen«, murmelte er, als Eva außer Hörweite war, aber ich kam nicht mal richtig zum Lachen, weil im selben Moment meine Familie auftauchte. Jeder – und neben meinen Eltern und Geschwistern waren auch Luises Freund Simon und Hilda und Heinrich, meine Ersatzgroßeltern, mitgekommen – trug eine Kuchenbox. Manchmal war es fast komisch, wie berechenbar die Benekes waren.

Auf einen Schlag stieg der Lärmpegel um das Dreifache, Leute wurden begrüßt, das Kuchenbüfett bestückt, Plätze hinter der Bar oder am Grill eingenommen. Sprachlos beobachtete ich, wie sich Mama und Papa und die anderen auf dem Carlshof zwischen all den fremden Menschen bewegten, als wären sie hier zu Hause. Von diesem Talent war offensichtlich nichts mehr übrig gewesen, als ich auf die Welt gekommen war.

Jannis ging einen Schritt auf mich zu, legte den Arm um meine Schultern und flüsterte: »Ich bin da, okay?«

Ich drehte den Kopf und lächelte schief. Diese Aussicht würde mich durch den Abend bringen.

Jannis

Zugegeben, es war naiv gewesen zu glauben, ich hätte an diesem Abend wirklich Zeit für Frida. Kaum hatten wir uns umgezogen, ging der Ansturm los. Es war buchstäblich jeder da, der den Carlshof jemals betreten hatte, und alle wollten essen, trinken und am liebsten noch mal aus erster Hand erfahren, wie es Frida und mir gelungen war, mit unseren Pferden aus einem brennenden Wald zu entkommen. Das Ganze war zwar schon drei Wochen her, aber so viel passierte hier an der Küste ja auch wieder nicht, außer dass sich die Einheimischen über die kilometerlangen Staus durch die Dörfer beschwerten, wenn die Hauptsaison losging. Da war ein Waldbrand mal was anderes. Und obwohl Frida bei der Sache die Heldin war und Dari und mich gerettet hatte, verkrümelte sie sich, sobald das Gespräch auf das Feuer kam, und überließ mir das Reden. Mit PR hatte sie es eben nicht so.

Die zweite Attraktion an diesem Sonntagabend – und die vielleicht größere – waren meine Mutter und Florian. Dass der hiesige Tierarzt eine neue Freundin hatte, war in Eldenau und Umgebung wahrscheinlich in jedem zweiten Haushalt diskutiert worden, und das vielleicht sogar, bevor es bei uns zu Hause Thema war. Aber nachdem ich der Beziehung offiziell meinen Segen erteilt hatte, hatten Mama und Florian keinerlei Hemmungen mehr, in aller Öffentlichkeit zu turteln. Selbst seine Exfrau Annelie schien sich für die beiden zu freuen.

Das Schräge an der Sache war, dass ich auf einmal Stiefgeschwister hatte. Und obwohl Florian noch gar nicht bei uns eingezogen war, betrachteten Emma und Basti den Carlshof schon als ihr zweites Zuhause. Basti hatte Mama sogar schon Kataloge für Treppenaufzüge mitgebracht, damit er auch mal bei uns übernachten konnte.

Aber ich wollte nicht meckern. Emma machte sich den ganzen Abend schon nützlich, stand bei Theo am Waschbecken oder verteilte mit Hilda Kuchen. Basti dagegen hatte Annika und Carina dazu gebracht, ihn auf Selma über den Reitplatz zu führen. Jetzt hatten sie alle Kinder unter acht an der Backe, die ebenfalls »reiten« wollten. Mama hatte es nach ein paar Warnhinweisen und der Ausgabe von Reitkappen erlaubt. Die, die gerade nicht auf einem Pferd saßen, karrten johlend Basti in seinem Rollstuhl durch die Gegend.

»Was machst du eigentlich die ganze Zeit?«, fragte ich Frida, als ich sie gefühlte Stunden später mal wieder allein erwischte. Bevor sie antworten konnte, zog ich sie zur Seite und küsste sie.

Blinzelnd schob sie mich ein paar Minuten später von sich weg, nachdem Theo zum dritten Mal an uns vorbeigelaufen war und dumme Kommentare abgelassen hatte. »Was war die Frage?«

»Wie du es mit deinem älteren Bruder aushältst.« Ich grinste und strich ihr eine Strähne aus dem Gesicht. Fridas Haare waren echt der Hammer. Jetzt, im Sonnenuntergang, schimmerten sie in einer krassen Mischung aus Rot, Kupfer und Gold. »Nein, ich wollte wissen, wo du dich dauernd rumtreibst.«

Sie schaute sich schnell um. »Ich verstecke mich vor Herrn Wolberg. Der will den ganzen Abend schon ein Foto mit mir machen. Für die Jahreschronik oder so.«

Ich lachte leise. »Der Bürgermeister will sich wohl mit der

Lokalprominenz schmücken, was? Wie heißt die Rubrik, ›Helden von hier‹?«

»Woher weißt du das?« Stirnrunzelnd sah sie mich an. Dann hellte sich ihr Gesicht auf. »Nee, ne? Geraten?«

Eine Stimme holte uns aus dem folgenden Lachflash. »Ähm, entschuldigt, wisst ihr, wo ich Theo finde?«

Die Stimme gehörte zu einer ungefähr Zwanzigjährigen mit lila Haaren und einem echt beeindruckenden Tattoo auf dem Oberarm.

Frida fasste sich als Erste. »Oh, hi, Miri. Ja, der ist drüben an der Bar.« Sie deutete in die entsprechende Richtung, und dann sah sie dem Mädchen hinterher und beugte sich dabei so weit zur Seite, bis sie fast in einem Fünfundvierzig-Grad-Winkel dastand. Ich musste sie festhalten, damit sie nicht umkippte. »Schau an. Theos neue Freundin.«

Jetzt guckte ich auch. Genau wie Linh und Max, die, unzertrennlich wie immer, gerade auf uns zukamen. Max pfiff leise, als die beiden zu Werke gingen wie die Weltmeister.

»Kennt ihr die?«, wollte Linh wissen.

Frida nickte. »Das ist Miri. Sie arbeitet bei Florian und Annelie in der Praxis.«

Max lachte. »Bei euch bleibt auch alles in der Familie, was?«

Aber Frida achtete gar nicht auf ihn. Sie flüsterte: »Bis später«, und war verschwunden.

»Wo will die denn hin?«, fragte Linh, doch ich nickte nur einem großen Mann in Chinos und einem hellblauen Hemd zu und sagte: »Hallo, Herr Wolberg. Großartig, dass Sie es heute Abend einrichten konnten.«

Frida

»Lass uns abhauen.«

Prüfend blickte ich mich um, aber Jannis hatte recht: Er war hier nicht mehr gefragt. Ein paar letzte Gäste saßen zufrieden um die Tische herum und Eva hatte auf Chillmodus umgeschaltet. Zusammen mit Florian, Mama und Papa stand sie an der Bar und hielt einen von Theos Cocktails in der Hand. Sie sahen alle nicht so aus, als würden sie uns demnächst vermissen.

Ich griff nach der Hand, die Jannis mir hinhielt. »Wo willst du hin?«

»Sollen wir mit Dari zum Strand?« Er lächelte mich an. »Ich war heute kaum bei ihr.«

Da sagte ich natürlich nicht Nein.

Schon von Weitem hörte Dari unsere Schritte. Sie streckte ihren Kopf über die Boxentür, und als wüsste sie, dass sie heute noch mal rausdurfte, brummelte sie uns ungeduldig entgegen.

»Ein ganz neues Lebensgefühl, was, Mädchen?«, gurrte Jannis und strich ihr über die Stirn. Ich versteckte ein Grinsen. Diesen Ton schlug er nur bei Dari an.

Mittlerweile hatten die meisten Pferde mitbekommen, dass Besuch da war, und beobachteten uns neugierig.

»Ich glaube, sie finden es alle ziemlich gut.«

Jannis sah auf und nickte zufrieden. Über den Sommer hatten die Maibachs die Gitter zwischen den Boxen entfernt und neue, halbhohe Boxentüren einbauen lassen, sodass die Pferde jetzt viel mehr Kontakt miteinander hatten. »Wäre auch doof gewesen, wenn wir das alles wieder rückgängig machen müssten.«

Ich lachte und hielt ihm Daris Halfter hin, das er ihr über den Kopf zog. Zu dritt wandten wir uns Richtung Reitplatz und bogen dahinter auf den Wirtschaftsweg ab. Nach ein paar Hundert Metern hatten wir die Musik und das Geplauder vom Innenhof hinter uns gelassen. Links von uns schimmerte der Himmel noch silbern und violett und rosa wie Perlmutt, aber während wir schweigend dahingingen, färbte sich die Nacht dunkler, und immer mehr Sterne funkelten auf uns herunter. Die Luft war ganz mild, und außer Daris Hufschlägen und unseren Schritten auf dem trockenen Boden hörte ich nur die Grillen in den Büschen am Wegrand zirpen und dann und wann ein Rascheln, wenn sich eine Maus durchs Gras davonmachte.

»Weißt du, dass wir genau vor einem Jahr nach Eldenau gezogen sind?«, fragte Jannis nach einer Weile leise.

Ich sah ihn an. »Wirklich? Nein, wusste ich nicht. Habt ihr deswegen heute gefeiert?«

Er nickte. »Ja. Mama war das wichtig. Alles in allem, sagt sie, ist das Jahr besser verlaufen, als sie es sich erhofft hatte. Wenn auch ein bisschen abenteuerlicher«, schob er nach einer kleinen Pause hinterher. Im Sternenlicht blitzten seine Zähne auf.

Zustimmend drückte ich seine Hand. Dari schnaubte, als wüsste sie genau, worauf er anspielte – sie war ja auch an jedem Abenteuer beteiligt gewesen. Ich fand es immer noch sagenhaft, wie sie den Schrecken abgeschüttelt hatte, dem sie im letzten Herbst über Wochen ausgesetzt gewesen war. Wir wussten nicht genau, was sie alles Furchtbares erlebt hatte, und wahrscheinlich würden wir es nie erfahren, aber viele andere Pferde hätten sich nie wieder mit vollem

Herzen auf Menschen eingelassen, wenn sie ein durchgeknallter Bereiter so terrorisiert hätte. Und trotzdem hatte Jannis, vor dem sie solche Angst gehabt hatte, wieder ihr Vertrauen gewonnen. So sehr, dass sie ihn sogar aus einem brennenden Wald getragen hatte.

Wir hatten den Strandaufgang erreicht und blieben zwischen den Dünen stehen. Der Sand wirkte fast flüssig, wie er sich vor uns bis zum Spülsaum erstreckte. Im letzten Licht glitzerte er hell, doch die Schatten, die darüberlagen, waren dunkelblau. Es war so windstill, dass die Ostsee über den Strand flüsterte.

Jannis ließ meine Hand los, legte den Arm um meine Schultern und drückte mir einen Kuss auf die Schläfe. »Mir ist noch nie etwas Besseres passiert, als hierherzukommen.«

Ich drehte ihm mein Gesicht zu. »Und das, obwohl es hier hauptsächlich Ponymädchen gibt.«

Seine Mundwinkel zuckten, doch er ließ sich nicht ablenken. Langsam beugte er seinen Kopf zu mir, aber bevor seine Lippen meine berührten, stupste Dari mit der Nase gegen sein Ohr.

Jannis lachte, als ich sie strafend anguckte.

»Echt jetzt? Du willst mitknutschen?« Das hatte ich nicht wörtlich gemeint, aber ihre Nase bewegte sich ein Stück weiter, und schon pusteten mir ihre Nüstern warmen Pferdeatem ins Gesicht. Ich machte mich von Jannis los und kraulte sie unter der Lippe, wie sie es gernhatte. »Nee, du, lass mal. Manches geht sogar mir zu weit.«

»Schluss jetzt.« Grinsend zog Jannis meine Hand weg. »Dafür habe ich Dari nicht mitgebracht.«

»Sondern?«

Er sagte nichts, stattdessen stellte er sich an Daris linke Seite und strich ihr über den Hals. Dann griff er nach ihrem Widerrist, holte Schwung und zog sich auf ihren Rücken. Und Dari blieb ungerührt stehen.

Es war ein weiter Weg gewesen bis zu diesem Moment.

Jannis lächelte mich an und hielt mir die Hand hin. »Na los.«

Einen Augenblick lang hatte ich echt Zweifel, ob ich es auf Daris Rücken hinaufschaffen würde – sie war immerhin fünfundzwanzig Zentimeter höher als Liv. Doch dann packte ich Jannis' Arm und mit ein bisschen Gehüpfe und Geziehe saß ich schließlich hinter ihm. Elegant war anders, aber das Ergebnis zählte.

Ich konnte fühlen, wie sich Dari unter uns ausbalancierte. Als sie tief durchatmete, legte Jannis ihr die Schenkel an den Bauch, und ich schlang meine Arme um ihn. Dari machte ein paar vorsichtige Schritte, aber es dauerte gar nicht lang, und wir hatten unser Gleichgewicht gefunden. Sie schnaubte, streckte den Hals und ging mit nickendem Kopf auf die Wasserlinie zu. Jannis lenkte sie nach rechts. Ich folgte einfach nur seinen Bewegungen und genoss seine und Daris Wärme.

Mittlerweile war der Himmel völlig schwarz und wir waren ganz allein am Strand. Dari ließ sich die Wellen um die Fesseln spülen und zog immer wieder ihre Unterlippe durchs Wasser. Nach einer Weile tauchten vor uns die Klippen der Landspitze aus der Dunkelheit auf und ragten blass schimmernd ins Meer.

Jannis und ich redeten nicht. Ich lehnte die Wange an seine Schulter und er schlang die Finger seiner rechten Hand durch meine. Drei Herzschläge, ganz ruhig, ganz im Einklang – ich hätte nie geglaubt, dass es immer noch etwas Schöneres gab, was man mit Pferden erleben konnte.

Jannis' Gedanken gingen anscheinend in eine ähnliche Richtung, denn er fragte: »Was machen eigentlich andere Leute auf Dates?«

Ich lachte gedämpft. »Ich hab gehört, die müssen ins Kino gehen.«

Wortlos drückte er meine Hand, und ich hielt ihn noch fester, und gemeinsam ritten wir im Sternenlicht dahin, während das Wasser um Daris Hufe floss und sie uns mit sicheren Schritten über den Sand trug.

Leise summte ich vor mich hin, während ich am nächsten Morgen über den Hof zum Ponystall ging. Ich merkte, wie sich ein Lächeln auf meinem Gesicht ausbreitete, als ich an gestern Abend dachte. Zum tausendsten Mal, seit ich aufgewacht war. Und ich war echt noch nicht lange wach.

Es war kurz nach halb acht, aber die Sonne schien schon so warm, dass ich den Pulli, den ich über dem T-Shirt trug, gar nicht gebraucht hätte. Ich streckte die Arme aus, legte den Kopf in den Nacken und drehte mich einmal um mich selbst. Der Himmel über mir war blau und wolkenlos, es war Sommer, wir hatten Ferien und ich war so, so verliebt. Konnte es noch besser werden?

An der Ecke des Stalls entdeckte ich die Herzog-Zwillinge, die mir zusahen und kicherten, aber an diesem Morgen war mir das egal. Immer noch fühlte ich Jannis' Wärme, während unter uns Dari zufrieden vor sich hin trottete.

Den Tag wollte er mit Max verbringen, aber heute Abend hatten wir uns mit den Pferden am Badeteich verabredet. Bei diesen Aussichten machte es mir gar nichts mehr aus, dass ich die Morgenfütterung übernehmen musste und nachher für den Reitunterricht eingeteilt war. Vor meinen drei Ponygruppen wollte ich aber mit unserem Neuzugang ein bisschen Gelassenheitstraining machen. Suki war erst ein paar Wochen bei uns, doch wir brauchten dringend ein größeres Schulpony, deswegen arbeitete ich schon regelmäßig mit ihr.

Sie stand mit ein paar anderen Stuten in einer großen Paddockbox, wo gerade die vorwitzigsten den Kopf über die Tür streckten, weil sie mich hatten kommen hören. Ich strich Pheli und Alba über die Nase und öffnete den Riegel. Bevor ich ihnen ihre Heuration gab, wollte ich Suki herausstellen, damit ich sie später nicht von ihrem Futter wegzuziehen brauchte.

»Suki«, lockte ich. »Na, komm her, mein Mädchen.«

Erst auf den zweiten Blick entdeckte ich sie. Natürlich stand sie am anderen Ende der Box. Sie hatte die Ohren gespitzt, traute sich aber nicht zu mir. Dann musste ich sie eben holen.

Seufzend nahm ich ein Halfter und einen Strick vom Haken, schlüpfte durch die Tür und griff nach außen über den Rand, um sie zu verriegeln. Wie immer war Pheli am aufdringlichsten, und ich schob sie zur Seite, was mir ein ungehaltenes Schweifschlagen einbrachte.

»Hör auf, mich so anzuzicken«, sagte ich. »Je schneller du mich zu Suki durchlässt, desto früher kriegst du dein Frühstück.«

Aber Pheli war heute nicht die Einzige, die sich bitten ließ. Ich richtete mich noch ein Stück mehr auf, um Millie wegzuschicken, aber genau wie Pheli wirkte sie angespannt. Aus dem Augenwinkel sah ich, dass sich Vilma an Alba vorbeidrückte, und die zwickte sie dafür in die Kruppe. Die Haut in meinem Nacken prickelte. Irgendwas war hier –

Ich hatte das Gefühl noch nicht ganz in einen Gedanken gefasst, als es ohrenbetäubend knallte. Genau wie die Pferde zuckte ich zusammen. Zum Überlegen kam ich gar nicht – aus reinem Instinkt wollte ich zurück zur Tür, aber dazu war es zu spät. Eine der Stuten warf den Kopf hoch und wieherte schrill, und als wäre das das Signal zum Durchdrehen gewesen, breitete sich die Panik wie eine Welle zwischen den Pferden aus und erfasste auch mich.

»Hooo«, machte ich noch, aber im nächsten Moment hatte ich keine Luft mehr, um etwas zu sagen, denn Millie rempelte mich an und schob mich gegen Asta, die in der Enge des Stalls nicht anders konnte, als dagegenzuhalten und mich an Millies Flanke zu drücken. Schwarz kamen die Wände auf mich zu, als ich mit ausgestreckten Armen versuchte, die beiden auf Abstand zu halten, und gegen die Ponys natürlich nicht die geringste Chance hatte.

Ich wollte rufen, aber mehr als ein krächzendes »Hey!« brachte ich nicht zustande, während ich darum kämpfte, auf den Beinen zu bleiben. Die Stuten verschwammen zu einer Masse aus zuckenden Muskeln und stampfenden Hufen, und je lauter das Schnauben, je weißer die aufgerissenen Augen um mich herum wurden, desto hektischer versuchte ich, Luft in meine Lungen zu pressen. Ich musste mich zwischen ihnen hinausschieben, ich musste an die Wand und von dort aus zur Tür … aber da knallte es wieder, noch lauter als zuvor, und das gab den Ponys den Rest.

Wie eine Woge kamen ihre Nervosität und Panik auf mich zu. Ihre Bewegungen, mit denen sie sich auf dem engen Raum Platz verschaffen wollten, waren wie ein Strudel, der mich einsaugte.

Und dann verlor ich den Boden unter den Füßen. Das Stroh dämpfte meinen Sturz, aber weil ich mich nicht abstützen konnte, knallte ich auf die Hüfte. Irgendwie schaffte ich es, meine Arme hochzureißen und über meinen Kopf zu legen, bevor mich der erste Huf traf. Schemenhaft nahm ich die Stute wahr, die auf mich zu geschoben wurde. Sie stolperte, knickte mit dem Vorderbein ein, und ich wappnete mich gegen den Aufprall, mit dem sie auf mir landen würde, aber im letzten Moment warf sie ihr Bein nach vorne, rutschte an meinem Brustkorb ab und setzte den Huf hinter meinem Rücken auf. Ich schrie, als er mir die Haut aufriss. Ein Stoß gegen mein Bein, ein Tritt auf meinen Arm, stechende Schmerzen, dann ein Ruck, der meinen Kopf nach vorn schleuderte.

Das Letzte, was ich wahrnahm, war der stechende Geruch von Angstschweiß in meiner Nase. Dann war alles weg.

Jannis

»Es ist völlig absurd, dass du am Meer wohnst und so selten am Strand bist.«

Zustimmend brummte ich, aber Max wusste genauso gut wie ich, warum das so war: Ich hatte einfach selten Freizeit, die ich ohne Pferd verbrachte. Und in der Hauptsaison waren Pferde erst abends am Strand erlaubt. Diesen Vormittag hatte Mama mir aber tatsächlich freigegeben. Na ja, sie hatte mir um zehn eine riesige Kühltasche mit Resten von gestern in die Hand gedrückt und gesagt, sie wolle uns erst um vier wiedersehen, wenn wir Max zum Bahnhof bringen mussten. Es war unser letzter Ferientag zusammen, am Mittwoch flog Max mit seiner Mutter nach Südfrankreich.

Der Tag hatte sich tatsächlich angefühlt, als hätte ich ein ganz normales Leben. Wir waren in der Ostsee geschwommen, und als wir uns mittags an einer Bude Pommes kauften, lernten wir ein paar Mädchen aus Bielefeld kennen, die uns zum Volleyballspielen einluden und mit denen wir später ein Eis aßen. Max, die treue Seele, hielt es irgendwann für angebracht zu erwähnen, dass wir beide eine Freundin hatten, und das hatten die drei anscheinend als Zeichen zum Aufbruch verstanden. Seitdem ließen wir uns in aller Ruhe die Sonne auf den Bauch scheinen, und das war so viel Luxus, dass es kaum auszuhalten war.

Irgendwann erinnerte uns Max' Handywecker daran, dass er heute noch ein Date mit der Deutschen Bahn hatte. Flachsend packten wir unseren Kram zusammen und fuhren mit den Rädern zum Hof. Wir hatten sie gerade im Schuppen hinter unserem Haus abgestellt, als Max' Handy wieder losging.

Diesmal war es ein Anruf. Er nahm ihn an.

»Hi, Mam.«

Eine Weile hörte er zu, und erst achtete ich gar nicht darauf, weil ich unsere Taschen zusammenraffte und Richtung Haus trug, aber dann fiel mir auf, dass er kein Wort sagte. Ich drehte mich zu ihm um. Sein Gesicht verhieß nichts Gutes.

»Was willst du denn hören?«, presste er irgendwann hervor. »Ihr habt das doch alles schon bestens geregelt. Was meint Ramona dazu? Die hat bestimmt keinen Bock darauf, dass ihr Stiefsohn dauernd mit zum Campen kommt.«

Wieder hörte er eine Weile zu und möglicherweise wurde sein Blick noch finsterer.

»Weißt du, was? Nimm du deinen Flieger nach Schanghai. Ich regle den Rest mit Papa.« Und ohne ein weiteres Wort beendete er das Gespräch.

Ich atmete tief aus. »Wichtiger Geschäftstermin statt Urlaub?«

Max steckte sein Handy in die Hosentasche und nickte knapp. »So sieht's aus.«

Es war nicht das erste Mal, dass Frau Hoffmann in letzter Minute etwas cancelte, worauf sich Max gefreut hatte. Meistens verteidigte er sie dann, weil es ja nicht so einfach war, Karriere und Familie unter einen Hut zu kriegen, aber anscheinend war nun auch für ihn das Maß voll.

»Und jetzt?«

Er zuckte mit den Schultern und sah zu Boden. Er hatte die Stirn gerunzelt, so als würden ihm tausend Gedanken gleichzeitig durch den Kopf gehen. »Jetzt fahre ich mit meinem Dad und seiner neuen Familie nach Kroatien zum Campen.«

Max' Halbbruder war fünf. Er mochte Niklas, das wusste ich, aber das hieß nicht, dass er sich keine besseren Ferien vorstellen konnte als zwei Wochen in einem Wohnmobil mit einem Kindergartenkind.

Deswegen fragte ich: »Und wenn du bleibst?«

Max sah auf, aber er antwortete nicht. Stattdessen blieb sein Blick an einem Punkt hinter mir hängen. Sein Gesicht, gerade noch knallrot vor Wut, verlor jede Farbe.

Ich drehte mich um. An der Haustür wartete Mama. Sie stand da mit dem Telefon in der Hand und einem Ausdruck, wie ich ihn nicht mehr bei ihr gesehen hatte, seit wir meinen Vater mit seiner Zweitfamilie erwischt hatten. Oder als Opa gestorben war. Ihre Lippen waren schneeweiß.

»Jannis«, krächzte sie. »Frida hatte einen Unfall. Sie ist im Krankenhaus.«

Neben mir klatschte es dumpf. Die Kühltasche und unsere Badesachen waren mir aus der Hand geglitten. Max machte zwei Schritte und stellte sich neben mich. Ich klappte den Mund auf und wieder zu, ohne dass etwas herauskam.

Dafür sagte Max: »Ich bleibe.«

Die Benekes hatten den halben Tag gewartet, bevor sie uns von Fridas Unfall erzählten. Anfangs war ich wütend gewesen darüber, aber mittlerweile hatte ich verstanden, dass ich ihnen dankbar sein musste. Denn immerhin waren jetzt alle Untersuchungen durch, und so wie es aussah, würde sie wieder ganz gesund werden.

Wir fuhren alle drei ins Krankenhaus. Mama und Max mussten im Wartezimmer bleiben, aber ich durfte mit Kristin, Robert und Luise zu Frida. Ich hatte nur Augen für sie. Blass und still lag sie auf diesem weißen Kissen, und nur weil sich ihre Brust regelmäßig hob und senkte, rastete ich nicht aus.

»Wie geht es ihr?«, fragte ich.

Robert antwortete mit belegter Stimme. »Sie hat sich den Arm gebrochen und eine Rippe. Außerdem hat sie Prellungen, Abschürfungen und eine Gehirnerschütterung. Sie ist ein paarmal aufgewacht, aber die Schmerzmittel, die sie ihr geben, sind ziemlich stark.«

Ich atmete tief durch und Kristin drückte meine Schulter. »Es ist noch mal gut gegangen«, flüsterte sie.

»Wie ist das passiert?« Noch immer sah ich nur Frida an.

»Diese beiden Ferienkinder, die Herzog-Zwillinge«, erklärte Luise, und je länger sie sprach, desto wütender klang sie, »fanden es witzig, Böller auf den Paddock der Ponys zu werfen. Frida wollte gerade eines aus der Box holen und bei dem Knall sind sie natürlich ausgetickt. Den Rest kannst du dir ja vorstellen.«

Den Rest wollte ich mir aber nicht vorstellen. Ich stand so heftig von meinem Stuhl auf, dass er kippte und ich ihn gerade noch festhalten konnte, bevor er umfiel. Mit beiden Händen fuhr ich mir durch die Haare, lief zum Fenster und stützte mich am Rahmen ab. Diese Bilder musste ich loswerden, und zwar schleunigst, sonst würde ich durchdrehen.

Das war kein Spruch. Ich hatte immer gedacht, Wut wäre das Schlimmste. Wenn ich wütend wurde, konnte ich keinen klaren Gedanken fassen, ich tat und sagte Dinge, die Ärger bedeuteten. Ich wusste es und in dem Moment war es mir egal. In den letzten Jahren hatte ich genug Grund gefunden, um wütend zu sein, auf

Björn, der unsere Familie gesprengt hatte, auf Marcel, der mein Pferd quälte, auf Mama, Florian, sogar Frida – ob sie es verdienten oder nicht. Und immer kam danach die Erkenntnis, dass es besser gewesen wäre, ruhig zu bleiben, dass die Wut wie ein Tier war, ein Kampfhund, den man lieber nicht losließ.

Aber was die Wut mit mir anstellte, war nichts im Vergleich zu dem, wie die Angst in mir tobte. Sie krallte sich in meinen Magen und mein Herz und riss daran, bis nichts übrig war als blutige Fetzen. Wenn ich ein letztes bisschen Kontrolle behalten wollte, durfte ich nicht darüber nachdenken, was noch hätte passieren können.

Ich drehte mich zu den Benekes um und fragte das Erste, was mir in den Sinn kam: »Wo ist Theo?«

Müde sah Luise mich an. »Er hält auf dem Gut mit Simon den Betrieb am Laufen. Ich bin gleich weg und löse ihn ab.«

Stumm nickte ich, setzte mich wieder an Fridas Bett und nahm ihre kühle, trockene Hand in meine. Und da blieb ich, bis uns die Pfleger spät am Abend rauswarfen und die Benekes mich nach Hause brachten, weil Mama und Max längst gefahren waren. Wir sahen alle gleich aus, hohlwangig, blass – blasser noch als Frida –, aber wir verabschiedeten uns mit einem Lächeln. Frida hatte ein paarmal die Augen aufgemacht, und das war genug, um uns durch die Nacht zu bringen.

Frida

Der Geschmack war das Erste. Dieser widerliche Geschmack in meinem Mund, muffig und pelzig. An ihm hielt ich mich fest, um nicht wieder wegzudriften wie die Male zuvor, als sich mein Bewusstsein davonmachte, noch bevor es überhaupt an die Oberfläche gelangte.

Aber jetzt war ich da. Hier. Wo auch immer das war.

Neben mir piepste es.

Schmecken, Hören ... Die Welt nahm wieder Gestalt an, ich konnte fühlen, dass ich auf dem Rücken lag, den Kopf auf ... auf einem Kissen? Wenn ja, war es viel zu weich.

Ich drehte das Gesicht zu dem Piepsen – und mein Hirn explodierte.

»Aaaah«, hörte ich, rau und erstickt, und weil der Laut in meinem Brustkorb nachhallte, kam er wohl von mir.

»Frida?«, sagte eine Stimme irgendwo rechts von mir. »Frida, Schatz ...«

Frida. Das war anscheinend ich. Ich war dabei, die Trümmer meines Kopfes zusammenzusammeln, also konnte ich nicht antworten.

Haut strich über meinen Handrücken, meine Stirn, meine Wange. Allein hätte ich die Stellen nicht gefunden, doch unter der Berührung ploppten die Empfindungen auf, gedämpft, aber real.

»Hallo, mein Schatz«, sagte die Stimme wieder. »Papa und ich sind da, es wird alles wieder gut ... dir keine ...«

Die Stimme verschwand hinter Nebel oder Watte, ich wusste es nicht, nur dass es mich einhüllte und zurückdrängte, dahin, wo ich vorher gewesen war.

Aber dahin wollte ich nicht mehr. *Alles wieder gut …* Das, ja, das wollte ich. Gut war das Gegenteil von dem Schmerz, der mir gerade den Kopf zerrissen hatte, das Gegenteil von dem ekligen Geschmack in meinem Mund. Es war sicher auch das Gegenteil dieser Schwere, die mich in die Matratze drückte und …

Als ich wieder aufwachte, schaffte ich es, die Augen aufzumachen. Ich blinzelte ein bisschen, und nach einer Weile stellten sich meine Augen scharf, und ich kapierte, dass ich an eine Zimmerdecke starrte. Sie war gelb, oder vielleicht kam mir das nur so vor, weil durch die Lamellen der Jalousie am Fenster goldenes Licht fiel.

Ein kleines Stück von mir entfernt atmete jemand tief und gleichmäßig. Noch ein Stück weiter, aber irgendwie gedämpft, quietschten Schritte, wie Gummisohlen auf Linoleum. Etwas schepperte, noch einmal Schritte, schneller diesmal.

Langsam formte sich ein Wort in meinem Kopf: Kran-ken-haus. Krankenhaus.

Ich zwang mich, liegen zu bleiben, denn an den Schmerz, als ich meinen Kopf hatte bewegen wollen, erinnerte ich mich noch. Und dann erinnerte ich mich noch an viel mehr: Schnauben und einen Knall und Panik und Pferde. Pferde, rechts und links und über mir … und dann die Schmerzen, scharf und glühend.

Heftig sog ich die Luft ein. Aber auch das tat weh und half nicht, meinen Herzschlag zu beruhigen. Wie schwer war ich verletzt?

Ich atmete flach weiter und versuchte, mich zu konzentrieren.

Als Erstes probierte ich es mit den Händen. Rechts konnte ich die Finger bewegen, links – wieder schoss ein Schmerz durch meinen Körper, von der Hand den Arm hinauf – ebenfalls, wenn auch mühsamer. Mit dem Kopf war ich vorsichtiger, aber dass ich es schaffte, meinen Hals zu drehen, beruhigte mich. Vorsichtig richtete ich mich auf, gerade so viel, um zu erkennen, dass sich meine Zehen unter der Bettdecke rührten. Mein Blick fiel auf die Schiene an meinem linken Unterarm. Daher also der Schmerz. Als ich das rechte Knie anzog, ziepte es in meinem Oberschenkel, aber das war okay. Links klappte es auch.

Obwohl mir immer wieder Schmerzen durch den Kopf fuhren wie brennende Pfeile, machte ich mit meiner Bestandsaufnahme weiter, bis ich merkte, dass sich Galle in meinem Mund sammelte. Gerade noch rechtzeitig bekam ich die silberne, ovale Schüssel auf dem Nachttisch zu fassen, bevor ich mich übergab. Tränen rannen mir über die Wangen, weil ich mich auf meinem geschienten Arm aufgestützt hatte und jede neue Übelkeitswelle meinen Brustkorb erschütterte.

Als ich nicht mehr würgen musste, wischte ich mir über die Nase, lehnte mich zurück und schloss die Augen. Vorsichtig atmete ich durch den Mund aus. Ich war nicht gelähmt. Zerschunden, ja, und anscheinend hatte ich mir den Arm gebrochen, aber ich konnte wahrscheinlich noch laufen. Und wenn ich laufen konnte, konnte ich auch reiten.

Jannis

Die nächsten Tage waren total unwirklich. Auf dem Hof lief das Leben wie gewohnt weiter, wir mussten Pferde trainieren und Unterricht geben, aber mit dem Kopf war ich die ganze Zeit bei Frida. Da war es gut, dass Max tatsächlich blieb. Er half mir im Stall und erinnerte mich daran, den Sattelgurt nachzuziehen, bevor ich aufsaß. Erstaunt stellte ich fest, dass er zu einem Teil des Carlshofs geworden war, der den Fütterungsplan besser im Kopf hatte als ich und mich damit überraschte, dass er Sachen sagte wie: »Schau dir doch mal Mafalda an. Sie sieht irgendwie schlapp aus.«

Womit er sich bei Mama echt beliebt machte – na ja, beliebter als sowieso schon –, war die Tatsache, dass er richtig gut kochen konnte.

»Das Schicksal eines Scheidungskinds«, wehrte er ab, als sie mit tränenden Augen, weil er es mit dem Chili gut gemeint hatte, seine Penne all'arrabbiata in den Himmel lobte.

Im nächsten Moment wurde er rot und warf mir einen verstohlenen Blick zu, aber ich grinste nur und meinte achselzuckend: »Bei uns ist die Scheidung ja noch nicht durch.« Da entspannte er sich wieder und wir lachten alle drei.

Jedenfalls hielt Max in dieser Woche ein Minimum an Normalität aufrecht, und, auch dafür war ich ihm dankbar, er übernahm die Auskunftspflicht bei Linh. Sie hatte von Fridas Unfall erfahren, als sie in Vietnam gerade aus dem Flugzeug gestiegen war, und nur aufgehört, ihre Eltern zu erpressen, damit sie nach Hause flogen, weil Max hoch und heilig versprach, sie über jede Kleinigkeit auf dem Laufenden zu halten.

Wenn ich nicht im Krankenhaus war oder meine Arbeit erledigte, trainierte ich mit Dari. Wir hatten ein Ziel: das Turnier in Neubrandenburg Ende September. Ich hatte Björn versprochen, dass ich mit Dari dort antreten würde, und was passierte, wenn ich das nicht einhielt, war mir klar, auch ohne dass er die Drohung aussprach. Er glaubte nicht daran, dass Dari nach den schlimmen Erfahrungen, die sie gemacht hatte, je wieder erfolgreich Turniere gehen würde. Und in der Weltsicht meines Vaters hieß das: gewinnen. Dari gehörte ihm zur Hälfte, und lieber verkaufte er sie an irgendeinen Freizeitzüchter, wo sie sich dann trächtig auf einer staubigen Koppel langweilte, als dass er einem Pferd, das seine Erwartungen enttäuscht hatte, seinen eigenen Weg in seinem eigenen Tempo zugestand. Also mussten Dari und ich in Neubrandenburg antreten und wir mussten gut sein. Wir hatten noch zwei Monate und noch immer ritt ich sie ohne Sattel.

Seit vier Wochen machten wir das nun, und auch wenn ich es niemandem gesagt hatte, eines wusste ich: Ich würde nie mehr damit aufhören. Wenn ich zuvor meine anderen Pferde geritten hatte, war Daris Wärme unter mir immer wieder überraschend, aber es dauerte keine zwei Minuten, bis es mir wie die normalste Sache der Welt vorkam.

Dass wir auf Turnieren starten wollten, hieß nicht, dass ich mir solche Momente nicht mehr gönnen durfte. Momente wie jetzt, in denen ich Dari auf dem Zirkel galoppierte, ihre Muskeln unter mir fühlte, die in der letzten Zeit so viel Kraft gewonnen hatten, und spürte, wie sie immer mehr Gewicht mit der Hinterhand aufnahm, je kleiner ich den Zirkel ritt. Ihr Rücken wölbte sich, während sie mit jedem Sprung besser unter den Schwerpunkt kam.

Ich ging ganze Bahn und parierte sie zum Schritt durch. Eine Runde durfte Dari sich strecken, dann nahm ich die Zügel wieder auf, wechselte auf die rechte Hand und galoppierte an. Auch hier verkleinerte sie den Zirkel mit geschmeidigen Sprüngen, während das innere Hinterbein mehr Last aufnahm.

Es war noch gar nicht lange her, dass ich ohne Sattel den Galopp nicht so ausbalancieren konnte wie jetzt. Wir waren gemeinsam besser geworden. Dari war fitter als letzten Sommer, nachdem ich sie bekommen hatte, und fitter als zu der furchtbaren Zeit, während der Marcel mit ihr gearbeitet hatte. Wenn es allein an ihrer körperlichen Verfassung gelegen hätte, wie wir uns auf Turnieren präsentierten, hätte ich längst keine Bedenken mehr gehabt. Aber die Frage war, ob sie ihr Trauma vom letzten Herbst komplett überwunden hatte. Viel Zeit blieb uns nicht mehr, um das herauszufinden.

Wieder ging ich ganze Bahn, ritt noch ein paar Schritt-Galopp-Übergänge und ließ es gut sein. Ich klopfte Dari sanft den Hals und kraulte ihre Mähne, was sie mit einem zufriedenen Prusten beantwortete.

»Super gemacht, Mädchen. Brav.«

Sie wusste selber, dass das Training gut gelaufen war, denn sie streckte wohlig den Hals und kaute entspannt auf ihrem Gebiss. Erst als wir die gegenüberliegende Bahnseite erreicht hatten, merkte ich, dass Max auf der Tribüne saß und uns zuguckte. Jetzt stand er auf und kam an den Zaun.

»Das sah nicht schlecht aus«, meinte er grinsend, als ich mit

Dari bei ihm stehen blieb und sie ihm die Nase hinhielt, die er folgsam streichelte. »Fast wie bei einem Indianer.«

»Du hast echt keine Ahnung, Alter«, antwortete ich, aber ich musste auch grinsen.

Schwang da etwa so was wie Neid in seiner Stimme mit? Max hatte nie besonders viel Interesse fürs Reiten gezeigt, doch das, was ich hier machte, hatte ja mit dem Training in Berlin nicht viel gemein. Nachdenklich musterte ich ihn.

»Was ist?«, fragte er misstrauisch.

Er kannte mich eben.

»Komm mal rein«, wies ich ihn an, und bevor er sich unter dem Balken hindurchgeschoben hatte, war ich schon von Daris Rücken geglitten, hatte ihr die Zügel über die Ohren gezogen und sie Max in die Hand gedrückt. »Halt mal bitte schnell.«

Dann war ich weg und kümmerte mich nicht um sein »Wo willst du hin?«.

Keine fünf Minuten später kam ich mit Selma am Strick zurück.

Max sah mir vorwurfsvoll entgegen. »Dein Pferd hat Hunger!«, rief er schon von Weitem.

Dari zog die Nase aus seiner Hosentasche und guckte, als wäre nichts gewesen.

Ich grinste. »Nee, nur Appetit«, stellte ich richtig, als ich nah genug heran war. »Du kannst ihr nachher ein paar Möhren geben. Und jetzt hoch.«

»Hoch?« Max starrte mich an. »Ist das irgend so ein Pferdesprachenkommando, das Nichtreiter nicht kennen?«

»Hoch heißt aufsteigen. Du wolltest doch Indianer spielen.«

Sein Gesicht drückte innerhalb der folgenden zwei Sekunden mindestens zehn Emotionen aus. Es war faszinierend.

Schließlich entschied es sich für ungläubige Herablassung. »Wie lang kennen wir uns jetzt? Neun Jahre? Und hab ich in der ganzen Zeit jemals davon geredet, dass ich mich auf ein Pferd setzen will?«

»Quatsch nicht so viel und schwing dich hoch. Selma wird schon ganz ungeduldig.«

»Hast du gehört, was ich gesagt habe?«

»Ja. Interessiert mich aber nicht.« Als er mich eine halbe Minute später immer noch anstarrte, meinte ich: »Es kann nichts passieren. Ich hab dich die ganze Zeit am Strick und Selma ist superverlässlich.«

»Ich hab keine Angst«, presste er hervor.

Das hatte ich erwartet. »Wo ist dann das Problem? Du bist noch bis zum Ende der Ferien hier. So können wir wenigstens mal mit den Pferden an den Strand. Und …«, ich machte eine kleine Pause, »… Linh findet es bestimmt auch sexy.«

»Linh kann Pferde nicht leiden.«

»Quatsch. Das sagt sie doch nur, weil *sie* Angst hat. Frida wäre nie mit ihr befreundet, wenn sie nicht spüren würde, dass Linh sie versteht.« Da war Frida kompromisslos. »Na los, Jungs auf Pferden finden Mädchen immer gut.«

Max war echt hartnäckig. »Aber dieses ganze Gezappel auf dem Platz … Ich hab da keinen Bock drauf. Diesen Turnierscheiß wollte ich nie machen.«

»Für diesen Turnierscheiß musst du auch ein bisschen früher aufstehen, Alter. Davon rede ich nicht. Ausreiten, an den Strand, bisschen Spaß haben … Jetzt komm schon, das klingt doch gut.«

Er betrachtete mich aus schmalen Augen. »Spaß haben? Am

Strand ausreiten? Frida hat dir echt 'ne Gehirnwäsche verpasst, oder? So was hättest du früher nie rausgelassen.«

Ich lachte. »Tja, man wird älter und weiser. Und jetzt mach oder die Pferde fallen vor Langeweile um.«

Irgendwas war in den letzten Jahren bei ihm hängen geblieben, denn obwohl er noch eine Weile zeterte, schwang er sich zwei Minuten später erstaunlich geschickt auf Selmas Rücken und begann, ihren Hals zu streicheln. Argwöhnisch starrte ich ihn an.

»Was ist?«, fragte er genervt. »Was mache ich falsch?«

Nichts, das war es ja. Er saß genau im Schwerpunkt, ließ die Beine locker hängen und gab Selma ein gutes Gefühl. Anscheinend hatte er vorhin nicht gelogen, als er meinte, er hätte keine Angst. Aber wenn ich ihm das so sagte, stieg es ihm nur zu Kopf.

»Atme tief durch die Nase aus und lass den Bauch locker«, wies ich ihn stattdessen an.

Das machte er und keine Sekunde später seufzte Selma und senkte den Kopf. Ich starrte weiter.

»Was?«, fragte Max jetzt mit leicht alarmiertem Ton. »Ist das normal?«

Ich fasste mich und zuckte mit den Schultern. »Na ja, normal für Leute, die wissen, was sie tun.«

Als die Info in sein Hirn sickerte, fing er an zu grinsen und wandte sich an Selma: »Hast du gehört? Dieser Reitkram ist halb so wild. Wir beide rocken das.«

Kopfschüttelnd drehte ich mich zu Dari, die sich in den letzten Minuten mit den spärlichen Grasbüscheln am Rand des Reitplatzes beschäftigt hatte, und ließ mich vom Zaun aus auf ihren Rücken gleiten. Vorsichtig nahm ich die Zügel auf, griff Selmas Strick fester und guckte Max an. »Ist noch nicht ausgemacht, dass du der neue Marcus Ehning bist, okay? Ein, zwei Feinheiten gibt es da schon noch.«

Er klopfte Selmas Hals und grinste breiter. »Nichts, was wir beide nicht hinbekommen …«

Ich ritt an und das »würden« ging in einem »Fuck!« unter, als Selma loslief und Max' Oberkörper nach hinten pendelte. In den nächsten paar Minuten war er damit beschäftigt, sein Gleichgewicht zu finden, und verschonte mich mit schlauen Sprüchen.

Doch das musste man ihm lassen: Er machte es echt gut. Max schaffte es, sich so zu entspannen, dass Selma noch weit vor dem Strandaufgang zufrieden schnaubte und mit nickendem Kopf neben Dari hertrottete.

Bis hinunter zum Wasser gab ich ihm noch, dann war es mal an der Zeit, ihm zu zeigen, dass Reiten mehr war als Draufsitzen.

Ich merkte, dass ich mich selber noch ein Stück mehr aufrichtete, als ich sagte: »Okay, jetzt nimm mal deine Schultern weiter zurück und streck den Rücken.«

Max warf mir einen schnellen Seitenblick zu, sodass ich sein Stirnrunzeln sehen konnte – Was war los? Hatte sich meine Stimme verändert? So war Reitunterricht eben, man kriegte Anweisungen –, aber er tat, was ich sagte. Wie erwartet wurde dabei seine Hüfte fest.

»Im Becken nachgeben. Schwing mit ihren Bewegungen mit, wie eben auch. Ja, okay. Schultern nicht nach oben ziehen, Hände einfach locker hängen lassen.«

Ich grinste, als Max' Gesicht immer finsterer wurde, während ich seinen Sitz korrigierte.

»Zieh nicht so eine Fresse, das haben wir alle mitgemacht. Hast du echt gedacht, du bist der Erste, der sich aufs Pferd setzt und einfach losprescht?«

»Ich hab gar nichts gedacht«, sagte er gepresst. Sein Gesicht war ganz rot vor Konzentration. »Du hast mich einfach so auf ihren Rücken verfrachtet. Aber wenn du mich fragst: Ihr hat's vorher auch besser gefallen.«

Er deutete auf Selma, die mit hocherhobenem Kopf durch die Wellen stakste. Klar, sie tat sich schwer, Max' festes Becken auszugleichen, das dauerte, bis Anfänger das draufhatten. Obwohl, vorhin hatte er es eigentlich ganz gut hingekriegt. Als er sich hatte tragen lassen und ihren Bewegungen angepasst hatte, statt an seinem eigenen Körper rumzuschrauben.

Er hat im Pferd gesessen, meldete sich eine Stimme in meinem Hirn, die verdächtig nach Frida klang, nicht obendrauf.

Na ja, das dauerte eben seine Zeit. Wichtig war ein korrekter Sitz, das wusste doch jeder. Ich hatte es auch so gelernt – und Björns Anweisungen gellten bis heute in meinem Kopf: *Brust raus! Schultern zurück, Fäuste aufstellen! Hacken tief! Noch tiefer!*

Aus dem Augenwinkel betrachtete ich Max. Er schnappte immer noch nach Luft wie ein Fisch auf dem Trockenen, während er versuchte, sich an alle Einzelheiten zu erinnern, und dabei rumeierte, als wäre sein Rückgrat aus Gummi. Um Selmas Maul lag ein angespannter Zug und sie klemmte mit dem Schweif.

»Und halt.« Ich machte mich schwer und nahm Daris Zügel an.

Neben mir atmete Max hörbar aus. Sofort senkte Selma den Kopf.

»Echt, wenn das Reiten sein soll, dann danke, aber nein danke«, maulte Max los. »Das ist ja schlimmer als bei der Bundeswehr.

Voll der Drill hier! Das kann doch keiner freiwillig mitmachen! Wieso …?«

»Ist ja gut!«, stoppte ich seinen Ausbruch. »Vielleicht muss es für dich anders laufen als sonst.«

»Wie anders?« Er klang immer noch misstrauisch.

Es war, als würde ich Frida kichern hören, leise und zart. Ich fing an zu grinsen. »Na, mehr so auf die Gefühlstour.«

Nachdem ich Max daran gehindert hatte, sich von Selmas Rücken gleiten zu lassen, und ihm erklärt hatte, was ich meinte, lief es plötzlich. Zwei Jogger, die vorbeikamen, brachten sich mit dem geistreichen Spruch ein, ob Max »auf dem Pferd eingeschlafen« wäre, aber er ließ sich davon nicht irritieren, sondern blieb eiskalt mit dem Kopf auf Selmas Kruppe liegen. Danach lehnte er sich über ihren Hals und baumelte mit den Armen.

Selma war total verknallt in ihn. Immer war mindestens eins ihrer Ohren auf ihn gerichtet, und jedes Mal, wenn er sie streichelte, machte sie ein verzücktes Gesicht. Da hatten sich ja mal zwei gefunden.

Langsam ging die Sonne unter. Die Luft wurde kühler, und es war, als würde das Meer lauter rauschen. Aber das kam nur daher, dass die Welt stiller wurde. Um diese Zeit war ich mit Frida am liebsten am Strand. Der Gedanke bohrte sich durch mein Herz, kam hinten wieder raus und setzte sich mit einer Mischung aus Sehnsucht und Dankbarkeit in meinem Bauch fest.

Wir hatten umgedreht, ritten auf die untergehende Sonne zu und die Hufe der Pferde platschten fröhlich durch die Wellen. Alles war orange, blau und silbern, und Max hatte längst vergessen, dass er nicht reiten konnte. Er saß da und guckte.

Irgendwann traute er sich sogar, ein Stück zu traben. Die Stuten prusteten und liefen fleißig voran und ich schickte Frida meine Gedanken. Wir hatten Glück gehabt. Ein paar Wochen durfte sie nicht aufs Pferd, aber was war das gegen das, was hätte passieren können? Wir würden wieder hier entlangreiten und dann wären die Angst und die Schmerzen nichts mehr als verblasste Erinnerungen.

»Mach dich schwer«, sagte ich zu Max, als wir den Strandaufgang fast erreicht hatten. Das tat er und die Pferde fielen in Schritt.

Als hätte er nie etwas anderes gemacht, klopfte er Selmas Hals, dann seufzte er und sah mich an. »Jetzt kapier ich, wie du Frida rumgekriegt hast.«

Frida schlief, als ich sie am nächsten Tag besuchte. Mama hatte mich am Krankenhaus abgesetzt und holte mich in einer Stunde wieder ab, deswegen war ich schwer versucht, sie aufzuwecken, damit wir auch was von der Zeit hatten. Doch irgendwie schaffte ich es nicht. Sie sah so … zerbrechlich aus, wie sie da auf ihrem Kissen lag. Anscheinend hatte sie selbst im Schlaf Schmerzen, denn sie presste die Lippen aufeinander, aber wenigstens waren die Schatten unter ihren Augen nicht mehr ganz so dunkel wie gestern.

Sie atmete tief ein und drehte den Kopf zu mir und dann polterte ihre Zimmernachbarin durch die Tür und Frida machte die Augen auf. Sie lächelte schwach, als sie mich sitzen sah, doch ich merkte, dass es ihr schwerfiel, die Augen offen zu halten.

»Ach, hallo, du bist ja ein Neuer«, sagte die Frau und grinste breit, bevor ihr Blick zu Frida glitt. »Du lässt wohl nichts anbrennen. Ich geh nur kurz pinkeln, dann verschwinde ich wieder.«

Kaum war die Badtür hinter ihr zu, verdrehte Frida die Augen, aber selbst das schien ihr wehzutun.

»Hallo«, krächzte sie.

»Hallo«, antwortete ich, dann beugte ich mich vor und drückte ihr einen Kuss auf die Lippen. Ein bisschen zu schnell setzte ich mich wieder auf.

»Mundgeruch?« Frida räusperte sich.

Ich nickte und wusste nicht genau, wo ich hinschauen sollte, doch als ich Frida wieder anguckte, grinste sie.

»Gib mir mal den Becher da.« Langsam drehte sie den Kopf Richtung Nachttisch.

Ich nahm das Wasserglas und hielt es ihr umständlich an die Lippen, und weil ich nicht wusste, wie ich sie am besten anfasste, eierte ich ziemlich rum, und die Hälfte des Wassers lief auf die Bettdecke und ihr Shirt.

Stöhnend ließ sich Frida wieder ins Kissen sinken, aber ihr Mund zuckte. »Das müssen wir noch üben.«

Während ich mit einem Taschentuch auf Fridas Hals herumtupfte, ging die Klospülung, dann öffnete sich die Badtür, und die Frau kam wieder heraus. »Ich bin weg. Benehmt euch!«

Ihr Blick irritierte mich so, dass ich weiter herumwischte, bis sie kichernd verschwand.

Frida guckte mich stirnrunzelnd an. »Jannis?«

»Hm?«

»Ist gut jetzt.«

»Oh. Ja, okay.« Die Vorderseite ihres Shirts war zwar immer noch feucht, aber vielleicht hatte sie recht. Ich warf das Taschentuch in den Mülleimer an der Zimmertür und setzte mich wieder auf den Stuhl neben dem Bett.

Eine Weile sahen wir uns nur an. Alles, was ich ihr erzählen wollte, kam mir plötzlich schäbig vor. Es waren lauter Dinge, bei denen sie hätte dabei sein sollen, die ihr auch Spaß gemacht hätten. Die sie verpasst hatte, weil ein paar Ponys Amok gelaufen waren. Ich wollte sie nicht traurig machen, indem ich sie daran erinnerte, dass sie die Sommerferien versäumte.

Also fragte ich sie das Schäbigste von allem. »Wer war denn vorhin da?«

Wieder runzelte sie die Stirn. »Was?«

»Diese … also, deine Zimmernachbarin …«

»Evelyn.«

»Genau. Also, Evelyn meinte, ich wäre ein Neuer. Wer war denn vor mir da?«

Frida schloss kurz die Augen. »Nils hat mich besucht.« Sie öffnete die Augen wieder und sah mich an. »Ich glaube, er hat ein schlechtes Gewissen.«

Mit Mühe kämpfte ich die aufkommende Irritation nieder. Nils war zu Frida ins Krankenhaus gekommen? Was dachte der sich? »Wieso das?«

Sie leckte sich über die Lippen, und das nahm ich als Signal, dass sie noch etwas trinken wollte. Diesmal bekamen wir es hin, ohne das Bett unter Wasser zu setzen.

»Er wäre am Montag mit dem Füttern dran gewesen. Ich hab seinen Stalldienst übernommen.«

Das hatte ich gar nicht gewusst. Oh ja, an seiner Stelle hätte ich auch ein schlechtes Gewissen gehabt. Wenn der mal seinen Job anständig erledigt hätte, hätte Frida jetzt nicht hier gelegen. Ganz toll.

»Guck nicht so.«

Ich versuchte, meine Stirn zu glätten. »Wie guck ich denn?«

Sie lächelte. »Als würdest du ihn am liebsten rückwärts auf ein Pferd binden und ein paarmal über einen Parcours jagen.«

Interessant, welche Foltermethoden das Hirn meiner Freundin ausspuckte. Vielleicht sollte ich sie um Rat fragen, wenn mir Björn mal wieder auf die Nerven ging.

Ich grinste. »Als ob ich einem Pferd so was jemals antun würde.«

Sie grinste auch, aber ich konnte sehen, dass es ihr Mühe bereitete. Von Minute zu Minute wurde sie blasser.

»Was machst du denn so ohne mich?«, fragte sie heiser.

Wie beiläufig griff ich nach ihrer Hand und erzählte ihr, dass Max beschlossen hatte, bis zum Ende der Ferien zu bleiben, dass ich angefangen hatte, ihm Reitstunden zu geben – den Ausritt an den Strand ließ ich weg –, dass wir nach dem Sommerfest drei Neuanmeldungen reinbekommen hatten. Nach einer Weile wurde ihr Blick fahrig.

Ich stand auf und beugte mich zu ihr. Vorsichtig strich ich ihr über die Haare. »Du musst schlafen. Ich komme morgen wieder.«

Sie protestierte nicht einmal. Mundgeruch hin oder her, ich küsste sie vorsichtig, und noch während sie lächelte, drehte sie den Kopf weg und schloss die Augen. Einen Moment sah ich noch zu, wie sich ihre Brust langsam hob und senkte. Dann drückte ich ihre Hand und ging zur Tür. Als ich sie hinter mir zuzog, kam es mir vor, als würde ich eine Hälfte von mir zurücklassen. Am liebsten wäre ich geblieben, hätte mich am Fußende ihres Bettes zusammengerollt und achtgegeben, dass ihr nie wieder etwas passierte.

Frida

Meistens schlief ich.

Es war fast ein Glück, dass mich die Schmerzmittel so müde machten, denn es gab nichts zu tun. Wegen der Gehirnerschütterung konnte ich weder lesen noch Serien gucken, und wenn Evelyn den Fernseher anstellte, fühlte es sich in meinem Kopf an wie ein Gewittersturm. Einmal versuchten Linh und ich, trotz der Zeitverschiebung zu skypen, aber das ging genau eine Minute gut, bis mein Magen rebellierte. Nicht mal Nachrichten konnte ich ihr schreiben, ohne dass mir schlecht wurde, und ihre – bei Weitem ausführlicheren – musste ich mir in Häppchen aufteilen. Die Nierenschale stand immer griffbereit.

Ansonsten gewöhnte ich mich nach und nach an den Krankenhausalltag. Die Pfleger, die Ärztinnen, die Physiotherapeutin kamen immer zur selben Zeit und wirkten megabeschäftigt, sodass ich fast schon neidisch war. Das Einzige, womit ich mich ablenken konnte, war, in Gedanken neue Trainingspläne für die Ponys zu erstellen, aber selbst dabei schlief ich oft ein.

Die übrige Zeit wartete ich auf Besuch. Denn auch der folgte einem Plan: Morgens half Mama mir beim Waschen, abends kam Papa mit Luise oder Theo. Und mittags war Jannis da. Es tat mir so leid, aber oft konnte ich mich dann nicht mal zehn Minuten wach halten, weil irgendwas – das Essen oder die Medikamente oder die Untersuchungen – mich besonders müde machte. Dabei war er so süß und verständnisvoll. Manchmal fühlte ich bis in meinen Schlaf, wie er meine Hand hielt und streichelte, und wenn ich dann wieder aufwachte, glaubte ich, noch seine Stimme zu hören, wie er mir erzählte, dass ich bald wieder zu Hause wäre und dann alles genauso würde wie zuvor.

»NEIN!«

Der Ruf gellte durchs Zimmer und ich riss die Augen auf. Mein Herz hämmerte wie wild, und es dauerte einen Moment, bis ich wusste, wo ich war.

»Alles in Ordnung mit dir?«

Mir entwischte ein peinliches Grunzen. Langsam, mühsam drehte ich den Kopf und sah Evelyn über den Nachttisch hinweg an. Sie hatte die Leselampe angeknipst und saß auf der Bettkante. Tagsüber ignorierte sie mich meistens, aber jetzt musterte sie mich stirnrunzelnd.

»Ja«, krächzte ich und räusperte mich. »Hab nur geträumt.«

… Pferde und Enge … nervöses Schnauben … ein Knall und Wiehern … Enge, Enge, Enge …

Ich blinzelte und zwang mich zu einem schwachen Lächeln. Ihr Blick ruhte noch einen Moment auf mir, dann zuckte sie mit den Schultern, hievte sich hoch und schlurfte zum Bad.

Als sie die Tür hinter sich abgeschlossen hatte, atmete ich tief aus. Wieder stöhnte ich, als meine Rippe protestierte, aber diesmal war ich fast froh über den stechenden Schmerz. Er holte mich endgültig zurück in meinen Körper.

Noch immer spürte ich meinen Puls in den Ohren und mein Pyjamaoberteil klebte mir am Rücken und an der Brust. Ich fröstelte, weil sich der schweißnasse Stoff trotz der sommerwarmen Luft kalt anfühlte. Plötzlich ekelte ich mich, und um irgendetwas zu tun zu haben, stemmte ich mich ächzend hoch, ließ meine Beine aus dem Bett gleiten und hangelte mich zum Schrank, den ich nach einem frischen T-Shirt durchwühlte.

»Bist du wirklich okay?«

Viel zu schnell fuhr ich herum und konnte mich gerade noch an der Schranktür festklammern, bevor ich das Gleichgewicht verlor. Mit der anderen Hand presste ich mir das verschwitzte Oberteil vor die Brust. Evelyn stand in ihrem Hello-Kitty-Schlafshirt da, hatte die Arme in die Hüften gestemmt und schien zu überlegen, ob sie Ärger bekam, wenn sie der Nachtschwester nicht Bescheid gab.

Fahrig nickte ich. »Geht gleich wieder.«

Ich drehte mich um, leider nicht schnell genug, dass mir das wissende Grinsen entgangen wäre, mit dem sie mich bedachte. Immerhin wartete sie, bis ich wieder im Bett lag, bevor sie das Licht ausknipste.

»Nacht«, brummte sie.

»Gute Nacht«, antwortete ich und hoffte, dass ich damit recht behalten würde.

Eine ganze Weile starrte ich mit weit aufgerissenen Augen in die Dunkelheit. Ich hatte nicht vor, noch einmal einzuschlafen und Gefahr zu laufen, wieder zu träumen. Allein bei dem Gedanken an den Traum – das Stampfen, das Drängeln, die Panik – brach mir der Schweiß aus. Das ging nicht. Ich konnte nicht jede Nacht von der Erinnerung an den Unfall aufwachen und mir fast in die Hose machen vor Angst. Den Gedanken würde ich niemals aussprechen, denn mir war schon klar, was Mama, Papa, Luise und sogar Jannis dazu sagen würden: »Du hattest irre viel Glück, sei froh, dass nicht mehr passiert ist, du könntest jetzt auf der Intensivstation liegen …« Bla, bla, bla.

Das wusste ich ja alles. Immerhin war ich die Einzige, die dabei gewesen war, auch wenn ich mich nicht mehr an jedes Detail erinnern konnte. Was wahrscheinlich gut war. Aber diese Albträume machten mich wahnsinnig. Sie machten mir Angst, und wo die hinführte, wollte ich mir gar nicht ausmalen. Angst konnte ich vor Schlangen haben, vor Haien, einem Mathetest und vor dem Klimawandel, aber ganz sicher nicht vor Pferden. Undenkbar, unmöglich.

Und deswegen würde ich bis auf Weiteres wach bleiben.

Als ich wieder zu mir kam, strich mir jemand über den Handrücken. Ich kniff die Augen gegen die Helligkeit zusammen. Gerade mal ein paar Stunden hatte mein Vorsatz gehalten, dann musste ich doch eingedöst sein. Was hieß eingedöst – ich hatte so tief geratzt, dass ich nicht mal den Weckgang der Schwestern von der Frühschicht mitbekommen hatte, und die veranstalteten so viel Lärm, da hätte genauso gut die Welt untergehen können.

Mit einiger Mühe und viel Geblinzel schaffte ich es, meine Augen aufzukriegen. Jannis saß an meinem Bett und grinste mich an.

»Hi.«

Ich lächelte. »Hi.«

In der nächsten Sekunde überrollte mich eine völlig unerwartete Oh-Gott-wie-seh-ich-aus-sind-meine-Haare-fettig-und-was-hab-ich-eigentlich-an-Panikwelle, die so im Gegensatz zu dem Häuflein Elend stand, als das ich mir in den vergangenen Tagen vorgekommen war, dass ich fast lachen musste. Und wieder eine Sekunde später kehrte mein Gehirn zu Jannis' Gesichtsausdruck zurück. Er grinste.

Er grinste? Seit ich hier im Krankenhaus war, hatte er allerhöchstens liebevolle Besorgnis zustande gebracht.

Aus schmalen Augen starrte ich ihn an. »Was ist los? Was guckst du so?« Und mit einem Blick auf mein Frühstückstablett schob ich hinterher: »Was willst du überhaupt schon hier?«

Jannis drückte meine Hand und grinste noch breiter. »Ich freue mich auch, dich zu sehen.« Mit dem Kinn deutete er zur Tür. »Kristin hat mich mitgenommen. Sie spricht gerade mit ...«

Ein forsches Klopfen unterbrach ihn. Die Person vor der Tür hielt sich nicht mit Warten auf, sondern fuhr ins Zimmer wie ein Orkanstoß.

»Guten Morgen, die Damen, Visite«, donnerte Dr. Spielvogel, dann fiel ihr Blick auf Jannis, und im selben Atemzug ging es weiter: »Wenn der junge Mann draußen warten würde.«

Jannis war schon aufgesprungen, stand aber jetzt unentschlossen neben mir und schien zu überlegen, wie er mir dabei helfen konnte, mich aufzurichten. Zugegeben, mit der angeknacksten Rippe und dem geschienten Arm war das immer noch keine geschmeidige Angelegenheit, aber irgendwie rappelte ich mich hoch und wedelte mit der rechten Hand, um ihn aus dem Zimmer zu scheuchen.

Vom Flur her hörte ich ein leises »Guten Morgen, mein Schatz!«, und ich konnte Mama nur kurz zuwinken, bevor Jannis die Tür hinter sich schloss.

Mit hochgezogenen Augenbrauen drehte sich Dr. Spielvogel wieder zu mir um. »Wie geht es dir heute, Frida?«

Neben ihr war eine blonde Assistenzärztin in irgendwelche

Unterlagen vertieft, ein Arzt, der trotz seiner Brille und der gegelten Haare nicht viel älter aussah als Theo, hielt Block und Stift bereit und betrachtete mich erwartungsvoll.

Ich räusperte mich und versuchte, die vergangene Nacht abzuschütteln. »Ganz gut, denke ich.« Aus dem Augenwinkel sah ich, dass Evelyn mir einen scharfen Blick zuwarf, aber den ignorierte ich.

Dr. Spielvogel lächelte. »Das denken wir auch. Deine Werte sind gut, die Schmerzmittel konnten wir reduzieren und du machst einen wesentlich wacheren Eindruck als in den letzten Tagen. Du wirst noch ein paarmal zur Kontrolle wegen deines Arms und der Rippenfraktur kommen müssen, aber es spricht nichts dagegen, dass deine Mutter und dein Freund dich gleich mit nach Hause nehmen.«

»Wirklich?« Ich richtete mich noch ein bisschen mehr auf, was meine Rippe mit einem fiesen Stechen quittierte, aber ich war mir ziemlich sicher, dass ich mein Gesicht unter Kontrolle hatte.

»Wirklich.« Dr. Spielvogel nahm mich mit einem Blick ins Visier, den ich nur zu gut von Mama kannte. Gleich folgte etwas sehr Ernstes. »Frida, deine Mutter hat mir erzählt, wie wichtig dir Pferde sind. Aber bis auf Weiteres hast du nichts auf einem Pferd zu suchen, ist das klar?«

Die goldflitternde Glücksblase, die sich in meinem Bauch breitgemacht hatte, schrumpfte ein bisschen, doch natürlich wusste ich das längst. Ich schloss kurz die Augen. Wie lang konnte so was schon dauern? Acht Wochen, wenn alles gut ging, vielleicht weniger. Das sollte zu schaffen sein.

Also nickte ich und sah Dr. Spielvogel fest in die Augen. Sie waren dunkelbraun mit Karamellsplittern drin. »Ist klar.«

Ihr Blick wurde weicher. Sie griff nach meinem linken großen

Zeh und drückte ihn sanft. »Gut. Du hattest wirklich Glück, Frida, ich hoffe, du weißt das zu schätzen. So schnell will ich dich hier drin nicht mehr sehen, verstanden?«

»Verstanden.«

Wir grinsten uns an, und während die drei sich um Evelyn kümmerten, machte ich mich über mein Frühstück her.

Eine Stunde später setzte Mama Jannis am Carlshof ab, weil er noch trainieren und Reitunterricht geben musste. Abends würde er aber vorbeikommen. Ich war zu erleichtert, endlich nach Hause zu dürfen, als dass ich der aufblitzenden Frage groß Aufmerksamkeit schenken wollte, was ich mit dem Rest der Ferien anstellen sollte. Im Gegensatz zu meinem Freund durfte ich ja nun nicht mehr beim Reitbetrieb mithelfen, sondern musste mich »schonen«. Das klang nach einer rücksichtsvollen Umschreibung von »langweilen«.

Als wäre ich sieben Monate und nicht nur sieben Tage weg gewesen, kam mir unsere Allee heute besonders schön vor. Klar, so richtig frisch waren die Blätter nach dem langen, trockenen Sommer nicht mehr, aber die Sonne schien durch die Zweige der Linden, warf flirrende Schatten auf den staubigen Asphalt und tauchte die Zufahrt in grüngoldenes Licht. Ein paar Hundert Meter weiter kam unser Torbogen in Sicht, der von Kletterrosen überwuchert war.

»Das Tor sieht aus wie im Märchen. Als würde es in ein Zauberland führen«, sprach ich meinen Gedanken laut aus.

Mama lächelte mich an, dann wandte sie den Blick wieder auf die Straße. »Genau dasselbe habe ich zu Papa gesagt, als wir das Gut zum ersten Mal besichtigt haben. Damals war es ein ziemlich baufälliges Zauberland«, sie lachte leise, »aber wie ein Märchen kam mir Eldenau da schon vor.«

»Es ist noch viel besser«, murmelte ich, während sie durch das Tor auf den Hof fuhr. »Es ist unser Zuhause.«

Mama räusperte sich, zog im Carport die Handbremse an und lehnte sich zu mir herüber. Sie griff nach meinem Kopf und drückte mir einen Kuss auf den Scheitel. »Ach, meine Kleine.«

Stöhnend fasste ich mir an die rechte Seite. Momente wie dieser überzeugten mich davon, dass »Schonen« doch keine schlechte Idee war. Wenigstens für zwei, drei Tage.

»Oh, tut mir leid.« Mama ließ mich los und sah mich aus großen Augen an. »Alles in Ordnung?«

Mit zusammengebissenen Zähnen nickte ich und versuchte mich an einem Lächeln. Dann drehte ich mich viel zu schnell um, weil die Beifahrertür aufgerissen wurde. Wieder stöhnte ich.

»Da seid ihr ja endlich«, sagte Theo, der sich ins Auto gelehnt und mich umarmt hatte. »Mach schon, alle warten.«

Er richtete sich auf und hielt mir die Hand hin. Mühsam schob ich die Beine aus dem Auto, drehte mich im Sitz und ließ mich auf die Füße ziehen.

»Gut, dass du wieder da bist«, nuschelte er, als er mich noch mal an sich zog, »war ziemlich langweilig ohne dich.«

»Frag mich mal«, antwortete ich, als ich mich losmachte. Ich boxte ihm gegen den Arm und grinste, und er ziepte mich doch tatsächlich an den Haaren, etwas, was er seit bestimmt fünf Jahren nicht mehr getan hatte.

Mit »Alle warten« hatte er nicht übertrieben. Als ich mit Mama und Theo, der mein Gepäck ausgeladen hatte, um die Hausecke bog, fing ich an zu grinsen. Mir sah ein ganzer Pulk Leute entgegen.

»Willkommen zu Hause«, riefen sie jetzt.

Papa kam auf mich zu und nahm mich vorsichtig in die Arme, dann drängelte sich Luise dazwischen, danach waren Hilda, Simon und Heinrich an der Reihe und schließlich sogar Nils, der mich mit einem schiefen Grinsen aber gleich wieder losließ. Es herrschte das übliche Tohuwabohu, alle quatschten durcheinander, und dafür war ich dankbar, denn so wurde die ganze Sache wenigstens nicht zu rührselig.

Feuchte Augen bekam ich dann doch, als mein Blick aufs Haus fiel. Über der Eingangstür hing ein weißes Bettlaken, auf dem ebenfalls »Willkommen zu Hause« stand, umrahmt von Hufeisen, vierblättrigen Kleeblättern, Sonnenblumen, rosa Klecksen mit Ringeln an einem Ende, die wohl Glücksschweinchen darstellen sollten, und einem schwarz-weiß gefleckten Tier, das ich im ersten Moment für eine Kuh hielt, in dem ich dann aber doch Liv erkannte.

»Das haben deine Ponykinder gemalt«, flüsterte Luise mir zu. »Zusammen mit Nils.«

Verblüfft wandte ich mich zu ihm um, aber er unterhielt sich mit Theo, deswegen verschob ich mein Dankeschön auf später. Hilda erklärte, dass ich mich bis zum Mittagessen in eineinhalb Stunden ruhig noch mal hinlegen könnte, aber Luise grinste.

»Hinlegen, klar. Die will zu den Pferden. Oder?«, fragte sie mit einem Blick zu mir.

Was war das denn für eine Frage? Ich hatte mich schon halb umgedreht, als mich der Albtraum der letzten Nacht durchzuckte. Was, wenn er sich bewahrheiten würde? Doch dann nickte ich entschlossen. Von so einem blöden Traum würde ich mich bestimmt nicht kirre machen lassen.

»Wir sehen uns zum Mittagessen.«

Während die anderen wieder an die Arbeit gingen, marschierte ich los. Okay, »schleichen« traf es vielleicht besser, aber immerhin hatte ich keine Schmerzen dabei. Kaum war ich um die Reithalle gebogen, sah ich sie schon: Liv streckte den Kopf um die Ecke ihres Unterstands, als hätte sie meine Schritte erkannt, entdeckte mich und wieherte. Mit ein paar Trabschritten überquerte sie den Paddock und schob ihre Nase über den Zaun.

»Hallo, mein Mädchen«, sagte ich leise, als sie mir entgegenbrummelte. Vorsichtig hielt ich ihr die Hand hin, ließ sie schnuppern, und dann streichelte ich sie an jeder Stelle, die ich erreichen konnte.

Es waren längst nicht genug. Durch den Zaun zu klettern, konnte ich mir mit meiner Rippe abschminken, deswegen öffnete ich das Gatter, schlüpfte hindurch und verriegelte es hinter mir. Liv drängte sich an mich und ich schlang ihr die Arme um den Hals und drückte mein Gesicht in ihre Mähne.

So standen wir eine Weile. Wie ich das vermisst hatte! Diesen Geruch, die Wärme, das Gefühl, dass ohne Worte alles gesagt war. Meine Hand wanderte zu ihrem Widerrist, und ich begann, sie zu kraulen, bis sie ihr Gewicht verlagerte und das linke Hinterbein entlastete.

»Das haben wir viel zu lang nicht gemacht, was, meine Süße?«, flüsterte ich.

Ich massierte ihre Ohren, nacheinander, weil ich die Finger an meinem geschienten Arm nicht gut bewegen konnte, und dann streichelte ich ihre Stirn, bis sie mir den Kopf in die Arme legte und die Augen schloss.

Ich war wieder bei meinem Pferd. Alles war gut.

Juniper hatte den Tag mit den anderen Wallachen auf der Weide verbracht, deswegen musste ich bis zum Abend warten, um ihn zu begrüßen. Aber dann verpasste ich es sogar, dass sie die Pferde für die Nacht hereinholten, denn Mama hatte mich fast mit Gewalt gezwungen, mich hinzulegen, weil ich angeblich so blass war. Unfassbarerweise hatte ich drei Stunden geschlafen.

Als ich wieder aus dem Bett kroch, waren die Vorbereitungen fürs Abendessen in vollem Gange, ich hörte das Geschirr bis in mein Zimmer klappern. Ein bisschen benommen von der späten Siesta tapste ich die Treppe hinunter und blieb an der Küchentür stehen.

»Ähm, kann ich noch schnell Juniper Hallo sagen?«

Mama strich sich eine Haarsträhne hinters Ohr und lächelte. »Klar. Jannis und Max haben sich zum Essen angekündigt, aber sie schaffen es nicht vor halb acht.«

Ganz kurz war ich irritiert, dass Jannis das mit meiner Mutter vereinbarte, aber dann winkte ich ihr nur zu und war auf dem Weg nach draußen.

Als Juniper mich kommen hörte, streckte er den Kopf über die Boxentür und brummelte. Ich musste lachen, weil ihm ein paar Halme Heu aus dem Maul hingen.

»Na, Dicker?« Mit dem Riegel hatte ich einhändig ziemlich Mühe, aber irgendwie schaffte ich es, die Tür zu öffnen, obwohl mir Juniper im Gesicht herumschnupperte. »Ich rieche immer noch nach Krankenhaus, was?«

Anscheinend war ihm das egal, denn mit einem tiefen Seufzen lehnte er seine Stirn gegen meinen Bauch, und da blieb er, bis ich uns beide beinahe in Trance gekrault hatte.

»Ich hab dich auch vermisst«, flüsterte ich, als er den Kopf wieder hob, und er schnaubte. Grinsend schlug ich vor: »Morgen gehen wir spazieren, was meinst du?«

Dass er sich nach einem letzten sanften Nasenstüber wieder seiner Heuration widmete, wertete ich als Zustimmung. Ich hoffte bloß, dass ich dieses Versprechen auch einhalten konnte.

Auf dem Weg zurück zum Haus stockte ich. Die Ponybox … Bisher war alles so gut verlaufen, dass ich nur lachen konnte, wenn ich an meine Panik von heute Nacht dachte. Es war Zeit für den Beweis, dass der Traum einfach nur ein normaler Schritt zur Verarbeitung war. Ich hatte da viel zu viel hineininterpretiert. So was konnte schon mal passieren, wenn einem ein Traum so realistisch vorkam.

Entschlossen änderte ich meine Richtung und marschierte auf die Box zu. Ich stellte mich auf die Zehenspitzen und linste über die Tür.

»Na, ihr Süßen«, begrüßte ich die Stuten, die friedlich an ihren Heuhaufen mampften.

Ein paar Ohren waren in meine Richtung gezuckt, Suki und Pheli hoben kurz den Kopf, aber mehr Aufmerksamkeit hatten sie gerade nicht für mich übrig. Das war mir recht.

Daran, dass meine Handfläche plötzlich feucht war und beim ersten Versuch vom Riegel abrutschte, hätte ich schon erkennen müssen, dass etwas nicht stimmte. Doch stur, wie ich war, zog ich ihn auf und schlüpfte durch die Tür. Im selben Moment begann es in meinen Ohren zu rauschen. Ich fühlte mich wie ein Taucher, der den Haikäfig verlassen hat und sich plötzlich von Reihen über Reihen nadelspitzer Zähne umzingelt sieht. Die Box drehte sich einmal um mich.

Jemand keuchte auf, und erst mit einer Sekunde Verzögerung

erkannte ich, dass dieser Jemand ich war. Es kam mir vor, als hätte mein Bewusstsein keine Verbindung mehr zu meinem Körper. Plötzlich waren da Geräusche, für die ich keine Erklärung hatte, Stampfen, Schnauben und Wiehern, oder vielleicht war es auch ein Echo, woher, wusste ich nicht, ich wusste gar nichts, nur dass ich wegmusste …

Anscheinend hatte ich einen Schritt nach hinten gemacht, denn ich stieß mit dem Rücken gegen die Wand der Box. Mit einem Mal nahm ich meinen Körper wieder wahr, es prickelte auf meiner Oberlippe und unter meinen Achseln, meine Lungen pumpten.

Wieder hob Pheli den Kopf und hielt mitten im Kauen inne. Ihre plötzliche Starre schien sich in Sekundenbruchteilen auf den Rest der Gruppe zu übertragen. Eine nach der anderen hoben die Stuten den Kopf und fixierten mich mit großen Augen. Mit dem Fuß tastete ich mich nach hinten, einen Schritt, noch einen, bis ich durch die Tür treten konnte. Irgendwie schaffte ich es, den Riegel vorzuschieben.

Draußen lehnte ich mich an die Bretterwand, presste die Augen zu und glitt in die Hocke. Meine Ohren klingelten, während ich versuchte, zu Atem zu kommen.

Mist. Mist, Mist, Mist.

Jannis

»Frida?«

Sie zuckte zusammen und sah auf. Scheiße, was war denn mit ihr los? Ich stürzte auf sie zu, während sie versuchte, sich an der Wand der Paddockbox hochzustemmen.

»Bist du in Ordnung? Du bist ganz blass, ist dir schlecht?« Ich redete auf sie ein, ohne selber genau mitzukriegen, was ich sagte. Ihr war der Schweiß ausgebrochen, und ihr Blick war irgendwie unfokussiert, bis er irgendwann an meinem Gesicht hängen blieb und sie langsam den Kopf schüttelte.

»Alles okay.«

Ich griff nach ihrem Ellbogen, weil sie schwankte.

»Ich …«, krächzte sie. »Es war vielleicht alles ein bisschen viel.«

Prüfend schaute ich sie an. Ein bisschen viel? Für Frida? Insgeheim pflichtete ich ihr bei, sie war ja heute bestimmt nicht zum ersten Mal bei den Pferden. Aber dass sie es zugab …

Ich legte ihr den Arm um die Taille und merkte erleichtert, dass sie mit jedem Schritt sicherer auftrat. Als wir fast schon am Haus waren, zog sie meinen Arm hinter ihrem Rücken hervor und nahm meine Hand.

»Wirklich, Jannis«, sagte sie, ohne mich anzusehen. »Es ist alles gut. Mir war gerade nur ein bisschen schwindlig. Das wird wieder.« Sie blickte auf. »Erzähl den anderen nichts, okay? Die sind sowieso so gluckig.«

Das brachte mich zum Schmunzeln. Ja, das konnte ich mir gut vorstellen, dass die Benekes Frida begluckten. Ich lächelte sie an und nahm sie in die Arme.

»Alles klar. Aber wenn es dir schlechter geht, sag was, ja?«

Sie lehnte sich an mich und atmete vorsichtig ein. Ihre Haare an meinem Gesicht waren wie eine Wolke aus Seide. Ich vergrub meine Nase darin und war nicht im Geringsten überrascht, dass mein Herz anschwoll wie ein Heißluftballon. Besser, ich hielt sie noch ein bisschen fester, nicht dass ich den Boden unter den Füßen verlor und wegdriftete.

Bloß hatte ich vergessen, dass sie sich eine Rippe gebrochen hatte. Frida zuckte zusammen und stöhnte. Als hätte ich mich verbrannt, ließ ich sie los.

»Oh Gott, entschuldige! Ich bin so ein Idiot! Bist du …?«

Sie zog eine komische Grimasse, die ich erst nach einer Sekunde als unterdrücktes Lachen einordnen konnte. Leider endete das im nächsten Stöhnen.

»Jannis! Nicht du auch! Reiß dich zusammen!«, presste sie hervor.

Ich fasste nach ihren Armen und ließ meine Hände an ihnen hinuntergleiten, bis ich ihre Finger hielt.

»Okay, abgemacht«, meinte ich grinsend. »Ich werde dich total rücksichtslos behandeln und kein einziges Mal fragen, wie's dir geht.«

»Deal«, sagte sie, beugte sich vor und küsste mich.

»Hallo, Jannis.«

Man sollte mit einem Sattel auf, einer Trense über und einer Putzbox samt Gamaschen unter dem Arm nicht ans Handy gehen. Dann würde man auch deutlich den Namen des Anrufers sehen und wäre nicht überrascht, wenn der sich als der eigene Vater entpuppte.

»Hallo, Björn.«

Kurze Pause, wie immer, wenn ich ihn bei seinem Vornamen nannte. Dann: »Wie geht's?«

»Läuft.« Geistesabwesend nickte ich Frau Theißen zu, die ihren Schimmel zum Reitplatz führte.

»Schön. Warum ich anrufe, Jannis: Wie kommst du mit Darina voran?«

Seufzend stellte ich das Putzzeug ab und ließ den Sattel auf den Anbinder gleiten. »Keine Sorge, ich hab Neubrandenburg nicht vergessen. Bis dahin ist sie fit.«

»Mhm«, machte er. »Ich habe mit deiner Mutter gesprochen, und da hatte ich den Eindruck, dass Darina noch nicht wieder unter dem Sattel geht.«

Ja, und wessen Schuld war das? Wer hatte denn diesen gemeingefährlichen Bereiter auf sie losgelassen? Aber diese Überlegungen schluckte ich runter. Zu blöd, dass Mama nicht besser lügen konnte, dann hätte ich jetzt diese Diskussion nicht gehabt.

»Mir war's wichtiger, dass sie Kondition und Sprungkraft aufbaut. Wir haben noch sieben Wochen, bis dahin packen wir das.«

»Wenn du Hilfe brauchst, Jannis …«

»… frag ich Mama, klar. Du, ich muss los, ich hab heute noch ein paar Pferde zu reiten. Bis dann.«

Ich legte so schnell auf, dass ich sein »Halte mich auf dem Laufenden!« sehr wohl überhört haben konnte.

Schnaufend steckte ich das Handy weg und lehnte mich auf den Anbindebalken. Die Wahrheit war, dass ich praktisch alles gemacht hatte, was ich tun konnte, um Dari für Turniere fit zu bekommen, *außer* sie nach ihrem Trauma wieder an einen Sattel zu gewöhnen. Irgendwie hatte ich gehofft, dass sich das Problem von allein lösen würde, wenn wir nur ganz viel Routine beim Reiten kriegten. Die hatten wir jetzt zwar, trotzdem konnte ich nicht verhindern, dass mir die Bilder vom letzten Herbst durch den Kopf gingen, als Dari bei allem ausgetickt war, was ansatzweise nach Satteldecke aussah.

Seitdem war viel passiert, Frida, Dari und ich hatten hart gearbeitet, trotzdem wusste ich, dass wir an einem heiklen Punkt waren. Wenn ich den nächsten Schritt verbockte, war Daris Turnierkarriere ziemlich wahrscheinlich Geschichte. Dabei hatte sie noch nicht mal richtig angefangen.

Natürlich war mir das Prinzip einer Sattelgewöhnung klar, aber Frida kannte Dari so gut – ich hätte mich einfach besser gefühlt, wenn sie dabei gewesen wäre. Doch jetzt fiel sie wahrscheinlich wochenlang aus. Gestern Abend war sie beim Essen total schweigsam gewesen und noch vor neun fast im Sitzen eingeschlafen. Sie dachte ja vielleicht, dass sie keine Rücksicht brauchte, aber mit der Meinung stand sie ziemlich allein da.

Eine Weile starrte ich noch vor mich hin. Ich ging die Zeit bis zum Turnier in Neubrandenburg durch, zählte Trainingstage, wog Vor- und Nachteile ab. Irgendwann kam ich zu einem Ergebnis.

Ich atmete tief ein und stieß mich vom Anbinder ab. Heute Nachmittag hatte ich noch zwei Pferde zu reiten, aber später, wenn ich sicher sein konnte, dass niemand außer mir in die Halle wollte, würde ich loslegen.

Ich fing ganz langsam an, mit einem ziemlich flatterigen Schal, den ich mir aus Mamas Schrank lieh. Das Ding war super, wenn ich es hochwarf, segelte es wie ein Fallschirm langsam zu Boden. Dari ließ ich in Ruhe, sie stand in einer Ecke, sah mir zu und schien sich zu fragen, wann ich unter die Ausdruckstänzer gegangen war.

Irgendwann ließ ich das Tuch im Sand liegen, ging hinter die Bande und tat so, als würde ich Pylonen sortieren. Stattdessen war ich mit meiner Aufmerksamkeit ganz bei Dari. Da ich anscheinend nicht vorhatte, weiter zu ihrer Unterhaltung rumzualbern, ging sie Schritt für Schritt auf den Schal zu. Ein Stückchen entfernt blieb sie stehen, streckte den Hals und roch daran.

Mamas Parfüm war wohl vertrauenerweckend genug, jedenfalls hob sie das Tuch mit den Lippen hoch und ließ es wieder fallen. Das machte sie zwei-, dreimal, immer ungeduldiger, weil sie es nicht so hoch werfen konnte wie ich.

Ich drehte mich zu ihr und lachte laut. Sie hob den Kopf, sah mich an und stampfte auffordernd mit dem Huf. Die Einladung nahm ich natürlich an. Während ich auf sie zuging, täuschte ich immer wieder einen Schwenk nach rechts oder links an, und jedes Mal machte sie einen Sprung in die eine oder die andere Richtung, als wollte sie sich mir in den Weg stellen. Es war ein Spiel, das wir perfekt draufhatten, und es wurde uns nie langweilig.

Mit einer großzügigen Geste überließ sie mir den Schal. Ich schnappte ihn mir, knüllte ihn zusammen und warf ihn nach ihr. Es war riskant, aber die Wirkung belohnte meinen Impuls. Sie riss den Kopf hoch, drehte auf der Hinterhand um und preschte ein paar Galoppsprünge davon. In der Ecke fuhr sie wieder zu mir herum und schüttelte ihre Mähne, aber nicht aus Nervosität, sondern vor Aufregung. Sie wartete auf mich.

Wieder hob ich das Tuch auf. Erst versteckte ich es hinter meinem Rücken und schlenderte auf sie zu, dann zog ich es hervor und schwenkte es über meinem Kopf wie eine Fahne. Daris Ohren zuckten vor Konzentration, aber sie ließ mich so nah kommen wie möglich, nur um dann durch die verbleibende Lücke zwischen mir und der Bande davonzurasen. Ihre Augen sprühten vor Freude. Deutlicher wäre nur gewesen, wenn sie »Ätsch!« gerufen hätte.

Noch während sie an mir vorbeirannte, warf ich den Schal nach ihrem Kopf. Er entfaltete sich in der Luft und nahm ihr kurz die Sicht, aber außer einem Schnauben und einem ungeduldigen Kopfschütteln entlockte ihr das keine Reaktion.

So machten wir weiter, bis wir uns schwer atmend gegenüberstanden. Ich ließ die Schultern sinken und nahm alle Spannung aus meiner Haltung. Mein Blick wurde weich, und es dauerte keine drei Sekunden, bis Dari sanft schnaubte. Sie stellte sich neben mich und wartete.

Mit den Fingerknöcheln rieb ich ihren Hals, und als sie mich mit der Nase anstupste, streichelte ich ihren Kopf. Das Tuch hatte ich mir in die Hosentasche geschoben, aber jetzt zog ich es wieder heraus und fing an, sie damit abzureiben. Erst den Hals, dann den Kopf, dann warf ich es noch einmal hoch und ließ es über ihre Augen gleiten. Und kein einziges Mal spannte sich Dari an.

Wieder legte ich eine Kuschelpause ein. Dari war so ruhig, dass sie mit halb geschlossenen Augen beinahe döste. Ihr Atem ging tief und gleichmäßig.

Vielleicht hätte ich jetzt aufhören sollen, aber ich war wie im Rausch. Monatelang hatte ich diesen Tag aufgeschoben und jetzt klappte alles wie am Schnürchen. Wahrscheinlich war es so, wenn man im Casino eine Glückssträhne hatte und im Anschluss alles wieder verspielte.

Doch so weit wollte ich es nicht kommen lassen. Das mit Dari war kein Glück. Ich kannte sie.

Ich hielt ihr den Schal ausgebreitet vors Gesicht, legte ihn über ihre Augen und zog ihn dann über die Ohren und den Hals bis zum Widerrist. Dort blieb er liegen. Langsam wandte ich mich ab und wartete, bis sie sich mir anschloss. Mit gesenktem Hals trottete sie neben mir her, während ich eine Runde nach der anderen um die Halle drehte.

Nach ein paar Minuten hielt ich sie an, machte dasselbe mit dem Schal wie eben, nur dass ich ihn diesmal weiter auffächerte und unter ihrem Bauch zusammenband. Kurz drehte sich ihr Ohr zu mir, aber dann atmete sie aus, und als ich weiterging, setzte sie sich ohne Zögern in Bewegung. Diesmal trabten wir sogar ein paar Meter, und immer wenn ich langsamer wurde, parierte auch sie völlig entspannt zum Schritt durch und blieb auf meiner Höhe.

Damit ließ ich es gut sein. Nicht zu viel auf einmal und immer mit einem Erfolg aufhören, das hatte ich von Frida gelernt. In der Mitte der Bahn blieb ich stehen, löste den Knoten und knüllte das Tuch in meine Tasche. Und dann standen wir da, mein Pferd und ich, und staunten, was wir geschafft hatten.

Eine ganze Weile später zuckte Daris rechtes Ohr zum Halleneingang. Ich drehte mich um. Mama und Max lehnten an der Bande und schauten uns zu. Als sie merkten, dass wir sie gesehen hatten, zog Mama eine Augenbraue hoch und fragte: »Du weißt schon, dass der Schal aus Seide ist, oder?«

Am nächsten Tag übernahm Mama Max' Reitstunde, sodass ich kurz nach dem Mittagessen zu Frida fuhr. Ich fand sie mit Liv und Juniper hinter dem Haus. Es war ein idyllisches Bild, die Rappscheckstute und der dunkle Fuchswallach auf der Wiese am Bach und Frida in einem Lehnstuhl unter der großen Trauerweide, und doch versetzte es mir einen Stich, wenn ich mir vorstellte, wie schwer es Frida fallen musste, eine ganze Weile nicht mit den beiden arbeiten zu dürfen.

Sie hatte mir ihr Gesicht abgewandt, und erst kapierte ich gar nicht, wieso, bis ich bemerkte, dass jemand neben ihr auf dem Boden saß. Ich hörte ihr leises Lachen, als Nils etwas zu ihr sagte.

Mit einem »Hallo« machte ich mich bemerkbar.

Nils hob grüßend die Hand, während Frida langsam den Kopf drehte und mich anlächelte. »Hey.«

Ich beugte mich zu ihr und küsste sie kurz, dann sah ich Nils an. »Wie geht's?«

Er nickte. »Läuft.« Umständlich stand er von der Karodecke auf. »Ich wollte sowieso gerade los.«

»Bis morgen.« Frida winkte, und während er über die Wiese davonstapfte und ich mich auf die Decke fallen ließ, musste ich mich wirklich zusammenreißen, damit meine Laune nicht in den Keller rauschte. Ich erkämpfte mir jede Minute, die ich mit meiner Freundin zusammen sein konnte, und Nils ging hier aus und ein, als würde er zur Familie gehören.

Einen bissigen Kommentar konnte ich mir trotzdem nicht verkneifen. »Ist ja 'ne angenehme Art, seine Strafstunden abzuarbeiten.«

»Der ist schon seit sieben hier.« Frida lächelte, und ich schrieb es ihren Schmerzmitteln zu, dass sie bei meinem Ton nicht durch die Decke ging. »Er hat mir nur ein bisschen Gesellschaft geleistet.«

Sie streckte den Arm aus und strich mir über die Wange. Die Bewegung war so zart, dass ich nach ihrer Hand greifen und ihr einen Kuss auf den Handrücken drücken musste.

»Hast du viel zu tun?«, flüsterte sie.

Ich zuckte mit den Schultern und hielt weiter ihre Hand.

Sie seufzte und drehte den Kopf weg. »Und ich liege hier den ganzen Tag nutzlos herum. Ich bin sogar zu schlapp, um mit den beiden spazieren zu gehen.« Sie deutete auf Liv und Juniper, aber für einen Moment kniff sie die Lippen zusammen, sodass ich den Eindruck hatte, ihr ging noch etwas anderes durch den Kopf.

Eigentlich hatte ich vorgehabt, ihr von der Trainingseinheit mit Dari gestern zu erzählen, dass wir endlich den ersten Schritt zur Sattelgewöhnung gemacht hatten. Aber plötzlich kam es mir falsch vor. Frida war von Anfang an dabei gewesen, ihr jetzt auf die Nase zu binden, was sie verpasste, war gemein. Irgendwann musste ich es ihr sagen, klar, aber nicht heute.

Heute reichte es, hier neben ihr zu sitzen, dem Bach und dem Wind in den Bäumen zu lauschen und zuzusehen, wie Liv und Juniper grasten und immer wieder zu Frida kamen, um sich ein paar Streicheleinheiten abzuholen, so als müssten auch sie sich davon überzeugen, dass sie wirklich wieder da war.

Frida

Sie gaben sich Mühe, ich merkte es ja. Aber das änderte nichts daran, dass mir alles zu viel war, Mama, die den Mund zuklappte, wenn sie sich dabei ertappte, wie sie mich zur Vorsicht mahnen wollte, Papa, wenn er extragut gelaunt war, weil er mich aufmuntern wollte, Theo, der mich aus riesigen Rehaugen anstarrte, wenn er dachte, ich würde es nicht merken, so als wäre ich kostbar wie ein Schatz, von dem er gerade erst den Grünspan abgerieben hatte. Hilda, die seit Tagen nichts als meine Leibspeisen kochte und sich heimlich die Tränen aus den Augenwinkeln wischte. Die Einzigen, mit denen ich es einigermaßen aushielt, waren Heinrich, weil der wie immer nichts sagte, und Luise, die mich nur hin und wieder stirnrunzelnd anguckte und dann rumkommandierte wie gehabt.

Richtig nervig wurde es, als ich nicht mehr die Hälfte der Zeit verschlief wie in den ersten Tagen nach dem Krankenhaus. In meinem Zimmer zu bleiben, war keine Option, weil ich dort spätestens nach einer halben Stunde nicht mehr atmen konnte, und auf dem Hof fühlte ich mich ständig beobachtet, so als würden die anderen absichtlich mal hier um die Ecke kommen und mal dort nach mir sehen. Hätte ja sein können, dass ich mich in Luft auflöste, sobald niemand mehr ein Auge auf mich hatte. Dabei bestand nicht die geringste Gefahr, dass mir irgendwas passierte. Reitverbot hatte sich ja noch verkraftbar angehört, aber ich stellte fest, dass ich dank der gebrochenen Rippe so schwerfällig war, dass es nicht mal für Bodenarbeit reichte.

Weil ich irgendwann gar nicht mehr wusste, wohin mit mir, fing ich an, in der Gegend rumzustreunen. Am Strand war zu viel los, im Moor fielen die Mücken über mich her, und selbst in den Ecken des Westwalds, wo es Anfang der Sommerferien nicht gebrannt hatte, roch es immer noch nach Rauch. Es dauerte eine Weile, bis mir die Idee kam, es mal mit dem Naturschutzgebiet zu versuchen.

Es lag auf einer Landzunge nordöstlich vom Gut, im Westen begrenzt von einem Steilhang, im Norden und Osten umgeben vom Wasser der Ostsee und der Wiek. Man gelangte nur über eine Landenge im Süden dorthin, und anscheinend war den meisten Touristen die Anfahrt über den schmalen Feldweg zu mühsam, jedenfalls hatte ich hier meine Ruhe. Und wenn sich doch mal ein paar Wanderer hierher verirrten, dann, tja, dann tat ich etwas, was Mama die Wände hochgeschickt hätte: Ich kletterte über den Zaun und trieb mich eine Weile im Gehege der Koniks herum.

Die Wildpferde waren so was wie die Royals von Eldenau. Man bekam sie selten zu Gesicht, denn der Anstand verlangte, dass man ihnen nicht zu nah auf die Pelle rückte, aber trotzdem waren sie der ganze Stolz des Dorfes. Es gehörte zum guten Ton, Mitglied im Schutzverein zu sein, und auch wenn man sich das ganze Jahr nicht um die Koniks kümmerte, im November beim Auftrieb ließ man sich blicken.

In meiner Familie war das anders, bei uns spielten die Koniks immer schon eine größere Rolle. Einerseits grenzte das Gut ans Naturschutzgebiet, andererseits war Mama im Vorstand des Schutzvereins. Solange ich mich erinnern konnte, hatte sie mir das eingebläut: *Die Wildpferde sollen wild bleiben, halt dich von ihnen fern.* Obwohl ich wusste, dass es für die Koniks besser war, sich nicht an Menschen zu gewöhnen, suchte ich nun doch nach ihnen, und wenn ich dann eine Gruppe gefunden hatte, setzte ich mich in den Schatten eines Baums und guckte ihnen zu. Wir hielten Abstand, die Pferde und ich, vielleicht sogar aus demselben Grund.

Nach zehn Tagen merkte ich endlich, dass alles weniger anstrengend war und ich mich nicht mehr so vorsichtig bewegte. Leider bekam ich dadurch auch mit, wie sehr die anderen damit zu kämpfen hatten, dass ich nicht auf dem Gut mithelfen konnte. Die Ferien waren zwar fast vorüber, aber die Arbeit ging danach ja weiter.

Und noch immer steckte mir der Moment neulich in den Knochen, als ich in der Ponybox fast umgekippt wäre. Ein paar Tage ließ ich die Entschuldigung gelten, dass mir meine Rippe nach wie vor Probleme bereitete, dann siegte das schlechte Gewissen. Ich musste so schnell wie möglich wieder einsatzbereit sein. Aber auf dem Weg dahin brauchte ich keine Zuschauer.

Es war gar nicht so leicht, einen Moment abzupassen, in dem Mama und Papa mich nicht uberraschen konnten, denn es kam mir so vor, als schliefen sie überhaupt nicht mehr. Doch am letzten Ferientag, einem Sonntag, war ich endlich sicher, dass alle noch im Bett waren, als ich mich gegen halb sechs aus dem Haus und zu den Ponys schlich.

Sie hatten die Nacht auf der Weide verbracht, was die Sache leichter machte, denn so musste ich wenigstens nicht in die Box, sondern konnte sie einzeln auf den Platz bringen. Drei, hatte ich mir vorgenommen, drei Ponys wären ein ganz guter Anfang. Mit drei konnte ich umgehen, drei waren kein Risiko.

Ich entschied mich für Duncan, Nessie und Walter. Allen drei vertraute ich blind, mit ihnen konnte nichts schiefgehen.

Doch es begann schon schlecht. Nessie wollte nicht ohne Duncan auf der Weide bleiben und trippelte hinter uns her. Am Gatter kümmerte er sich gar nicht um mein »Halt!«, sondern drängelte sich zwischen Duncan und mir hindurch. Ich konnte ihm noch nicht mal einen Vorwurf machen, sonst holte ich sie immer zusammen von der Koppel, und mein Kommando hatte so jämmerlich geklungen, dass ich mich nicht mal selbst überzeugt hatte.

Trotzdem rauschte es in meinen Ohren, weil mein Herz erst nachträglich kapiert hatte, dass nichts geschehen war. Das Gatter war zu, wir standen auf dem Hof und niemand war verletzt. Mit diesem Gedanken rettete ich mich auf den Reitplatz, wo ich Duncan vom Strick ließ und kurz die Augen schloss, während die beiden Shettys eine Runde um den Platz pesten und dann anfingen, sich im Sand zu wälzen.

Mit Walter war es nicht viel besser. Immerhin blieb sein Kumpel James, wo er war, aber das änderte nichts daran, dass Walter ganz genau spürte, wie schnell mein Herz immer noch klopfte, und in seiner Verwirrung ein Tempo anschlug, dem ich kaum folgen konnte. Dass ich deswegen am Strick zog, trug nicht dazu bei, ihm mehr Sicherheit zu geben.

Irgendwie schaffte ich es auch mit Walter auf den Reitplatz. Nessie und Duncan freuten sich anscheinend auf die anstehende Trainingsrunde und galoppierten auf uns zu, um sich wie üblich die ersten Streicheleinheiten abzuholen, aber Walters Nervosität und der Überschwang der Shettys waren zu viel. Es gelang mir gerade noch, den Strick von Walters Halfter loszumachen, bevor ich mich umdrehte und unter dem Tor hindurchbückte.

Draußen sank ich erst mal auf den Boden und konzentrierte mich auf meinen Atem. Ein, aus, ein, aus, ein, aus, langsamer. Langsamer. Irgendwann tat mein Körper auch, was ich ihm sagte. Und trotzdem wusste ich, dass ich ein gewaltiges Problem hatte. Bisher hatte ich mich noch mit dem Gedanken beruhigt, dass der Tag, an dem ich aus dem Krankenhaus gekommen war, eine Ausnahme gewesen sein musste. Dass ich noch wacklig auf den Beinen war und mich der Albtraum aufgewühlt hatte. Jetzt musste ich der Wahrheit ins Gesicht sehen: Ich fühlte mich nicht nur total unsicher mit meinen Ponys, ich machte dadurch auch noch Fehler. Man durfte nervösen Pferden niemals den Rücken zudrehen! Aber vor allem sollte man nicht selber der Grund sein, warum sie nervös waren.

Hinter mir beschlossen die Jungs, dass von mir in der nächsten Zeit nichts zu erwarten war, und fingen an, sich über den Platz zu jagen. Sie hatten recht, ich brauchte eine ganze Weile, bis ich mich wieder in der Lage fühlte, eine Entscheidung zu treffen.

Heute wurde das nichts mehr. Ich hätte einfach zu Mama, Luise oder Theo gehen und ihnen das sagen können, aber das durfte ich nicht. Es hätte ihnen nur einen neuen Vorwand gegeben, mich nicht aus den Augen zu lassen. Und unter keinen Umständen wollte ich eine weitere Belastung sein. Also blieb nur eines: Ich musste die Ponys selbst zurückbringen.

Eine halbe Stunde und ein schweißgetränktes T-Shirt später hatte ich es dann auch geschafft. Es war fast sieben, und alles, was ich in diesen eineinhalb Stunden erreicht hatte, war, mir selber zu beweisen, dass mit mir etwas ganz und gar nicht in Ordnung war. Und ich hatte keine Ahnung, was ich dagegen tun sollte.

Jannis

Ich fasse es nicht, dass sie uns schon wieder den Claasen gegeben haben! In Französisch *und* Deutsch! Und dann Nachmittagsunterricht am Mittwoch. Das Tanztraining kann ich knicken …«

Während Linh vor sich hin plapperte, ließ sie Frida nicht aus den Augen. Genau wie ich. Sie hatte sich in die hinterste Ecke des Busses gesetzt und starrte aus dem Fenster. Hin und wieder nickte sie oder brummte zustimmend, aber wieso sie dachte, dass sie damit Linh oder mich täuschen würde, war mir ein Rätsel. Für Linh musste es ja noch viel auffälliger sein, sie hatte Frida seit dem Unfall heute zum ersten Mal gesehen. Anscheinend war selbst dieser erste, kurze Schultag zu viel gewesen für sie, jedenfalls hatte sie dunkle Ringe unter den Augen und war ganz grau um die Nasenspitze.

Ich hatte ihr angeboten, das Eisessen mit der Klasse sausen zu lassen und lieber den frühen Bus nach Hause zu nehmen, aber sie hatte sich richtig über den Vorschlag aufgeregt. Natürlich konnte ich verstehen, dass sie so schnell wie möglich ihr normales Leben zurückhaben wollte, aber der Rummel, den die anderen um sie veranstalteten, fiel sogar mir auf die Nerven. Eine Weile war es in der Eisdiele mit den neugierigen Nachfragen und den Mitleidsbekundungen noch weitergegangen, bevor sich alle den Klassikern Stundenplan und Lehrer zugewandt hatten.

Jetzt saß Frida aufrecht und angespannt in ihrem Sitz und biss sich immer wieder auf die Lippe. Selbst ein Blinder hätte gesehen, dass sie Schmerzen hatte.

»... vielleicht kann ich in die Freitagsgruppe wechseln ... wobei, das ist auch schlecht, das kommt sich dann mit Max' Besuchen in die Quere ...«

Ich weiß gar nicht, ob Linh mitbekam, was sie da redete. Ihr Gesicht wurde jedenfalls immer finsterer, aber sie hatte sich heute auch schon mehr als eine Abfuhr eingehandelt. Noch mal würde sie Frida nicht fragen, ob es ihr gut ging. Stattdessen guckte sie jetzt aus dem Fenster und griff nach ihrer Jacke und dem Rucksack.

»Okay, dann bis morgen.« Sie schaute mich an und nickte mir zu. Mein Blick war bestimmt genauso grimmig wie ihrer. »Frida, ich melde mich nachher bei dir, ja?«

Frida sah auf und lächelte schwach. »Klar. Bis später. Mach's gut.« Ihre Stimme klang ganz flach und über Linhs Nasenwurzel bildete sich eine kleine Falte.

Als der Bus hielt, schob sich Linh mit dem größten Teil der anderen Leute zur Tür, stieg aus und winkte uns vom Gehsteig aus zu. Frida winkte zurück und ich nutzte die Gelegenheit und griff mir ihre Hand. Einen Moment lang dachte ich, sie würde sie wegziehen, aber da fuhr der Bus wieder an, und ich rieb ihr mit dem Daumen über den Handrücken, und ihre Anspannung ließ ein kleines bisschen nach. Sie atmete tief ein, vorsichtig, so wie sie es sich in den letzten Wochen angewöhnt hatte, und der kleine Seufzer im Anschluss entschädigte mich für den ganzen Tag.

Ich drehte mich zu ihr, ohne sie loszulassen, und mit der anderen Hand strich ich ihr über die Haare. »Soll ich noch bis zum Gut mitfahren?«

Sie schüttelte den Kopf. »Nein, ich komme klar. Du hast genug zu tun.«

Beinahe hätte ich protestiert, aber sie hatte schon recht: Heute wollten noch drei Pferde geritten und zwei Stunden gegeben werden. Gerade als meine Gedanken anfingen, den optimalen Ablauf des Nachmittags zu planen, lehnte sich Frida zu mir und legte ihren Kopf in meine Halsbeuge. Ich war so überrascht, dass ich nach Luft schnappte, und das füllte meinen Mund und meine Nase mit ihrem Geruch – Honig, Heu, Erdbeere. Plötzlich saßen wir in einer Blase, ganz warm und leuchtend, an der der Lärm der Welt abprallte. Mein Arm fand von selber den Weg um ihre Schultern, und wenn ich nicht Angst gehabt hätte, ihr wehzutun, hätte ich sie noch viel enger an mich gezogen.

Eine Welle von Gefühlen überrollte mich, eins heftiger als das andere. Aber ich schob die Ratlosigkeit und das schlechte Gewissen weg und konzentrierte mich nur auf das Gute. Diese Momente waren so selten geworden, merkte ich – lag das nur daran, dass ich so viel arbeitete? Ich hatte sie vermisst. Ich hatte Frida vermisst.

Bis kurz vor meiner Haltestelle saßen wir so da. Dann machte Frida sich fest, hob die Hand und strich sich übers Gesicht. Sie sah mich an. »Na los, Dari wartet.«

Widerwillig ließ ich sie los. »Hören wir uns später?«

Sie nickte. »Klar.«

Unseren Abschiedskuss zog ich ein wenig in die Länge, und beinahe hätte ich meinen Halt doch noch verpasst, weil Fridas Lippen immer weicher wurden und ihre Hand sanft über meine Wange strich. Aber dann lehnte sie sich zurück. Sie lächelte.

»Bis später.«

Ich versuchte, ihren Blick zu halten, aber sie guckte zu der Busfahrerin, die mich im Rückspiegel auffordernd anstarrte.

»Bis später.« Mit einem Satz war ich auf der Straße und schaute dem Bus nach. Ich hoffte, dass Frida sich umdrehen und winken würde, aber sie tat es nicht.

Erst als ich schon die halbe Strecke zum Hof hinter mich gebracht hatte, bemerkte ich die drei runden, nassen Flecke auf meinem T-Shirt.

Mama saß mit einer Kaffeetasse auf der Treppe zum Reiterstübchen und telefonierte. »Ja, hier ist Eva Maibach. Ich wollte noch mal fragen, ob nächste Woche alles klargeht. Leider ist der Vertrag noch nicht angekommen. Wann haben Sie den denn in die Post gegeben?«

Sie winkte mir zu, und ich war schon fast vorbei, um meinen Rucksack ins Haus zu bringen und mein Rad zu holen, als ihre Miene immer düsterer wurde. Zögernd blieb ich stehen. Eigentlich wollte ich so schnell wie möglich zum Gut fahren und mit Frida reden, aber das sah nicht gut aus.

»Sie haben ihn noch gar nicht losgeschickt? ... Was soll das heißen, andere Pläne? ... Das überrascht mich jetzt ... Verstehe. Sie werden sich vorstellen können, dass mich das vor einige Probleme stellt, wenn Sie mir so kurzfristig ... Ja. Ihnen auch. Auf Wiederhören.« Sie ließ das Handy neben sich auf die Stufe fallen, kniff die Augen zusammen und fuhr sich durch die Haare. »Scheiße!«

»Was ist los?«

Sie öffnete die Augen und sah mich an. »Das war die neue Bereiterin. Sie kommt nicht.«

»Die aus Redefin, die nächste Woche anfangen wollte?«

Angesichts der Tatsache, dass es Monate gedauert hatte, bis wir eine gute Bewerberin für unsere freie Bereiterstelle gefunden hatten, war die Frage dämlich.

Mama nickte und rückte ein Stück zur Seite, damit ich mich neben sie setzen konnte.

»Kann sie das machen? Einfach absagen, obwohl ihr euch einig wart?«

Mama zuckte mit den Schultern. »Klar. Sie hat den Vertrag ja noch nicht unterschrieben. Und selbst wenn – was sollen wir mit jemandem, der hier nicht arbeiten will?«

Ich guckte sie an. »Und jetzt?«

»Ich lass mir was einfallen, versprochen, Jannis. So geht das nicht mehr weiter, dass du zusätzlich zur Schule ständig auf dem Hof mithilfst. Notfalls kündigen wir ein paar Berittverträge.«

»Auf keinen Fall!« Abgesehen davon, dass wir uns das gar nicht leisten konnten, wollte ich Botti und Caruso nicht hergeben. Die beiden waren mir ans Herz gewachsen, und ich glaubte ganz fest, dass ich mit ihnen auf Turnieren noch ziemlich erfolgreich sein konnte. »Wirklich, mir macht das nichts aus. Ich kriege das neben der Schule hin. Früher bin ich auch drei Pferde geritten.«

»Trainieren ist das eine, aber du gibst jetzt auch noch Unterricht. Irgendwann kippst du mir vom Pferd.«

Ich prustete. »Na, eher schlafe ich in der Schule ein.«

Mama zog eine Augenbraue hoch. »Das ist vielleicht ungefährlicher, aber deswegen nicht besser.« Sie seufzte. »Im Moment sehe ich keine andere Lösung, als für eine Weile die Unterrichtsgruppen zu vergrößern.«

Ich stemmte mich hoch und hob meinen Rucksack auf. »Dann machen wir das. Wir suchen einfach weiter, okay? Irgendwann müssen wir doch mal Glück haben und jemand Passendes finden.«

»Bestimmt.« Mama grinste schief und deutete hinter sich Richtung Haus. »Wenn du Hunger hast, ich habe Chili gemacht. Eine kleine Schüssel kannst du haben. Aber lass was für abends übrig!«, rief sie mir hinterher, während ich um die Ecke bog.

Auf dem Gut traf ich Frida nicht an. Robert hatte sie nach Buddenwalde zu ihrer Physiotherapie gefahren, und Kristin meinte, sie wären erst gegen fünf zurück. So lange konnte ich nicht warten, also fuhr ich wieder nach Hause, wo ich hörte, dass meine beiden Reitschülerinnen ihre Stunden abgesagt hatten. Das verschaffte mir unerwartet viel Zeit mit Dari.

Weil wir in den letzten Ferienwochen mehrere Lehrgänge gegeben hatten, war ich mit der Sattelgewöhnung noch nicht viel weitergekommen. Dari und ich hatten noch zwei-, dreimal mit Mamas schweineteurem Schal gespielt, aber zu mehr hatte mir die Ruhe gefehlt. Jetzt war die Gelegenheit für einen neuen Anlauf.

Wieder fingen wir mit dem Seidentuch an. Das Flatterding war Dari nicht nur vertraut, sie verband mittlerweile so viel Spaß damit, dass ihre Augen zu leuchten begannen, wenn ich es auch nur aus der Tasche zog. Nach ein paar Runden mit den üblichen Spielen hatte ich das Gefühl, wir könnten einen Schritt weiter gehen. Ich nahm Dari mit zur Bande, wo ich eine Schabracke abgelegt hatte. Es war nicht ihre, die Marcel damals unter ihrem Sattel benutzt und mit der er sie verprügelt hatte, sondern Selmas. Ihren Geruch kannte sie von all unseren Pferden am besten.

In der Mitte der Bahn hielt ich Dari an. Ich löste den Schal, den ich unter ihrem Bauch verknotet hatte, und ließ ihn in den Sand gleiten. Die Schabracke hielt ich ihr eine ganze Weile vor die Nase, sodass sie ausgiebig daran riechen konnte. Sie wirkte interessiert, aber auch ein bisschen vorsichtiger als mit dem Tuch. Also standen wir ein paar Minuten da, bis sie schnaubte und leckend den Kopf wegdrehte.

Ich streckte die Hand aus und kraulte ihren Mähnenkamm. »Genau, das ist nur eine langweilige Schabracke. Gut erkannt.«

Als ich mir sicher war, dass sie es zulassen würde, stellte ich mich neben sie und strich ihr mit der Schabracke über den Hals, die Schulter, dann die Vorderbeine bis zu den Fesseln. Ich hielt sie ihr wieder zum Schnuppern hin, aber sie zuckte nicht mal mit der Wimper.

Dann hob ich sie hoch über ihren Kopf. Dari sah mich fragend an, und irgendeine Erinnerung schien sich in ihr zu regen, doch sie machte keinen Schritt von mir weg. Als sie ausatmete und den Hals ein wenig senkte, warf ich die Schabracke neben mir auf den Boden und kratzte sie am Widerrist und an der Brust, bis sich ihre Oberlippe kräuselte.

Ich bückte mich nach der Schabracke, schüttelte sie aus und hielt sie Dari wieder hin. Diesmal würdigte sie sie kaum eines Blickes. Wieder hob ich sie über ihren Kopf, streifte ihre Ohren und ließ sie dann Zentimeter für Zentimeter über ihren Hals zu ihrem Widerrist und dann auf ihren Rücken gleiten. Und in keiner Sekunde zeigte Dari einen Hauch von Angst.

Als die Schabracke auf ihrem Rücken lag, streichelte ich ihren Hals. Langsam hob ich den Schal vom Boden auf, wiederholte das Spiel, schob ihn von ihrem Widerrist über die Schabracke. Mit meiner Hand auf ihrer Schulter liefen wir los, eine Runde, zwei, drei. Dann hielt ich sie wieder an und band die Schabracke mit dem Tuch fest.

Und das war's. Dari ging mit gesenktem Kopf neben mir her, trabte an, wenn ich sie darum bat, und fast ohne dass ich merkte, wie es passierte, spielten wir Fangen. Sie galoppierte um mich herum, übermütig wie ein Fohlen, und erst als ich in der Mitte der Bahn stehen blieb und sie zu mir holte, wandte sie den Kopf nach hinten und schnupperte an der Schabracke.

Aufatmend ließ ich die Schultern sinken. Wir hatten es geschafft. Klar, noch lag kein Sattel auf ihrem Rücken, aber irgendetwas sagte mir, dass wir die größte Hürde genommen hatten. Ich öffnete den Knoten, zog ihr die Schabracke und den Schal vom Rücken und dann wandten wir uns Richtung Ausgang.

Frida

Die folgenden Tage waren die Hölle. Sie waren noch schlimmer als die erste Woche nach dem Krankenhaus, als mir alles wehgetan hatte. Da hatte ich meine Gedanken wenigstens so lange von mir wegschieben können, bis es mir besser ging. Aber jetzt ging es mir besser und meine Gedanken waren meine ständigen Begleiter.

Nur dass aus den Gedanken keine Worte wurden. Linh war zurück, darüber war ich froh, gleichzeitig fürchtete ich mich vor den Fragen, die sie früher oder später stellen würde. Genau wie Jannis. Einem Teil von mir war es entgegengekommen, dass ich ihn in den letzten Ferienwochen so wenig gesehen hatte – doch jetzt war wieder Schule, und da konnte es nicht lange dauern, bis er merkte, was ich ihm alles verheimlichte. Ein paarmal war ich kurz davor, mit Mama zu reden, aber dann fiel mir wieder auf, wie müde sie wirkte, und überlegte es mir anders. Ihr besorgtes Stirnrunzeln blieb.

Ich musste weg. Ich brauchte wenigstens eine Stunde, in der nicht jeder Blick forschte und bohrte und etwas ans Licht bringen wollte, was die Sorge um mich rechtfertigte.

Also haute ich ab. Ins Naturschutzgebiet. Zu den Pferden. Mittlerweile wusste ich ziemlich genau, wo ich welche Gruppe zu welcher Uhrzeit fand. Die große Familie mit dem gelblichen Hengst, der dunklen Leitstute und den fünf Fohlen trieb sich wie erwartet auf der Wiese zwischen Wald und Bach herum, wo das Gras nicht ganz so spärlich wuchs wie im Rest des Geheges.

Der Hengst und die Leitstute hoben den Kopf, als sie mich bemerkten, aber die anderen Pferde zuckten nur mit den Ohren und beachteten mich nicht weiter. Ich wollte sie nicht stören, deswegen suchte ich mir ein gutes Stück von ihnen entfernt einen Baum am Fuß eines kleinen Hügels, rutschte am Stamm entlang zu Boden und machte es mir bequem.

Nach kaum einer Minute beschlossen auch der Hengst und die dunkle Stute, dass ich die Aufregung nicht wert war, und kümmerten sich nicht länger um mich. Die Sonne stand schon schräg und schickte goldene Strahlen über die Landspitze zu uns herunter, sodass die Luft flirrte und die Flügel der Insekten, die die Herde umschwirrten, funkelten. Grillen zirpten in den Baumkronen über mir, eine Amsel hatte sich einen Ast für ihr Abendlied gesucht und zwitscherte vor sich hin und ich lehnte den Kopf an den Birkenstamm, atmete tief durch und fühlte zum ersten Mal seit Sonntag so etwas wie Frieden.

Mein Blick wanderte über die Herde. Die Felle schimmerten in der untergehenden Sonne in allen Falbschattierungen, aber bei vielen der Pferde waren die Rippen zu sehen. Mir kam das komisch vor, denn ich hatte im Kopf, dass Koniks gute Futterverwerter waren, aber der Gedanke war schnell wieder verschwunden, als ich zwei Hengstfohlen beobachtete, die noch nicht einsehen wollten, dass es schon Abend war. Ich fühlte, wie mein Gesicht weich wurde, wie sich sogar ein kleines Lächeln darauf verirrte, während sich die beiden kleinen Draufgänger eine Balgerei lieferten und sich der Mausgraue zwischen seiner Mutter und einer anderen Stute durchdrängelte, in der Hoffnung, den größeren, stärkeren Falben abzuschütteln. Der nahm allerdings keine Rücksicht auf Verluste und preschte hinterher, was ihm zwei strenge Zurechtweisungen einbrachte. Nach einer Weile schienen die beiden doch müde zu werden und liefen zu ihren Müttern, um zu trinken.

Langsam kehrte Ruhe in der Herde ein. Ein Fohlen lag schon im bräunlichen Gras, hier und da waren zwei Stuten damit beschäftigt, sich gegenseitig das Fell zu kraulen. Die trockenen Nadeln unter meinem Hintern piksten zwar ein bisschen, aber der Boden und der Baumstamm in meinem Rücken gaben so viel von der Sonnenwärme ab, dass ich die Beine ausstreckte und kurz die Augen schloss.

Als ich wieder aufwachte, war die Sonne hinter der Landspitze verschwunden und die Wiese lag in blauem Schatten da. Die Pferde waren weitergewandert. Nach einem Moment entdeckte ich sie weiter unten am Kiesstrand.

Ich atmete ein und wollte mich hochstemmen, als mir eine Gänsehaut über die Arme lief. Sie kam nicht daher, dass die Abendluft frisch geworden war. Stocksteif blieb ich sitzen.

Ich war nicht allein.

Es dauerte ein paar Herzschläge, bis auch mein Hirn aus dem Spätnachmittagsschläfchen aufgewacht war. Das Gefühl, dass jemand in der Nähe war, blieb, aber der erste Schreck war verflogen. Wer auch immer sich hier im Wald herumtrieb, war keine Bedrohung, das spürte ich. Er war nur neugierig.

Suchend drehte ich den Kopf, aber ich konnte nicht erkennen, wer oder was mich da beobachtete. Mühsam zog ich die Knie an und stellte mich auf die Füße. Ich musste mich kurz an der Birke festhalten, weil meine Beine vom langen Sitzen ganz taub waren. Wie spät war es eigentlich?

Umständlich friemelte ich mein Handy aus der Hosentasche. Ups. Schon kurz nach acht. Und ich hatte hier kein Netz, um Mama und Papa Bescheid zu geben, wo ich war. Höchste Zeit, nach Hause zu gehen, wenn ich verhindern wollte, dass sie ausflippten und einen Suchtrupp losschickten.

Ich war noch keine zehn Schritte weit gekommen, da raschelte es hinter mir zwischen den Bäumen, als würden Zweige auseinandergeschoben. Mitten in der Bewegung blieb ich stehen, aber ich schaffte es, mich ganz langsam umzudrehen. Ich kniff die Augen zusammen, um in der Dämmerung etwas im Schatten ausmachen zu können, doch sosehr ich mich anstrengte, ich sah nichts.

Erst als er sich bewegte, entdeckte ich ihn. Seine Augen schimmerten im letzten Tageslicht und guckten mich an, als … ich weiß nicht, so als hätte er mich schon immer gekannt. Die Umrisse seines Körpers verwischten im Halbdunkel unter den Baumkronen, aber die hellen Strähnen seines Schopfes und seiner Mähne machten ihn greifbar.

Wir standen eine Weile so da. Ich bin mir nicht sicher, ob ich atmete, denn mir war so schwindlig, dass sich alles um mich drehte. Bis auf ihn. Er rührte sich nicht und blickte mich einfach nur an. Und dann senkte er leicht den Kopf, schnaubte und ging davon, tiefer in die Schatten des Waldes.

Jannis

Nach unserem Erfolg mit der Schabracke erzählte ich Frida endlich von Daris Fortschritten. Im ersten Moment schien sie enttäuscht zu sein, und wieder meldete sich mein schlechtes Gewissen, aber dann umarmte sie mich und sagte, sie wolle dabei sein, wenn ich es mit dem Sattel probierte.

Gleich am nächsten Tag gingen wir es an, und es war, wie ich mir gedacht hatte: Der Sattel interessierte Dari gar nicht. Bei der Schabracke hatte sie noch geguckt, aber als sie dann auf ihrem Rücken lag und alles vorsichtig und sanft über die Bühne gegangen war, atmete sie tief aus und senkte den Kopf. Ich hoffte, dass irgendwann der Tag kommen würde, an dem das Teil sie überhaupt nicht mehr juckte.

Was mir noch ein bisschen Sorgen bereitete, war, dass Dari seit einem Jahr auf keinem Turnier mehr gewesen war. Sie konnte noch so fit sein, wir konnten noch so viel Gelassenheitstraining machen – wie sie sich verhalten würde, wenn sie die Aufregung der anderen Pferde, die Nervosität, den Lärm, die Gerüche mitbekam, wusste ich nicht. All das war doch bestimmt mit Marcel verknüpft. Es war gut möglich, dass sie allein wegen der Umgebung Angst bekommen würde.

»Dann probier es aus«, meinte Frida, als ich ihr am Freitagabend von meinen Bedenken erzählte. Wir saßen am Bach unter der Weide. Ich hatte es erst gegen acht aufs Gut geschafft, und selbst da musste ich noch auf sie warten, weil sie spazieren gewesen war.

Ich blinzelte. »Was?«

»Na ja, fahr mit ihr hin, dann siehst du schon, wie sie reagiert.«

»Bisschen knapp, oder? Was mache ich denn, wenn sie Panik kriegt und wir eine Stunde später ein Springen haben?«

Frida schüttelte den Kopf. »Nein, ich meine, du sollst einfach so mit ihr hinfahren. Du lädst sie aus, gehst mit ihr spazieren, lässt sie ein bisschen gucken, und wenn sie entspannt ist, gibst du ihr etwas zu fressen. Und dann fahrt ihr wieder nach Hause.«

»Hm.« Mit zusammengekniffenen Augen sah ich sie an. Die Idee war gut, nur der Aufwand war gewaltig.

Als hätte sie meine Gedanken gelesen, schob sie hinterher: »Ich kann ja Theo fragen, ob er euch fährt. Für Eva ist es sicher nicht leicht, sich an einem Samstag loszueisen, oder?«

Der Wind spielte mit ihren Haaren. Ich hätte ewig zusehen können, wie er die Strähnen verwirbelte, rot, golden und kastanienbraun, doch ich konzentrierte mich.

»Und kommst du mit?«, fragte ich sie.

Ich konnte die widerstreitenden Gedanken an ihrem Gesicht ablesen. Am liebsten hätte sie Nein gesagt, aber dann siegte die Loyalität zu mir – oder vielleicht auch die Sorge um Dari, jedenfalls antwortete sie: »Ich komme mit.«

Frida

Ich ging jeden Tag zurück. Was mich antrieb, konnte ich nicht genau sagen, was ich erwartete oder erhoffte. Ich wusste nur, dass dieser Moment, in dem das Pferd und ich uns durch die Bäume hindurch angesehen hatten, in mir widerhallte, als hätte er etwas angestoßen, was ich verloren hatte und was ich so dringend brauchte.

Also schlich ich mich jeden Tag fort. Manchmal war es leicht, dann wieder erforderte es ziemlich viel Geschick und noch mehr Nerven, zwei Stunden zu verschwinden, ohne dass es auffiel oder zu neugierige Fragen nach sich zog.

Aber ich schaffte es. Anfangs rang ich mich dazu durch, vernünftig zu sein und auf den Pfaden zu bleiben, aber selbst wenn ich in den Wäldchen herumstreifte und nicht auf den Hauptwegen über die Salzwiesen, ließ sich keines der Pferde blicken.

Am dritten Tag gab ich der Versuchung nach und kletterte ins Gehege. Ich sagte mir, dass ich ja sowieso ein schlechtes Gewissen hatte, ein Fehltritt mehr oder weniger machte da auch keinen Unterschied. Doch selbst das half nichts. Ein paar der Familien liefen mir zwar über den Weg, aber ich hielt Abstand. Denn eines wusste ich: Das Pferd, das mich neulich aus dem Unterholz heraus beobachtet hatte, gehörte nicht zu einer Herde.

Wie das sein konnte, wusste ich nicht. Es musste ein Hengst sein, so viel war klar, denn Stuten zogen nicht allein herum. Wahrscheinlich war er schon alt und von einem jüngeren aus seiner

Familie verdrängt worden, aber irgendwie hatte es sich nicht so angefühlt. Dafür war sein Blick viel zu neugierig gewesen, zu forschend. Nicht zurückhaltend genug.

Doch wenn es ein junger Hengst war, wieso war er allein? Wieso hatte er keine Familie? Die Zweijährigen wurden jedes Jahr verkauft, damit der Bestand nicht zu groß wurde, nur ein paar junge Stuten blieben im Naturschutzgebiet.

Ob Einzelgänger oder nicht, ich fand ihn nicht. Aber er war da gewesen, verschwunden sein konnte er nicht, das Gehege war abgesperrt. Mir blieb also nur, mich finden zu lassen. Wenn er das wollte.

Ich beschloss, dass ich die größten Chancen an dem Ort hatte, an dem wir uns zum ersten Mal getroffen hatten. Deswegen wandte ich mich auf dem schmalen Pfad, der durch den Wald führte, nach Südwesten, kletterte nach ein paar verstohlenen Blicken in alle Richtungen wieder über den Zaun und entdeckte nach ein paar Minuten die Birke wieder, an der ich am Donnerstag eingeschlafen war. Langsam ließ ich mich am Stamm entlang zu Boden gleiten.

Die Familie der dunklen Stute war diesmal nicht zu sehen. Vielleicht war das ein gutes Zeichen, vielleicht traute er sich eher zu mir, wenn er dem gelblichen Hengst nicht in die Quere kam.

Obwohl die Sonne schien, war ein frischer Wind aufgekommen. Ich fröstelte, deswegen zog ich den Reißverschluss meiner Jacke bis oben hin zu. Ging die große Hitze jetzt doch zu Ende? Papa glaubte ja noch nicht daran, aber er war bei dem Thema sowieso pessimistisch. Er sagte, dass der Herbstregen nach der langen Trockenheit für seine Wiesen in jedem Fall zu spät kommen würde. Für die Reitschule war das Wetter ein Segen, denn jede Woche, die wir noch auf den Platz oder ausreiten konnten, bedeutete eine ganze

Menge mehr Einnahmen. Sobald das Wetter schlechter wurde, kamen viele Reitschüler nicht mehr so regelmäßig zum Unterricht. Manche hörten über den Winter sogar ganz damit auf.

Hinter mir im Gebüsch raschelte etwas und holte mich aus meinen Gedanken. Viel zu schnell fuhr ich herum, aber es war nur ein Eichhörnchen, das empört keckernd in einer Baumkrone verschwand. Aufatmend lehnte ich meinen Kopf an den Stamm und schloss die Augen. Ein paar Herzschläge später fiel mir auf, wie friedlich es war. Der Wind spielte in den Birkenblättern über mir, aber selbst er übertönte die Wellen nicht, die fünfhundert Meter weiter auf den Kiesstrand trafen und langsam ausrollten.

Vielleicht kam ich deswegen so gern hierher. An so vielen Stellen im Naturschutzgebiet hörte man die Ostsee, erinnerte sich an die Weite und Freiheit, spürte das Echo des Wellengangs im eigenen Körper. Und trotzdem fühlte man sich behüteter als am Strand, wo einen nichts vor den Augen anderer Menschen verbarg, wo nichts vor dem schneidenden Wind Schutz bot. Kein Wunder, dass es den Pferden hier gut ging.

Als hätten meine Gedanken sie gerufen, tauchten sie plötzlich rechts von mir auf. Sie machten kaum einen Laut, aber ich wusste trotzdem, dass sie da waren. Langsam drehte ich den Kopf. Eins nach dem anderen traten sie aus dem Schatten der Bäume auf die Wiese, witterten in alle Richtungen und schritten dann zielstrebig auf den kleinen Bach auf der gegenüberliegenden Seite zu. Der Wind kam vom Wasser her, ich hatte mich nicht gerührt, und doch wusste ich, dass sie mich wahrgenommen hatten. Die erwachsenen Tiere akzeptierten mich als Teil der Umgebung, nur die Fohlen, die sich gegenseitig neckten, verrieten mir, dass sie mich entdeckt hatten. Ihre Ohren flackerten immer wieder in meine Richtung.

Der gelbliche Hengst verhielt sich nicht ganz so zurückhaltend. Er kam als Letzter aus dem Wäldchen, aber kaum war seine Familie auf dem Weg zur Wasserstelle, warf er sich in Pose und trabte ein paar Schritte auf und ab. Dann blieb er stehen, hob den Kopf und starrte zu mir herüber.

Was strahlte ich aus? Ich hatte gedacht, hier ganz still zu sitzen, aber vielleicht hatte allein die Erwartung, meinen kleinen Stalker wiederzusehen, meine Energien hochgefahren. Doch heute würde das nicht passieren. Ich würde wiederkommen, und vielleicht hatte ich dann mehr Glück, aber alles, was ich jetzt tun konnte, war, der Herde Ruhe zu gönnen. Die Freiheit, die ich vorhin genossen hatte.

Langsam atmete ich aus, stand auf und ging davon, zehn Schritte, dann zwanzig, schließlich fünfzig. Erst als ich fast schon am Zaun angelangt war, drehte ich mich vorsichtig um. Der gelbliche Hengst hatte den Hals gesenkt und sich zu seiner Familie umgewandt. Mit langen Schritten und nickendem Kopf lief er auf sie zu.

»Gute Nacht«, flüsterte ich, als er mit den Schatten unterhalb der Felswand verschmolz.

Jannis

»Warte mal.« Mama packte mich am Arm, sodass ich eine Vollbremsung hinlegen musste. Sie war vor einem Schaufenster stehen geblieben. »Wie findest du das? Soll ich es mal anprobieren?«

Meine Augen folgten ihrem starren Blick und trafen auf ein knalloranges Kleid. Es war ziemlich kurz.

»Bist du dafür nicht schon zu alt?«

Ohne eine Miene zu verziehen, boxte sie mir gegen den Oberarm und drehte sich weg. »Ich probier das jetzt an.«

»Och nee, Mama, im Ernst jetzt?«, maulte ich mit schmerzverzerrtem Gesicht, denn an ihrem Schlag merkte man ihr Alter nicht. »Von Klamotten war keine Rede, als du meintest, du wolltest in die Stadt.«

»Tja, mein Lieber, ein Eis hattest du schon. Die Pizza musst du dir verdienen.« Sie schaute sich nicht mal zu mir um, sondern marschierte zielstrebig auf den Eingang des Ladens zu.

Wir hatten uns eine Belohnung gegönnt und den Nachmittag freigenommen, weil Daris Turnierbesuch heute Morgen so unspektakulär gewesen war, dass ich im Nachhinein über meine Befürchtungen lachen musste. Mama war selbst gefahren, auch wenn Theo beteuert hatte, ihr das gern abzunehmen. Stattdessen hatten wir Annika, Suse und Ava begleitet, die alle drei bei L-Prüfungen antreten wollten. Dari hatte die Fahrt neben No Limit souverän hinter sich gebracht. Sie stieg aus dem Hänger, guckte sich einmal mit Interesse um und begann dann zu fressen. Als wir uns erleichtert in die Arme fielen, sah sie nur kurz auf.

Frida war die Einzige, der man anmerkte, dass sie sich unwohl fühlte. Ihr zuliebe drehte ich mit Dari noch ein paar Runden, führte sie quer übers Turniergelände, hielt am Abreitplatz genauso an wie an der Tribüne. Und überall dieselbe Reaktion von Dari: keine. Sie war entspannt und neugierig, und wenn das kein Grund zum Feiern war, wusste ich auch nicht. Eigentlich hätte Frida deswegen auch in die Stadt mitkommen sollen, aber sie war schon auf dem Heimweg immer stiller geworden, und ich konnte selber sehen, wie blass sie um die Nase war. Deswegen hatten wir sie nach Hause gebracht und ich latschte nun allein hinter Mama her.

»Echt, ich hab mir extra eine Freundin gesucht, die keine Lust auf Shoppen hat, und jetzt schleppst du mich mit?«

Mama wartete, bis ich zu ihr aufgeschlossen hatte, und grinste mir ins Gesicht. »Ich hätte mich ja mit dem einen Kleid begnügt, aber der Spruch kostet dich eine halbe Stunde. Wenn du brav bist, erzähle ich Frida vielleicht nichts davon.«

»Das wagst du nicht.«

Sie grinste breiter. »Lass es drauf ankommen.«

Scheinbar mürrisch fügte ich mich, aber wir wussten beide, dass wir nur rumalberten. Und es war schön, so zu tun, als gäbe es nur uns zwei, als wartete zu Hause nicht ein Arsch voll Arbeit auf uns. Es war sogar so schön, dass ich die halbe Stunde in Kauf nahm. Na ja, vielleicht konnte ich mit Glück auf zwanzig Minuten verkürzen.

Also trottete ich hinter Mama durch die Glastüren des Ladens. Das Innere war erstaunlich hell und luftig, und die Klamotten, die an Kleiderstangen verteilt kreuz und quer hingen, gerade so hip, wie Buddenwalde es noch vertrug.

Rechts neben dem Eingang blätterten drei Mädchen, die ich vom Sehen aus der Schule kannte, einen Stapel Tops durch. Eine, die Blonde, wurde ein bisschen rot, als sie mich bemerkte, und schüttelte sich die Haare ins Gesicht, die anderen beiden grinsten mich an. Ich nickte ihnen zu und ging weiter, ließ aber ein bisschen mehr Abstand zwischen Mama und mir.

Weiter hinten im Laden kreischte ein kleines Kind fröhlich auf. Ansonsten herrschte eine ziemlich entspannte Ruhe, sodass ich mir mit jedem Schritt weniger vorkam wie der Storch im Salatbeet und langsam zu Mama aufschloss, die sich in die Hand einer ungefähr dreißigjährigen, kleinen und ziemlich runden Verkäuferin begeben hatte. Sie hatte ein rotes Kleid mit weißen Punkten an und ihre Haare zu einem Knoten oben auf dem Kopf gedreht und erinnerte mich an Minnie Maus.

Dafür war ihre Stimme überraschend tief. »Das asymmetrische Tunikakleid im Fenster? Das steht Ihnen bestimmt perfekt!« Sie lächelte mir zu und wieselte davon, nur um Sekunden später mit dem orangen Kleid in der Hand neben Mama aufzutauchen und sie in die nächste freie Kabine zu schieben. »Ich habe Ihnen auch noch das grüne Modell mitgebracht und das hier … Das könnte …«

Ich blendete ihr Geplapper aus und streifte ziellos zwischen den Kleiderstangen herum. Hin und wieder ließ ich die Finger über irgendein Teil gleiten, aber ich musste ja nicht so tun, als ob meine Hilfe gefragt wäre. Weiter hinten war immer noch das kleine Kind unterwegs, ich hörte es unterdrückt glucksen.

»Nele«, lockte eine fröhliche Stimme. »Nele! Na, wo hast du dich versteckt?«

Wieder ein leises Kinderkichern. Aus dem Augenwinkel bekam

ich mit, dass sich die drei Mädels näher zu mir geschoben hatten. Man hätte ja denken können, dass es nicht so supersexy war, wenn ein Typ mit seiner Mutter Klamotten kaufen ging, aber was wusste ich schon?

Eine Sekunde später war mein Hirn wie leer gefegt, denn es passierten drei Dinge auf einmal. Ich ging um die nächste Kleiderstange herum, wo ich auf ein kleines Mädchen mit blonden Locken stieß, das um das andere Ende linste und plötzlich laut aufkreischte, weil eine Frau »Hab dich!« rief und es in die Arme nahm. Sie hob das Mädchen hoch und wirbelte es ein paarmal im Kreis, bis sie abrupt stehen blieb und mich anstarrte.

»Jannis?«

Also hatte ich mich nicht getäuscht. Ich konnte nichts sagen. Ich glotzte sie nur weiter an, als würden ihr drei regenbogenfarbene Hörner aus dem Kopf wachsen.

»Laura?« Neben mir war Mama aufgetaucht.

Als wäre ich ferngesteuert, konnte ich nur beobachten, wie sie die Situation unter Kontrolle brachte. Vielleicht lag es an dem knallorangen Kleid, jedenfalls ließ sie sich mit keinem Wort anmerken, dass sie dieses Treffen aus dem Konzept brachte.

»Das ist ja eine Überraschung«, sagte sie und ging mit einer Selbstverständlichkeit auf Laura zu, als würde der Laden ihr gehören. »Ist Björn auch hier?«

Das setzte den Panikmodus in meinem Hirn in Gang. Hektisch blickte ich mich um und hörte nur mit halbem Ohr Lauras Antwort.

»Das glaube ich nicht.« Und nach einer kleinen Pause: »Ich bin wieder hierher zu meinen Eltern gezogen. Wir haben uns getrennt.«

Plötzlich lichtete sich der Nebel und meine Aufmerksamkeit zoomte auf ihr Gesicht.

»Hat er schon wieder eine Jüngere?« Die Frage war raus, bevor ich merkte, dass mein Hirn sie gedacht hatte.

Mama legte mir eine Hand auf eine Art auf die Schulter, die klar sagte: »Du hältst jetzt mal die Klappe«, aber Laura zuckte kaum mit der Wimper.

»Kann sein«, antwortete sie und lächelte mich schwach an. »Aber dann ist er wenigstens nach mir mit ihr zusammen.«

Sie sah Mama in die Augen und irgendwas passierte zwischen den beiden. Nele, meine lockenköpfige, pausbäckige Halbschwester, die immer noch auf Lauras Arm saß, merkte es auch, denn sie war ganz still und guckte ihre Mutter nur aus kugelrunden Augen an.

Nach ein paar Sekunden ließ der Druck auf meine Schulter nach. Ich konnte spüren, dass alle Spannung aus Mama herausfloss, als sie sagte: »Kommt uns doch mal auf dem Hof besuchen.«

Jetzt waren meine Augen mindestens so rund wie Neles, und sie wurden bestimmt auch nicht kleiner, als Laura genauso entspannt antwortete: »Machen wir.« Und dann – Mama hatte Nele fröhlich zugewunken und sich schon halb weggedreht – meinte sie noch: »Tolles Kleid übrigens.«

Ich latschte meiner Mutter hinterher und konnte nur eines denken: In welchen Film war ich da bloß geraten?

Frida

An einem Tag Ende August war er einfach da. Ich wollte mich schon wieder auf den Heimweg machen, weil es anstrengend war, stundenlang durch die Gegend zu laufen und ein Pferd zu suchen, das man nicht finden wollen durfte. Diesmal war ich ganz schön weit östlich unterwegs, fast schon am Ufer der Wiek. Von hier aus konnte ich sehen, wie niedrig das Wasser stand. Mir war warm geworden, weil ich mich durch dichtes Gestrüpp schlagen musste, und ich überlegte schon, ob ich am besten den breiten Hauptweg nehmen sollte, der auf einem kleinen Deich am Wasser entlang nach Süden führte, als rechts von mir ein Vogel aufflog. Tschilpend flog ein Rotschenkel davon. Im nächsten Moment spürte ich wieder die neugierigen Augen auf mir.

Verstohlen sah ich hinüber zu dem kleinen Birkenwäldchen. Erst beim dritten Mal entdeckte ich das Pferd, so perfekt tarnte es sein graubraunes Fell. Unwillkürlich ging ich langsamer, damit ich es nicht aus den Augen verlor, und ich hatte den Eindruck, als würde es sein Tempo an meines anpassen.

Als der Weg einen kleinen Schlenker nach rechts machte, wurde der Grasstreifen, auf dem ich ging, schmaler und führte mich näher an die Bäume heran. Mittlerweile liefen wir bestimmt schon seit fünf Minuten nebeneinanderher, aber jetzt, endlich, blitzte sein Auge zwischen den Zweigen auf. Unsere Blicke trafen sich, und es war, als würde etwas tief in mir einrasten. Gerade noch rechtzeitig schaffte ich es, meinen Blick weich zu machen, bevor ich ihm in die Augen starrte und ihn aufschreckte.

Ich sah meinen Begleiter nicht mehr direkt an, das brauchte ich auch nicht. Ich konnte ihn spüren, sein Temperament, seine Neugier. Aus einem Impuls heraus beschleunigte ich meine Schritte, eine Sekunde später folgte er mir. Als ich langsamer wurde, wurde er es auch.

Es dauerte nicht lang und wir waren im Gleichklang. Alles außer ihm trat in den Hintergrund, ich war völlig auf ihn konzentriert. Die Vögel sangen noch, der Wind wehte den Staub davon, den meine Schuhe aufwirbelten, aber was zählte, war das Band zwischen uns, die Energie, die zwischen uns floss und uns weitertrieb, zusammen und doch von ein paar Metern Respekt und Vorsicht getrennt.

Wir unterhielten uns mit unseren Körpern, und bald reichte die Ahnung einer Verzögerung, damit wir unsere Schritte anpassten. Irgendwann hatte ich das Gefühl zu platzen, wenn ich die Freude in mir nicht sofort rausließ. Ich begann zu rennen und natürlich schloss sich mir das Konik an. Meine Rippe meldete sich, und mir ging bald die Puste aus – es war das erste Mal seit dem Unfall, dass ich rannte –, doch das war nicht schlimm, denn ich wurde einfach weitergetragen, als wir die letzten Bäume des Waldstücks erreichten und das Pferd nicht etwa stehen blieb. Nein, es galoppierte aus dem Schatten der Bäume, ein paar Armlängen neben mir, warf seine Mähne und schnaubte.

Wir hatten fast das Gatter erreicht, das aus dem Naturschutzgebiet auf den Feldweg führte, der als Zufahrt diente. Die letzten Schritte stolperte ich beinahe über meine Füße, dann blieb ich keuchend stehen, presste mir die Hand gegen die Seite und drehte mich um. Mein Gefühl war richtig gewesen, es war ein Hengst. Drei oder vier Pferdelängen vor mir stoppte er und stampfte mit den Vorderbeinen. Zum ersten Mal konnte ich ihn richtig ansehen. Er war noch jung, das stimmte, aber er wirkte nicht mehr wie ein Zwei- oder Dreijähriger. An seiner Schulter entdeckte ich ein paar kleine Narben, anscheinend hatte er also seinen ersten Rangkampf schon hinter sich. Seine Mähne war selbst für ein Konik wuschelig und sein Fell schimmerte im schwindenden Tageslicht silbrig. Es war eine Färbung, wie ich sie in unserer wilden Herde erst ein einziges Mal gesehen hatte, bei einer älteren Stute, die zu dem dunkelgrauen Hengst gehörte.

»Ich muss gehen«, flüsterte ich, die ersten Worte, die ich zu ihm gesagt hatte. Als hätten sie ihn aufgeschreckt – oder als hätte er mich verstanden –, machte er auf den Hinterbeinen kehrt und preschte wiehernd davon. Auf einer kleinen Anhöhe bremste er ab, drehte sich wieder zu mir und blieb stehen. Ich wandte mich um, öffnete das Gatter und ging lächelnd davon. Er würde mir nachsehen, bis ich nicht mehr zu erkennen war.

Mein Atem strömte in langen, ruhigen Zügen durch meine Lungen. In mir war alles leicht und hell, so wie es sein sollte. So wie es schon lange nicht mehr gewesen war.

»Ähm, Frida, ist das Kristin?«

»Hm?« Ich guckte in die Richtung, in die Linh zeigte. Tatsächlich, da stand meine Mutter mit unserem Kombi im Halteverbot, wedelte mit dem linken Arm und wollte mich anscheinend von der Schule abholen. An einem Donnerstag.

Im Kopf ging ich meine Arzt- und Physiotermine für diese

Woche durch, aber nein, ich hatte keinen vergessen. War etwas passiert?

Ich drückte Jannis einen schnellen Kuss auf den Mund und winkte Linh zu, bevor ich mir vorsichtig den Weg über die Straße bahnte. Bei den verrückten Helikoptereltern, die hier jeden Tag unterwegs waren, passte man lieber auf, wohin man seine Schritte setzte.

Auf der anderen Seite öffnete ich die Beifahrertür, streckte den Kopf ins Auto und wiederholte meinen Gedanken von eben: »Ist etwas passiert?«

Mama stutzte, dann grinste sie. »Nein. Komm schon, spring rein, ich will dem Kerl dahinten keinen Grund geben auszusteigen, der hupt mich seit drei Minuten an.«

Ich richtete mich auf und warf dem Fahrer eines riesigen SUV, der hinter Mama parkte und daher genauso im Halteverbot stand wie sie, aber die Umwelt noch mehr verpestete, einen bösen Blick zu. Dann stellte ich meinen Rucksack auf die Rückbank und ließ mich vorsichtig auf den Sitz gleiten. Von »reinspringen« konnte keine Rede sein, aber obwohl ich mich wie eine Oma mit dem Hintern voraus hinsetzte, konnte ich ein Stöhnen nicht ganz unterdrücken.

Mama tat so, als hätte sie es nicht gehört, wofür ich wirklich dankbar war. Stattdessen setzte sie den Blinker und fuhr mit einem Blick über die Schulter los.

»Ich dachte, wir unternehmen heute mal was Schönes«, fing sie an, aber da musste ich sie schon unterbrechen.

»Wir beide? Allein?«

Sie warf mir einen schnellen Seitenblick zu. »Ja, wir beide. Haben wir schon lange nicht mehr gemacht.«

Das war untertrieben. Spontan fiel mir gar keine Gelegenheit ein, wann Mama und ich mal was unternommen hatten, ohne dass irgendein anderes Familienmitglied dabei gewesen war. Doch, ja, im Frühling hatten wir gemeinsam ein neues Schulpferd abgeholt. Und letztes Jahr hatte sie mich zum Frauenarzt begleitet.

Als ich nicht antwortete, griff sie über die Mittelkonsole und drückte mein Knie. »Es ist nicht immer ganz leicht mit dem Gut. Gerade im Sommer.«

»Weiß ich doch.« Wusste ich wirklich. »Ich hab mich nur gewundert.«

Mama lächelte flüchtig und fuhr auf die Abbiegespur. Mein Blick fiel auf das Verkehrsschild.

»Zum Hafen? Was willst du denn da?«

Jetzt wurde ihr Grinsen breiter. Während die Ampel auf Grün schaltete und sie nach links lenkte, erläuterte sie: »Ich will heute mit dir einen Touritag machen. Als Allerersten kaufen wir uns ein Fischbrötchen, dann ein Eis und dann machen wir eine Schifffahrt.«

»Und deine Reitstunden?«

»Übernimmt Luise.«

»Und meine Hausaufgaben?«

»Übernimmt Luise nicht.«

Sie kicherte, und obwohl meine Rippe protestierte, brachte uns das beide so zum Lachen, dass wir beinahe die nächste Abzweigung zum Hafen verpassten und Mama in letzter Sekunde das Lenkrad herumriss. Dem hupenden Wohnmobilfahrer hinter uns winkte sie über den Rückspiegel zu.

Mama machte ernst. Wir fanden eine Parklücke direkt hinter der Promenade und marschierten dann erst mal zwei Kilometer zwischen Heckenrosen und einzelnen Kiefern Richtung Jachthafen, weil es dort die besten Fischbrötchen gab.

»Besonders tourimäßig ist das ja nicht«, gab ich zu bedenken, aber Mama tat meinen Einwand mit einer Handbewegung ab.

»Ich esse doch nicht diese Matschbrötchen vom Anleger, wenn ich hier was Gutes bekomme«, brachte sie zwischen zwei Bissen Matjes hervor. »So authentisch muss es auch wieder nicht sein.«

Darüber würde ich mich bestimmt nicht beschweren. Es war total schön hier. Wir hatten uns auf eine Bank in die Sonne gesetzt und blickten auf die säuberlich in Reihen vertäuten Boote, die im leichten Wind auf dem Wasser schaukelten. Nussschalen mit Namen wie Franziska oder Ostseeperle waren dabei, aber auch ganz schön protzige Kähne, blendend weiß und auf Hochglanz poliert. Außer uns war an diesem Wochentag kaum jemand unterwegs, und das Glucksen, wenn sich die Wellen an den Schiffsbäuchen brachen, und das leise Klirren der Segelschnüre waren beruhigend. Sogar die krächzenden Rufe der Möwen trugen dazu bei, dass ich mich entspannte.

Für den Rückweg kauften wir uns Eis in Riesenwaffeln. Wenn sich typische Touristen den Bauch vollschlugen, bis ihnen schlecht wurde, war ich schon nahe dran am Klischee. Trotzdem versuchte ich immer wieder, Mama einen Löffel Eis zu stibitzen, bis sie ihre Waffel so hoch über den Kopf hielt, dass sie wie die Freiheitsstatue durch die Gegend wankte. Dass die Leute schon guckten, war uns völlig egal, wir hatten viel zu viel Spaß.

Trotzdem konnte ich es an der Anlegestelle kaum glauben, dass Mama tatsächlich Fahrkarten für die Schiffstour nach Kroslitz kaufte. Anscheinend stand mir das ins Gesicht geschrieben, denn Mama grinste mich immer wieder an, während sie mit dem Verkäufer flachste. Als der Mann sie mit den Worten »Na, dann mal 'nen schönen Ausflug mit der kleinen Schwester« verabschiedete und ich die Augen verdrehte, legte sie mir lachend den Arm um die Schultern.

Während wir auf das Schiff warteten, folgte doch noch das befürchtete Verhör. Wie ich mich fühlte, ob die Physio etwas brachte, was in der Schule los war, wie es mit Jannis lief. Weil »Ganz okay«, »Glaub schon«, »Das Übliche« und »Gut« ihre Neugier nicht befriedigten, sagte ich bei der dritten Nachfrage: »Mama, es ist alles in Ordnung. Du weißt das, du siehst mich jeden Tag. Bis die Rippe heilt, dauert es eben ein paar Wochen. Danach bin ich wieder ganz die Alte.«

Ich hoffte so sehr, dass das keine Lüge war.

Mama guckte mich eine Weile an, erst forschend, dann immer weicher. Wahrscheinlich ging ihr gerade wieder durch den Kopf, dass ich »ihre Kleine« war. Schließlich strich sie mir eine Strähne hinters Ohr, die mir der Wind ins Gesicht gepustet hatte. Ihre Finger in meinen Haaren machten es plötzlich schwierig, meine Abwehr aufrechtzuerhalten. Am liebsten hätte ich mich jetzt doch in ihre Arme geworfen und ihr erzählt, wie ich seit Wochen rumeierte, nur um niemandem eingestehen zu müssen, dass ich vor unseren Pferden Angst hatte. Aber das ging nicht. Diese Worte durften niemals ausgesprochen werden, sonst wären sie in der Welt. Wirklichkeit. Wie ein Albtraum, aus dem man nicht aufwachte, weil man nie eingeschlafen war. Ich wäre nicht mehr Frida, das Pferdemädchen, sondern ein Problemfall, eine Belastung für meine Familie, eine gerade mal mittelmäßige Schülerin, die zwischen all den strahlenden, gesunden Mädchen eingehen und verschrumpeln würde, bis Jannis mich gar nicht mehr sehen konnte.

Der Boden unter meinen Füßen vibrierte, und erst hatte ich Angst, ich würde ohnmächtig werden, aber dann kapierte ich, dass das Schiff anlegte. Ich hatte es gar nicht heranfahren hören. Mama hatte sich schon zu ihm umgedreht, sodass sie nicht mitbekam, wie sich meine Hände um das Geländer krallten. Mit einem tiefen Atemzug versuchte ich, mich unter Kontrolle zu kriegen. Mühsam schluckte ich den Kloß in meiner Kehle und setzte ein Lächeln auf.

»Können wir die ernsten Gespräche heute lassen?«, fragte ich versöhnlich, als ich mich neben Mama stellte. »Ich würde gern einfach nur Spaß haben.«

Sie wandte den Kopf zu mir und nach einem Moment lächelte sie. »Du hast recht. So war das auch gedacht.« Doch weil sie meine Mutter war, zog sie mich an sich und murmelte in meine Haare: »Aber wenn du reden willst, komm zu mir. Ich mache mir Sorgen, wenn du so still bist.«

Wieder drückten Tränen gegen meine Augenlider, doch ich nickte und dann hatte die Besatzung endlich die Gangway ausgelegt und wir konnten an Bord.

Es dauerte ein paar Minuten, bis ich kapierte, wie wunderschön es auf dem Wasser war. Meine Gedanken flatterten im Kreis, und wir mussten uns erst einen Weg durch die Rentner bahnen, die uns komplett in Beige gekleidet zwischen den Füßen herumstanden, weil sie den Weg zur Kaffee-und-Kuchen-Ausgabe nicht fanden, oder aber die Durchgänge mit ihren Mountainbikes zustellten, während sie ihre knallbunten Softshelljacken überstreiften.

Mama und ich zwängten uns zwischen den Leuten hindurch und kletterten die schmale Treppe zum Oberdeck hinauf. Hier war die Luft frischer, und der Wind pustete stärker, aber wir mussten kein Wort sagen, um zu wissen, dass wir beide nicht unter Deck wollten. Stattdessen zog Mama den Reißverschluss ihrer Jacke zu, holte zwei Mützen aus ihrer Tasche und hielt mir eine hin.

Grinsend schüttelte ich den Kopf. Ich musste wahrscheinlich selber Kinder haben, bevor Mama aufhörte, mich zu bemuttern. Dankbar war ich aber doch, als ich mir die Beanie über den Kopf stülpte, während ich Mama bis ganz nach vorn zu einer Bank an der Reling folgte.

Und jetzt erst, als wir schon abgelegt und den Buddenwalder Hafen verlassen hatten und sich ringsum die glitzernde Ostsee ausbreitete, konnte ich aufatmen. Über uns kreischten die Möwen, die uns eine Weile begleiteten, bis sie merkten, dass bei uns nichts zu holen war, und dann abdrehten, um woanders ihr Glück zu versuchen. Ich spürte Mama neben mir, hörte, wie sie auch durchatmete, und dachte, wie selten es vorkam, dass sie die Füße still hielt. Sie hatte sie auf eine Relingstange gelegt und reckte ihr Gesicht in die Sonne.

Unter uns tuckerte der Dieselmotor vor sich hin und rechts zog die Küste hinter Buddenwalde vorbei, grün und flach. Mit einem Mal fühlte ich mich federleicht. Hier war alles ganz weit weg, all die Angst, das ständige Versteckspiel. Ich lehnte mich an Mama, und sie schlang die Arme um mich, und so saßen wir da und sahen zu, wie der Hafen von Eldenau auftauchte, dann der Strand, blass und schimmernd, dem wir bis zur Steilküste und dann zur Landspitze folgten, am Westwald vorbei. Von der Wasserseite aus sah man gar nicht, dass es dort vor nicht mal zwei Monaten gebrannt hatte. Mamas Gedanken gingen wohl in dieselbe Richtung, denn sie zog mich noch näher an sich und lehnte ihren Kopf an meinen.

Die steilen Felsen zur Landspitze hinaufzusehen, versetzte mir einen kleinen Stich. Da oben, das war Jannis' und mein Ort, dort waren wir im Frühjahr und Sommer so oft gewesen, um mit Liv und Dari zu trainieren oder einfach nur spazieren zu gehen. Damals hatte ich noch geglaubt, ihm alles erzählen zu können, aber jetzt … Trotz des frischen Winds wurden meine Wangen ganz heiß, wenn ich daran dachte, wie er mich ansehen würde, wenn ich ihm sagte, was mit mir los war. Alles, was mich in seinen Augen besonders machte, war weg. Und gleich nach seiner Enttäuschung würde das Mitleid kommen, denn wenn jemand verstand, was das alles mit mir anstellte, dann Jannis. Aber Mitleid war das Letzte, was ich von ihm wollte.

»Wir wenden uns jetzt nach Osten«, unterbrach die blecherne Stimme aus den Lautsprechern meine trüben Gedanken. »In wenigen Minuten kommt das Naturschutzgebiet Eldenau in Sicht. Auf einer Fläche von knapp acht Quadratkilometern beherbergt es seltene Tier- und Pflanzenarten und dient vielen Zugvögeln als Rastplatz auf ihrer Reise. Wegen der dort lebenden Wildpferde ist das Naturschutzgebiet ein beliebtes Ausflugsziel.«

Ich musste lächeln, obwohl der Mann weiter so uninspiriert über das Naturschutzgebiet schwadronierte. Die Wildpferde. Mein Wildpferd. Heute hatte ich ihn besuchen wollen, doch dank Mamas Mädelstag fiel das ja wohl flach. Aber er würde warten. Wenn ich zurückkam, würde er da sein, und ich würde vergessen können, was sonst so schwierig war.

Der Reiseleiter ließ nicht locker. »Nun drehen wir wieder nach Norden, entlang der Westküste der Vogelschutzinsel Kroslitzer Oie. Sie ist ein wichtiges Brutgebiet unter anderem für Eiderenten und Säbelschnäbler. Die Insel ist nur durch eine schmale Wasserstraße vom Festland getrennt, die Entfernung beträgt gerade einmal dreihundert Meter. Der Wasserstand ist mit einem Meter zehn bis einem Meter vierzig sehr gering, sodass eine Einfahrt in die Wiek nur von Norden, vorbei am Leuchtturm Oie, möglich ist …«

»Das wusste ich gar nicht.« Ich hob den Kopf und sah Mama an. »Dann kann man ja vom Naturschutzgebiet locker zur Oie schwimmen.«

Mama nickte. »Den größten Teil der Strecke könntest du sogar laufen, jedenfalls was die Wassertiefe angeht. Nur ist die Strömung da ziemlich stark, ganz ungefährlich ist das also nicht.« Sie drehte sich ein bisschen nach rechts. »Aber das würde ja auch niemand machen. Im Naturschutzgebiet darf man nicht baden und auf der Oie gibt es nichts außer dem Leuchtturm im Norden und der ist seit Jahrzehnten nicht mehr bewohnt.«

»Was du alles weißt.« Ich lächelte sie an und sie zwinkerte zurück.

»Feriengäste beeindrucken gehört zum Handwerk.«

Grinsend guckte ich wieder Richtung Oie. »Trotzdem sieht es vom Naturschutzgebiet aus, als wäre die Insel viel weiter weg.«

»Das liegt daran, dass sie an der südlichen Spitze kaum mehr als einen Meter über dem Meeresspiegel liegt. Das Gebiet ist oft überschwemmt und selbst jetzt nach diesem trockenen Sommer von Prielen durchzogen. Wenn du …«

Anscheinend wollte der Reiseleiter Mama das Feld nicht überlassen, denn er meldete sich wieder zu Wort. »Ein Spektakel stellt jedes Jahr die Verschiffung der Rinder dar, die über den Sommer auf die Oie gebracht werden. Dort sollen sie die Schösslinge klein halten, weil die Insel sonst in kürzester Zeit verbuschen würde. Dadurch würde wertvolles Brutgelände für seltene Vogelarten verloren gehen.«

»Dafür könnten sie ja auch welche von unseren Koniks hinbringen«, brummte ich, »dann müssten wir nicht jedes Jahr so viele verkaufen.«

Mama drückte mein Knie. »So viele sind es gar nicht. Und unsere kommen fast alle in gute Hände. Es gibt Schutzgebiete, wo sie viele Pferde schlachten müssen, weil sich keine neuen Besitzer finden.«

Ich verzog das Gesicht. Natürlich wusste ich das alles. Es war trotzdem eine furchtbare Vorstellung, dass gesunde Pferde einfach so getötet wurden, nur weil sie keinen Platz auf der Welt hatten. Wenn ich weiter darüber nachdachte, wäre der Nachmittag gelaufen, also schob ich die Bilder unserer Koniks mit Gewalt aus meinem Hirn und reckte das Gesicht in die Sonne. Dieses Jahr mussten höchstens zehn Zweijährige eingefangen und verkauft werden. So viele neue Besitzer würden sich doch wohl finden lassen.

Wir beendeten den Tag in Mamas liebstem Restaurant. Weil es ziemlich teuer war, gingen wir dort eigentlich nur zu besonderen Anlässen essen, aber Mama meinte, dass man sich auch mal was gönnen durfte. Die Vorspeisen und der Hauptgang waren dann auch so lecker, dass wir dabei kaum zum Reden kamen, aber während wir auf das Dessert warteten, schien Mama etwas einzufallen.

Sie kramte in ihrer Handtasche und zog zwei Postkarten hervor. »Die kamen beide heute an.«

Sie schob mir die Karten hin. Ein Motiv zeigte von Büschen

bewachsene Berge mit abgerundeten Gipfeln, zwischen denen ein See glitzerte, das andere riesige steinerne Gesichter, die wahrscheinlich irgendwelche Gottheiten darstellten.

Ich fing an zu grinsen und sah auf. »Da ist wohl eine verloren gegangen.«

Mama nickte. »Sieht so aus.«

Seit meinem Unfall schickte Omi mir jede Woche eine Karte aus Kambodscha, wo sie gerade ein Praktikum bei einer Hilfsorganisation machte – um ihre Perspektive neu auszurichten, wie sie uns erklärt hatte. Es hatte sie furchtbar aufgeregt, dass sie mich nicht im Krankenhaus besuchen konnte, und ich vermisste sie auch, aber es war cool, so oft Post aus Asien zu bekommen. Trotzdem fragte ich mich in manchen Momenten, ob ich wenigstens ihr von meinen Schwierigkeiten mit den Pferden erzählt hätte, wenn sie da gewesen wäre.

»Sie schreibt, dass sie nächstes Jahr auf längere Auslandsaufenthalte verzichten wird. Anscheinend will sie dich nicht mehr aus den Augen lassen.« Mama zwinkerte mir zu.

»Hast du schon mal was von Postgeheimnis gehört?«, fragte ich gespielt empört, aber sie lachte nur.

»Bei Postkarten gilt das nicht.«

Ich schüttelte den Kopf, aber zu einer Antwort kam ich nicht, denn die Kellnerin stellte Brombeercrumble mit Birnensorbet und Schokoladenravioli mit Johannisbeeren vor uns auf den Tisch, die mindestens so gut dufteten, wie sie aussahen. Da konnte man schon mal auf eine Grundsatzdiskussion verzichten.

Jannis

Am Samstagnachmittag war erstaunlich früh Ruhe im Stall, sodass ich den Springplatz für mich allein hatte. Die Gelegenheit nutzte ich. Kamil half mir, eine Gymnastikreihe aufzubauen, und eine Viertelstunde später saß ich im Sattel – im Sattel! Wie unerreichbar das so lang gewesen war! – und lenkte Dari im Schritt durch die Hindernisse, damit sie sich damit vertraut machen konnte.

Als sie ein paarmal prustete, klopfte ich ihr lachend den Hals. »Ja, schön, dass du dich freust, Mädchen, aber das wird harte Arbeit. So was kennst du gar nicht mehr, oder?«

Als würde sie die Unterstellung empören, hob sie den Kopf und drehte ihre Ohren nach hinten, aber nachdem sie einen Moment gelauscht hatte, entspannte sie sich wieder.

Ich war wirklich neugierig, wie wir uns schlugen. Die letzte Gymnastikreihe waren wir vor einem Jahr gesprungen und da hatte ich ja gerade ein paar Wochen mit ihr gearbeitet. Jetzt war sie ein anderes Pferd. Und ich war ein anderer Reiter.

Damals hatte ich gemault, wenn Mama mich über eine Gymnastikreihe gezwungen hatte. Ich wollte in einen Parcours, richtige Sprünge machen. Mittlerweile verstand ich, dass jede Stunde, die man in die Vorbereitung, den Muskel- und Konditionsaufbau und eine verbesserte Koordination steckte, sich beim Parcourstraining doppelt und dreifach auszahlte. Und so fit Dari auch war, es schadete nichts, wenn sie am Bauch, im Rücken und an der Hinterhand noch Muskeln zulegte.

Nach einer fleißigen Trabtour ließ ich Dari erst über zwei Cavaletti an der gegenüberliegenden Seite des Platzes galoppieren und ritt dann ein niedriges Kreuz an, wo wir den Absprung auf den Punkt trafen. Dari schnaubte wohlig und drehte den Kopf erwartungsvoll zur Gymnastikreihe.

Ich grinste. »Na, dann wollen wir mal.«

Wir wendeten und trabten über die drei Cavaletti, dann spürte ich, wie Dari das Gewicht auf die Hinterhand nahm, und schon waren wir über das Kreuz hinweg. Ihr Galoppsprung über das Cavaletti, das hinter dem Kreuz stand, war ein bisschen kurz, sodass Dari einen gewaltigen Satz brauchte, um den Steilsprung zu schaffen. Prompt blieb sie mit dem Hinterbein an der obersten Stange hängen, die auf den Boden klapperte. Beim nächsten Cavaletti waren wir gewarnt, wir verlängerten den Galoppsprung und segelten geschmeidig über den Oxer hinweg.

»Haha, doch nicht so einfach, was?«, plapperte ich vor mich hin, während ich Daris Hals streichelte.

Sie schnaubte fröhlich und zog schon wieder auf die Trabstangen zu, aber als ich aus dem Augenwinkel eine Bewegung wahrnahm, parierte ich sie zum Schritt durch.

»Frida!« Sie ging gerade in die Knie, um die Stange des Steilsprungs zurück in die Halterung zu legen, und sah auf. Der kurze Moment genügte, um mir zu zeigen, dass sie Schmerzen dabei hatte. »Lass das doch! Ich kann das machen.«

Sie schüttelte den Kopf. »Bleib du auf dem Pferd!« Während ich Dari auf sie zulenkte und sie zu uns herüberkam, meinte sie schmunzelnd: »Aber tu mir einen Gefallen und lass beim nächsten Durchgang alle Stangen liegen.«

Sie strich Dari mit der Hand über den Hals und begrüßte sie, dann sah sie lächelnd zu mir auf, mit ihren goldbraunen Augen, die in ihrem immer noch blassen Gesicht dunkler wirkten, und ich beugte mich zu ihr und küsste sie.

Sie seufzte leise, aber dann grinste sie mich an. »Ist das bei euch Springreitern der Lohn für Parcoursdienst?«

»Nur für ausgewählte Helferinnen.«

In ihrem Gesicht überlagerten sich ein halbes Dutzend Gefühle, ich kam gar nicht hinterher, sie alle zu lesen. Sie gab mir auch nicht die Zeit dazu, sondern wandte sich ab und deutete auf die Hindernisse. »Dann macht mal.«

»Frida.«

Sie sah mich über die Schulter an.

»Bitte räum nicht hinter uns her, okay? Ich will nicht, dass dir was wehtut.«

Sie drehte sich so schnell weg, dass ich es nicht beschwören würde, aber ich glaube, ihr schossen Tränen in die Augen. Schweigend nickte sie, und nach einem kleinen Räuspern sagte sie: »Okay. Ich bin da drüben auf der Tribüne.«

Ich wartete, bis sie sich in den Schatten gesetzt hatte, dann galoppierte ich Dari wieder an. Diesmal hatten wir die Abstände im Griff, Dari machte einen ordentlichen Satz über das mittlere Cavaletti und nahm den Steilsprung mit Leichtigkeit. Sie war einfach das volle Paket: Kraft, Ehrgeiz, Instinkt. So gern ich mit meinen anderen Pferden sprang, keiner der Jungs konnte es mit Daris Lernfähigkeit aufnehmen.

In gemächlichem Tempo ließ ich sie nach der Kombination um den Platz galoppieren und hätte ihn vielleicht gar nicht bemerkt, wenn nicht Daris linkes Ohr zu ihm gezuckt wäre.

Björn.

Er grinste mich an und reckte den Daumen.

Was? Was war da gerade passiert?

Irgendwie schaffte ich es, mich auf Dari und die Hindernisse zu konzentrieren. Ich konnte mir jetzt keine Fragen leisten, musste mein Pferd mit voller Aufmerksamkeit über die Sprünge bringen.

Also machte ich das. Ich ritt an und wie beim zweiten Durchgang passten die Abstände perfekt. Dari brauchte mich kaum mehr, wir hatten unseren Rhythmus gefunden. Fehlerfrei beendeten wir die Reihe, und als wir auf Björn zuritten, strahlte er. Er war auf den Platz getreten und klatschte.

In welcher seltsamen Parallelwelt waren wir denn gelandet?

»Bravo! Jannis, das war wirklich gut.« Er kam mir älter vor, als er zu uns trat, grauer irgendwie, und es sah aus, als hätte er abgenommen. Lächelnd hielt er mir die Hand hin.

In meiner Verblüffung schüttelte ich sie. »Danke.«

»Und Darina.« Er drehte sich zu ihr und klopfte ihren Hals. »Gut gemacht.« Dann räusperte er sich und sah zu mir auf. »Was du mit ihr gemacht hast, kann sich wirklich sehen lassen. Nach dieser Geschichte mit Marcel hätte ich nicht gedacht, dass du sie wieder so in den Griff bekommst.«

Ich hätte ihn erinnern können, dass er mir das oft genug unter die Nase gerieben hatte, aber ich nickte nur.

Da von mir nichts kam, deutete er mit dem Kinn auf die Hindernisse. »Soll ich dir die Stangen höher legen?«

Ich zögerte. Die Höhe spielte bei einer Gymnastikreihe keine Rolle, andererseits mussten wir auch nicht so tun, als wäre Dari eine Vierjährige, die man erst ans Springen heranführen musste. Und wenn ich Björn zeigen konnte, was wir draufhatten, war das sicher kein Schaden. Vielleicht hielt er sich dann endlich raus.

Daher nickte ich, und ein paar Minuten später, als er die Hindernisse angepasst hatte, galoppierte ich Dari wieder an. Ich erhöhte meine Energie, um ihr zu zeigen, dass sich etwas geändert hatte, aber sie hatte es ja mitbekommen. Mit gespitzten Ohren lief sie auf die Trabstangen zu und kam passend zum Sprung. Zwar merkte ich, dass sie der Steilsprung und der Oxer mehr Kraft kosteten, aber sie löste beide Sprünge absolut perfekt.

Zufrieden nahm sie mein Lob entgegen, und ich wollte schon durchparieren, als Björn rief: »Noch mal!«

Keine Ahnung, warum ich tat, was er sagte. Aber bevor ich überlegen konnte, waren wir schon wieder im Anritt auf die Reihe, über die Trabstangen und im Absprung. Auch dieser Durchgang klappte fehlerfrei. Daris Atem ging ein bisschen schwerer. Es war Zeit aufzuhören.

Ich beendete die Trabtour und ließ Dari noch eine Runde im Schritt drehen, bevor ich auf Björn zuritt.

»Noch nicht ganz olympiareif, aber für die Deutsche Meisterschaft sollte es reichen.«

Ich war so überrascht, dass ich laut auflachte. Und das schien Björn dermaßen zu begeistern, dass er mitlachte. Das hatte ich ja auch nicht gedacht, dass so was in diesem Leben noch mal passierte.

Frida

Langsam stand ich von meinem Platz auf der Tribüne auf und ging ohne einen Blick zurück davon. Jannis schien es nicht zu bemerken, denn er rief mir nicht hinterher. Offensichtlich war ich abgeschrieben.

Ich atmete tief ein und drückte mir fast im gleichen Moment stöhnend die Hand gegen die Seite. Diese verdammte Rippe! Dieses verdammte … verdammte … ach, ich wusste auch nicht, was! Verdammtes alles.

Ohne dass Jannis oder sein Vater es mitbekamen, schlüpfte ich durch die Büsche neben dem Springplatz und lief zwischen den Bungalows der Angestellten hindurch und am Haus der Maibachs vorbei nach Hause.

Die ganze Zeit überlegte ich, ob ich wütend, entsetzt oder traurig war. Jannis und Dari hatten so eine schöne Trainingsrunde gehabt, ganz harmonisch und locker. Und dann tauchte sein Vater auf, der ihn seit Monaten triezte und Dinge von ihm und Dari verlangte, die unmöglich waren, und Jannis hatte nichts Besseres zu tun, als den Druck auf Dari zu erhöhen. So wie er es gelernt hatte.

Ich schnaubte, aber auch das versetzte mir einen Stich.

Er war so unglaublich ehrgeizig! Genau wie sein Vater. Wieso konnte er Dari nicht einfach noch ein wenig Zeit geben? Sie in Ruhe im Training ankommen lassen?

Aber anscheinend wehte ja wieder ein anderer Wind. Mich

brauchte er nicht mehr, er hatte es in den ersten Wochen nach dem Unfall auch prima ohne mich hinbekommen. Und jetzt, wo die Aussicht bestand, dass Dari bald Preise einheimsen würde, war sein Vater wieder im Boot.

Ich kickte einen Stein weg, der auf den Fußweg gerollt war.

Blöde Turnierreiter. Blöde, blöde Ausbeuter. Ich hatte echt gedacht, dass Jannis über diese Denke hinweg wäre, aber da hatte ich mich wohl getäuscht. Anscheinend reichte ein bisschen Applaus von seinem Vater, an dem er sonst kein gutes Haar ließ, damit wieder nur die Platzierungen zählten.

»Aaahh!«

Ein Vogel in einem Holunderbusch neben mir flog vor Schreck auf, als ich mir die Haare raufte und mich einmal um mich selbst drehte. Ich war nicht fair, das wusste ich. Klar, Jannis schimpfte oft über seinen Vater, aber auch wenn er es nicht zugab, lag ihm was an seiner Meinung. Immerhin war er sein Vater.

Und trotzdem …, flüsterte ein Stimmchen in meinem Kopf, während ich auf unsere Ställe zuging. Und trotzdem wäre es mir lieber gewesen, sein Vater würde seine Erwartungen an Jannis anpassen und nicht Jannis seine Entscheidungen an seinen Vater.

»Hey.«

Nils sah auf, als ich mich an die Wand der großen Box lehnte. Sie war leer, die Ponys waren auf der Weide. Ich war sicher.

»Hi.« Er stützte sich auf die Mistgabel und lächelte. »Alles klar?«

Ich nickte, dann deutete ich mit dem Kinn auf die Schubkarre, die schon ziemlich voll war. »Tut mir leid, dass du jetzt mehr Arbeit hast, nur weil ich … nicht mithelfen kann.«

Er runzelte die Stirn. »Dir ist schon klar, dass deine Eltern mich dafür bezahlen, oder?«

Klar, das wusste ich, obwohl ich mich gewundert hatte, dass er nach den Strafstunden, die er mit Papa vereinbart hatte, weiter auf Eldenau arbeiten wollte. »Trotzdem. Du kannst dir doch bestimmt einen besseren Job vorstellen.«

Langsam breitete sich ein Grinsen auf seinem Gesicht aus. »Besser als Ausmisten? Was soll das denn bitte sein?« Als ich nur die Augen verdrehte, meinte er schmunzelnd: »Im Ernst, mir gefällt das. Auf dem Hof ...« Er stockte. »Auf dem Hof, auf dem ich mal ein Praktikum gemacht habe, war es furchtbar. Landwirtschaft hatte dort nichts mehr mit Land zu tun, das war alles nur Technik. Da hab ich stundenlang nur vor dem Rechner gesessen und irgendwelche Zahlenreihen geprüft. Ich finde es hier besser. Und ...«, er warf einen Blick über meine Schulter und lächelte, »... ich mache was Sinnvolles, während Marit reitet.«

Hinter mir hörte ich Schritte. Ich drehte mich zu einem kleinen blonden Mädchen um, das fast unter seiner Reitkappe verschwand. Das Einzige, was von ihrem Gesicht zu sehen war, war das breite Grinsen.

Ich beugte mich zu ihr, unterdrückte ein Stöhnen, weil ich meine Rippe vergessen hatte, und schob das Schild ein Stück nach oben. »Ah, du bist es wirklich. Hab dich fast nicht erkannt unter deinem Helm.«

Marit kicherte, dann guckte sie Nils aus blitzenden Augen an. »Es war soooooo toll.«

Von ihm strahlte so viel Wärme aus, dass ich sie über die Entfernung von zwei Metern spüren konnte. Deswegen nahm ich es ihm nicht ganz ab, als er seinen Blick von Marit losriss und ganz cool sagte: »Da wächst ein waschechtes Pferdemädchen heran. Wir werden uns bald drum kloppen, wer ausmisten darf.«

Marit kniff die Augen zusammen, sah zwischen Schubkarre, Mistgabel und Nils hin und her, beschloss, dass es nicht wichtig war, was er gemeint hatte, und fragte: »Können wir noch hierbleiben?« Und mit einem gekonnten Augenaufschlag fügte sie an: »Biiiiitte!«

Nils kämpfte, aber er hielt sich wacker. »In zehn Minuten bin ich hier fertig, dann müssen wir los.« Über Marits aufbrandendes Gemaule hinweg sagte er: »Aber vielleicht geht Frida in der Zwischenzeit noch mit dir zu Liv.«

Abrupte Stille. Mit einem Freudenschrei stürmte Marit auf mich zu und schlang die Arme um mich. Ihr »Au ja, bitte!« hörte ich gar nicht richtig, denn sie drückte so fest zu, dass sie den Bluterguss auf meiner rechten Seite quetschte. Kurz wurde mir flau im Magen … *Enge, Beine, zu viele Beine, und Schmerzen, Schmerzen, Schmerzen …*, aber dann fand mein Blick Nils' Gesicht, und die plötzliche Sorge darin erinnerte mich daran, dass ich mich zusammenreißen musste.

Vorsichtig machte ich mich von Marit los und zwang mich zu einem Lächeln. »Was hältst du davon, wenn wir Liv vom Paddock holen und ein Stück spazieren gehen?«

Marits Augen leuchteten auf. »Und darf ich sie reiten?«

Mühsam verkniff ich mir ein Grinsen. »Hab ich was von spazieren reiten gesagt?«

Sie schob die Unterlippe nach vorn und ich seufzte. Hilfe suchend sah ich Nils an, aber der grinste nur mitleidlos.

»Geht ihr ruhig vor.« Mit der linken Hand deutete er auf die Schubkarre. »Ich bin hier gleich fertig. Ein paar Minuten sind schon noch drin.«

Wieso er dachte, er wäre eingeladen, wusste ich nicht, aber ich hielt Marit die Hand hin. Gemeinsam zogen wir los.

Eine Viertelstunde später waren wir auf einem Wirtschaftsweg südlich des Guts unterwegs. Marit saß zufrieden auf Livs Rücken und zwirbelte voller Hingabe ihre Mähne zu Dreadlocks. Nils hing seinen Gedanken nach, und ich genoss einfach nur das Gefühl, in normalem Tempo gehen zu können, ohne bei jedem zweiten Schritt zu stöhnen. Wir liefen zwischen Wildrosenhecken hindurch auf die Wiek zu, die unsere Halbinsel von Kroslitz und den ganz großen Touristenmassen trennte. Auf die Wiek verirrten sich höchstens ein paar Angler. Am Anfang der Ferien war ich mit Jannis oft hier unterwegs gewesen, weil Heinrich in der Nähe einen Weiher hatte, in dem wir mit den Pferden baden durften.

»Wie kommst du in der Schule klar?«, wollte Nils nach einer Weile wissen. »Mit … du weißt schon.« Er deutete auf meinen Arm, der immer noch geschient war.

»Das geht ganz gut. Es nervt, dass ich ständig zur Physio muss, aber dafür bin ich vom Sport befreit. Und Zeit habe ich ja, seit ich nicht mehr mit den Ponys arbeiten kann.« Ich biss mir auf die Lippe, doch Nils kapierte die Doppeldeutigkeit meiner Worte nicht, sondern nickte nur.

»Du bist bestimmt bald wieder fit.« Mit einem Grinsen schob er hinterher: »Dann kannst du auch wieder ausmisten.«

Ich lachte, aber Liv lenkte mich ab. Sie hatte den Kopf gehoben und lauschte mit aufgestellten Ohren nach rechts. Marit hörte kurz auf zu summen, doch als sie Livs Blick folgte und sah, dass da nur ein Trecker riesige, in Folie eingeschweißte Heuballen von einem Anhänger hob und aufeinanderschichtete, verlor sie das Interesse. Mittlerweile hatte sie sich aufs Zöpfchenflechten verlegt.

Ich guckte mir die Sache noch ein bisschen länger an, denn obwohl sie in einer kleinen Senke hinter einem Wäldchen lagen, blendeten mich die weißen Ballen fast. In dieser grün-braun-blauen Landschaft wirkten sie fehl am Platz.

Liv entschied, dass diese komischen Kugeln ungefährlich waren, und streckte den Hals. Ich schob die Hand unter die Strähnen und kraulte ihren Mähnenkamm, bis sich ihre Ohren zur Seite neigten.

Zufrieden drehte ich den Kopf wieder zu Nils, der mich grinsend beobachtete.

»Du kennst auch jeden Knopf an deinem Pferd, was?«

Ich musste lachen. »Das will ich doch meinen. Die wichtigsten jedenfalls.«

Und während wir darüber quatschten, wie er verhinderte, dass ihm Walter die Mohrrüben vom Futterwagen klaute, oder welches Pony er zuerst von der Koppel in die Box brachte, wandten wir uns nach links und liefen unter Erlen und Weiden auf einem schmalen Pfad am Ufer der Wiek nach Hause.

Wir waren gerade am Torbogen angekommen, als hinter uns ein Auto abbremste. Liv nahm es zwar gelassen, aber ich drehte mich genervt um. Welcher Idiot hatte denn diesmal wieder nicht kapiert, dass man an Pferden langsam vorbeifuhr?

Doch der Typ hinter dem Lenkrad ignorierte meinen vorwurfsvollen Blick. Er ließ die Scheibe der Beifahrertür herunter und keifte: »Ich soll Marit abholen. Du hast ihre Geigenstunde verpennt.«

Hinter mir seufzte Marit. Ganz kurz hatte ich den Eindruck, dass mir die Stimme des Typen – er war ungefähr zwanzig und hatte blonde Haare und blaue Augen wie Nils – bekannt vorkam, aber dann antwortete Nils mit genauso ätzendem Tonfall: »Fahr da rüber, wo die Fahrräder stehen. Wir sind gleich da. Und fahr langsam!«, und da wusste ich, wieso. Er klang wie zu der Zeit, als wir uns kennengelernt hatten und er Marit noch widerwillig zum Reiten begleitet hatte.

»Dein Bruder?«, murmelte ich, als der Porsche Cayenne an uns vorbeigebraust war, und sah Nils aus dem Augenwinkel an.

Er brummte nur, dann sammelte er sich und drehte sich mit deutlich freundlicherem Gesicht zu Marit um. »Ich packe dein Fahrrad ins Auto und komme gleich nach, okay?«

Marit nickte stumm, so als wüsste sie schon, dass jeder Protest sinnlos war. Geigenstunden waren anscheinend heilig.

So schnell konnte ich gar nicht gucken, wie Nils Marit und das Rad in den Porsche verfrachtet hatte. Ich war mit Liv am Torbogen stehen geblieben und winkte einer bedröppelt wirkenden Marit auf der Rückbank zu, die gar nichts mehr von dem fröhlichen Reitermädchen hatte. Ihr älterer Bruder hatte gerade mal einen abschätzigen Blick für mich übrig gehabt. Als ob ich dem je etwas getan hätte.

»Ich mach dir noch das Gatter auf«, sagte Nils bedrückt, ohne mich anzugucken.

Schweigend gingen wir nebeneinander am Putzplatz vorbei. Ich winkte Emily und Finja zu, die gerade Asta und Millie sattelten. Auf dem Paddock brummelte Tilda Liv schon entgegen. Ich schluckte, aber als ich auf ihre Schulter deutete, machte sie bereitwillig Platz, sodass sich mein Puls sofort wieder verlangsamte. Ich atmete aus und lächelte schwach, weil Liv als Antwort schnaubte. Gut, dass nur Nils neben mir stand.

Doch der hätte Livs Reaktion auf meine Anspannung nicht mal

bemerkt, wenn er Monty Roberts höchstpersönlich gewesen wäre. Als ich das Gatter verriegelt hatte und mich zu ihm umdrehte, war er so tief in Gedanken, dass er zwei, drei Sekunden brauchte, bis er mich ansah. Er war in einer seltsamen Stimmung. Mit gerunzelter Stirn betrachtete er mein Gesicht, als wollte er meine Sommersprossen zählen. Ein- oder zweimal holte er Luft, machte dann aber den Mund nicht auf. Ich versuchte, ihn möglichst aufmunternd anzusehen, aber da fiel sein Blick auf etwas hinter mir.

Die Offenheit von eben war wie weggeblasen, es war, als würde er eine Maske aufsetzen. Lässig hob er die Hand und winkte, verabschiedete sich mit »Bis dann!« und schlenderte zu seinem Fahrrad.

Irritiert drehte ich mich um und sah Jannis mit Gewittermiene auf mich zustapfen. Im Ernst? *Er* war sauer? Prima, das konnten wir ja gleich mal klären. Ich straffte die Schultern und wappnete mich für den Sturm.

Jannis

»Was sollte das denn eben?«, fragte ich ohne Einleitung. Kein Wunder, dass Frida die Stirn runzelte, so mies, wie ich mich anhörte. Aggressiv, besitzergreifend, eifersüchtig. Alles, was sie hasste.

Doch der Wille, mich zusammenzureißen, verpuffte, als sie mit den Schultern zuckte und antwortete: »Weiß ich auch nicht.«

Ich hatte erwartet, dass sie alles abstritt, dass sie fragen würde, was ich meinte, und mich auslachen würde. Aber dass sie ehrlich war und zugab, wie seltsam die Situation gerade gewesen war, dass es ausgesehen hatte, als würde Nils ihr gleich eine Liebeserklärung machen, war wie ein Hieb in den Bauch. Für mich, aber vor allem für die Stimme der Vernunft in meinem Kopf, die vornüberkippte und sich stöhnend auf dem Boden krümmte. In meinem Hirn herrschte Alarmstufe Rot.

Ich hatte Mühe, meine Wut in Worte zu fassen. »Ich … ich will das nicht, dass du … dass du ständig mit ihm abhängst!«

»Du willst das nicht? Aber sonst geht's noch?« Frida wirkte fast verblüfft.

»Tu doch nicht so! Du hast doch selber mitgekriegt, dass er was von dir will!« Ich wurde immer lauter.

Genervt verzog Frida das Gesicht, packte mich am Arm und zerrte mich ein paar Meter weiter hinter die kleine Reithalle, wo uns die neugierigen Blicke der beiden Reitschülerinnen nicht mehr erreichten, die gerade am Anbinder zwei Schecken aufzäumten. Als ob es mich interessierte, ob jemand mitkriegte, was ich zu sagen hatte.

»Kriegst du dich mal wieder ein?«, zischte Frida. »Was soll das denn? Im Sommer hast du noch so getan, als wärt ihr beste Freunde. Nils arbeitet hier. Wir hängen nicht ab.«

Hinter der Ecke der Halle ließ sie mich los und drehte sich mit verschränkten Armen zu mir.

»Komm mir bloß nicht so!«, hielt ich dagegen. Jetzt stritt sie es auch noch ab! »Ich hab euch gesehen! Ihr wart mit Liv spazieren!«

Als ich mich so vor ihr aufplusterte, riss Frida endgültig der Geduldsfaden. »Wir waren mit *Liv und Marit* spazieren! Seiner Schwester! Aber die wurde vorn am Tor abgeholt, weil sie noch zur Musikstunde musste. Was du mitgekriegt hättest, wenn du dreißig Sekunden früher aufgetaucht wärst.«

Ganz kurz musste ich meine Strategie anpassen. »Aber dass wir gar nicht mehr spazieren gehen, findest du nicht komisch?«

Jetzt wurde sie doch blass. Sie schien mit sich zu kämpfen, doch was dann folgte, war ein ziemlicher Tiefschlag. »Wer ist denn ständig auf dem Springplatz? Dir ist dein Training doch wichtiger, als was mit mir zu machen! Vorhin war ich sofort abgeschrieben! Ich werde mich garantiert nicht wie eins von deinen Reitschulmädchen auf die Tribüne setzen und darauf warten, dass du vielleicht mal wieder Zeit für mich hast. Wenn du mit mir spazieren gehen wolltest, könntest du jederzeit mitkommen.«

Ich war mir gar nicht sicher, ob alles von dem, was sie sagte, bei mir ankam. Eigentlich hatte ich vorgehabt, mich zu entschuldigen, weil mich Björn vorhin so aus dem Konzept gebracht hatte. Aber dass sie versuchte, den Spieß umzudrehen, war unterirdisch. »Denkst du, ich will, dass mir irgendeins von diesen Mädchen zusieht? Ja, okay, ich geb's zu. Ich will, dass du da bist. Ist das so schlimm? Ich dachte, wir sind ein Team.«

Einen Moment lang starrten wir uns über die Wut hinweg an. Frida ließ die Schultern sinken. Ihre Stimme klang ganz klein und leise, als sie sagte: »Wir sind ein Team.«

Irgendwas war mit ihr. Sosehr ich mich bemühte, ich konnte es einfach nicht greifen. Ich wusste nicht, was sie dachte, was sie von mir wollte. Ich hatte nur Nils' Ausdruck vor Augen, als er ansetzte, ihr etwas zu sagen, und ihre gespannte Erwartung. Keine Ahnung, was ich da unterbrochen hatte, aber der allererste Eindruck, den ich gehabt hatte, verhinderte, dass ich die Hand nach ihr ausstreckte.

Stattdessen trat ich einen Schritt zurück. »Kommt mir gerade nicht so vor.«

Irgendwie schaffte ich es mit dem Rad nach Hause. Die ganze Zeit stand mir ihr Gesicht vor Augen, wie sie zusammengezuckt war und den verletzten Ausdruck sofort hinter Eiseskälte versteckt hatte. Ich war so wütend, auf sie, auf mich … auf Nils besonders, auch wenn ich langsam den Verdacht hatte, dass er wirklich nicht unser Problem war. Am liebsten hätte ich kehrtgemacht, sie gesucht und in die Arme genommen. Aber gleichzeitig war ich so wütend.

… ständig auf dem Springplatz … Fridas Stimme hallte in meinen Ohren, sosehr ich auch versuchte, sie auszusperren. Kapierte sie denn nicht, warum ich so viel mit Dari arbeitete? Was davon abhing, dass wir nicht nur besser, sondern richtig gut wurden? … *dein Training wichtiger …* Ja, das Training war mir wichtig, aber nicht wichtiger als sie. Nicht wichtiger als Dari. Es war Mittel zum Zweck, auch wenn ich natürlich Spaß hatte. Konnte ich denn etwas dafür, wenn sie das nicht verstand?

Frida

Seit wir zum ersten Mal zusammen gespielt hatten, verbrachte ich jede freie Minute im Konikgehege. Und immer war er da. Es war, als könnte er unsere Treffen genauso wenig erwarten wie ich. Vielleicht war es so – vielleicht wussten die anderen Pferde nichts mit ihm anzufangen, vielleicht war es ihm einfach zu langweilig, ständig darauf zu lauern, dass einer der älteren Hengste eine Stute lang genug aus den Augen ließ, damit er sie abwerben konnte.

Jedenfalls hatten wir bald unsere Rituale. Ich kam fast jeden Tag zur selben Zeit und jedes Mal stand er auf seinem Hügel und sah mir entgegen. Wenn ich dann durch das Gatter kam, tat er erst so, als hätte er nicht das geringste Interesse an mir, drehte den Kopf mal in die eine, dann wieder die andere Richtung und schüttelte die Mähne, bis er sich schließlich doch in Bewegung setzte und mit nickendem Kopf und langen Schritten auf mich zukam. Ein paar Meter vor mir blieb er stehen und atmete meinen Geruch ein, und wenn es ihm reichte mit den Höflichkeiten, warf er den Kopf hoch, drehte auf der Hinterhand um und preschte davon. Keine zwanzig Meter weiter legte er prustend eine Vollbremsung hin, warf sich wieder zu mir herum und stampfte ungeduldig mit den Vorderhufen, bis ich endlich in die Gänge kam.

Und dann gab es kein Halten mehr. Ich rannte hinter ihm her und streckte die Hand nach ihm aus, und jedes Mal wartete er, bis ich ihn fast erreicht hatte, nur um im letzten Moment doch noch wegzulaufen. Es war ein Spiel, mehr nicht, und ich weiß gar nicht, ob ich ihn angefasst hätte, selbst wenn er es zugelassen hätte. Ich hatte keine Angst, die hatte ich nie, wenn ich bei ihm war, aber noch immer bekam ich Mamas Ermahnungen nicht aus dem Kopf, dass die Koniks wild waren und wild bleiben sollten.

Genau deswegen nannte ich ihn nur »Kleiner«. Wenn ich ihm einen Namen gegeben hätte, hätte ich die Grenze nicht mehr wahren können, wäre es mir noch schwerer gefallen, ihn weiter als das zu sehen, was er war: ein Wildpferd.

Nach zwei Wochen geschah es dann doch. Es schlich sich einfach ein, oder nein, natürlich gab es einen Anlass, aber auch der hatte sich so unmerklich herangepirscht, dass ich den Übergang von vorher zu nachher kaum mitbekam. Und doch veränderte er alles.

Es war wieder ein warmer Tag gewesen, viel zu warm für die Jahreszeit, und doch kümmerte das längst keinen mehr. Es war später als sonst, weil der Kleine und ich uns weit ins Gehege vorgewagt hatten. In den letzten Wochen war ich so viel gerannt wie seit Ewigkeiten nicht mehr. Schmerzen hatte ich kaum noch, und von Tag zu Tag merkte ich, wie meine Kondition besser wurde. Nur deswegen hatte ich überhaupt mithalten können.

Jetzt waren wir durstig, und weil ich wusste, dass ich nur aus dem Bach trinken durfte, wenn wir ganz nah an der Quelle waren, marschierten wir den kompletten Weg zurück nach Südosten bis zum Steilhang. Dort mussten wir warten, weil gerade die Familie des gelben Hengstes am Bach war und mein Hengst in der Rangfolge unter ihm stand. Vor mir wären sie vielleicht davongelaufen, aber ich wollte sie nicht stören. Ich wollte so wenig wie möglich in ihren Tagesablauf eingreifen.

Während wir am Waldrand standen, die Fohlen beobachteten, wie sie durchs seichte Wasser planschten, und warteten, bis die Leitstute das Signal zum Aufbruch gab, bemerkte ich, wie dünn die Pferde waren. Nicht nur die alten Tiere, nicht nur die Fohlen. Bei allen konnte ich die Rippen sehen. Ich erinnerte mich daran, dass mir das schon vor einiger Zeit aufgefallen war, aber ich hatte nicht mehr daran gedacht. Doch wenn ich mich jetzt umblickte, war mir auch klar, warum sie so mager waren. Selbst das Gras am Bachufer war verdorrt oder sogar bis auf die Wurzeln abgeweidet, weiter oben am Waldrand staubte der Boden nur so vor Trockenheit.

Nach dem langen Sommer fanden die Koniks nicht mehr genügend Futter. Ich hätte es längst kapieren müssen. Wenn ich mir meinen Hengst ansah, war es dasselbe: Ich erkannte jede einzelne Rippe. Bei einem austrainierten Vollblut war das vielleicht normal, aber nicht bei einem Robustpferd wie einem Konik.

Ich musste Mama davon erzählen. Irgendwie musste ich es anstellen, dass der Schutzverein etwas unternahm. Wildpferd und natürliche Haltung hin oder her, wenn die Koniks verhungerten, nur weil ihr Stückchen Weideland nicht mehr genug Futter hergab, konnten sie doch nicht einfach zusehen.

Endlich machte sich die Herde auf Richtung Strand. Im Gleichschritt überquerten wir die Wiese unterhalb des Steilhangs bis zu der Stelle, wo Wasser aus dem Felsen quoll. Normalerweise hätte es hier heraussprudeln sollen, aber der lange, heiße Sommer hatte sogar dem Grundwasser zugesetzt. Ich hielt die Hände in das Rinnsal und fing so viel Wasser wie möglich auf, während der Kleine anfing, in langen Zügen aus dem Quellbecken zu saufen.

Es klingt vielleicht seltsam, aber ich hatte mich ihm in all der Zeit, seit ich ihn getroffen hatte, nicht so nah gefühlt. Wie alte

Freunde standen wir da und teilten uns das Wasser, und das war so ein schönes Gefühl, dass ich bald vor Grinsen kaum mehr schlucken konnte.

Trotzdem war ich irgendwann nicht mehr durstig. Ich trocknete mir den Mund an meinem Shirtärmel und sah dem Kleinen dabei zu, wie er das Maul durchs Wasser zog.

Nach zwei, drei Minuten schien es ihm zu reichen. Er warf mir einen schrägen Blick zu, so als würde er eine Entscheidung treffen, aber dann verblüffte er mich. Mit einem sanften Schnauben hob er den Kopf und stupste mit seiner Nase meine Wange an. Sie war nass, aber das kümmerte mich nicht. Es hätte mich nicht mal gekümmert, wenn sie komplett eingesabbert gewesen wäre. Er hatte mich von sich aus berührt, mehr noch, seine Nüstern strichen über mein Gesicht und sogen meinen Geruch ein. Vorsichtig bewegte ich meinen Kopf auf und ab und rieb meine Nase an seiner.

Und natürlich konnte ich nicht widerstehen. Langsam, ganz langsam hob ich meine Hand und legte sie auf seinen Hals. Seine Haut zuckte nicht mal. Das ermutigte mich, ihn sanft zu streicheln, in langen Bewegungen. Sein Fell war weich, aber es fühlte sich anders an als das unserer Hauspferde. Es war auch drahtig, so als würde es allem widerstehen.

Als wir eine Weile so dagestanden hatten, Nase an Nase, und meine Finger immer wieder über seinen Hals glitten, traute ich mich endlich und schob meine Hand unter seine Mähne. Ich begann, seinen Widerrist zu kraulen, und das schien ihn zu überraschen, denn er ächzte leise. Trotzdem bewegte er sich nicht.

Erst als ich das Gefühl hatte, als hätten wir uns einmal um die Sonne gedreht, geschah wieder etwas. Mit einem tiefen Atemzug machte er einen Schritt vorwärts und legte mir den Kopf auf die

Schulter. Jetzt musste ich mich nicht so strecken, um an seinen Widerrist zu reichen. Meine Arme schlangen sich wie von selbst um seinen Hals.

Und in diesem unbedachten Moment, als ich völlig überwältigt war davon, dass er das für mich tat, flüsterte ich: »Nemo.«

Es war der Name, der mir durch den Kopf geschossen war, lang bevor ich in seine Nähe kommen durfte, als er noch ein kleiner, einsamer Hengst ohne Herde war und mich im Schutz des Waldes beobachtete. Seitdem hatte ich ihn kein einziges Mal ausgesprochen, hatte es mir kaum jemals erlaubt, ihn überhaupt zu denken. Aber jetzt war er in der Welt und er klang richtig. Und als wollte er mir seine Zustimmung geben, drängte sich Nemo noch näher an mich und brummelte so tief, dass ich es unter meinen Händen fühlen konnte.

Ich glaube, ich fing an zu weinen. Später waren meine Wangen feucht, aber ich konnte gar nicht sagen, wie das passiert war. Es kam mir so vor, als würde sein Geruch, seine Nähe in mich einsickern, in den Teil von mir, der seit Wochen wie ein Scherbenhaufen dalag. Und irgendwie fühlten sich die Kanten weniger scharf an. Ich konnte es ertragen hinzusehen und konnte mir eingestehen, wie viel Angst ich hatte. Angst davor, dass noch einmal so etwas passierte wie im Juli, Angst, dass ich Pferden nie wieder so vertrauen könnte wie zuvor. Dass sie mir nie wieder so vertrauen würden.

Doch wenn man Angst lernen konnte, konnte man sie auch wieder verlernen. Ich wusste noch nicht, wie.

Aber hier bei Nemo schien es möglich.

Tagelang ging mir nicht aus dem Kopf, wie abgemagert die Koniks mir vorgekommen waren. Klar, es konnte sein, dass es jederzeit regnete, dann würde vielleicht auch wieder genug Gras wachsen. Und Anfang November wurden beim Auftrieb die Zweijährigen verkauft, sodass sich das Futter auf weniger Pferde verteilte. Aber wollte ich wirklich noch sieben Wochen dabei zusehen, wie die Koniks immer dünner wurden? Was, wenn in der Zwischenzeit eines verhungerte?

Bald rief ich die Wetter-App genauso oft auf wie Papa und mit genau dem gleichen Stirnrunzeln. Es war einfach kein Regen in Sicht.

»Du, Mama«, begann ich deswegen an einem Donnerstagnachmittag, als sie mit stapelweise Papierkram am Küchentisch über dem Laptop saß, »warst du eigentlich in der letzten Zeit mal im Naturschutzgebiet?« Es war natürlich eine blöde Frage, denn wann hätte Mama Zeit haben sollen, einen Ausflug zu machen?

Sie sah auf und sagte daher auch: »Nein, wieso?«

Ich schob mich halb auf die Bank und druckste ein bisschen herum. »Na ja, ich bin … also, ich war doch in der letzten Zeit viel spazieren, und am Strand ist so viel los, deswegen war ich oft im Naturschutzgebiet. Und da ist mir aufgefallen, dass die Koniks gar nicht gut aussehen.«

Mama kräuselte die Stirn. »Was meinst du, sie sehen nicht gut aus? Sind sie krank?«

Umständlich zog ich das Knie an und schlang meine Arme darum. »Das glaube ich nicht. Aber die meisten, die ich gesehen habe, sind richtig dünn. Ich glaube, sie kommen mit dem Futter nicht mehr aus.«

Einen Moment lang starrte sie mich an. Keine Ahnung, aus welchen Überlegungen ich sie gerissen hatte, jetzt war sie endlich ganz bei mir. »Du meinst, weil es so trocken ist und kein Gras mehr wächst?«

»Genau.« Energisch nickte ich. Das lief ja besser als erwartet.

Dachte ich.

Mamas Mund zuckte, als sie den Laptop zuklappte. »Und was schlägst du vor?«

»Na, wir müssen was unternehmen! Also, ihr! Der Schutzverein kann doch nicht zusehen, wie die Koniks verhungern.«

»Langsam, Frida. Noch ist ja kein Pferd verhungert, oder? Solche Phasen sind normal, wenn Tiere extensiv gehalten werden.«

Ich stöhnte. »Fang jetzt nicht an mit natürlicher Auslese und so!«

Streng sah sie mich an. Sie konnte es nicht leiden, wenn ich mich so genervt anhörte, also arbeitete ich schleunigst an meinem Ton.

»Dass es den ganzen Sommer über nicht geregnet hat, war doch nicht normal. Und ich würde ja auch nichts sagen, wenn wir in Arizona wären oder in der Mongolei oder so. Halt irgendwo, wo die Pferde ihr Weidegebiet vergrößern könnten. Aber hier können wir ihnen doch nicht einfach eine begrenzte Fläche hinter Zäunen zuweisen und dann mit den Schultern zucken, wenn die nicht mehr ausreicht.« Ich schob meinen Fuß von der Bank und lehnte mich vor. »Mama, bitte, rede doch mal mit dem Vorstand. Es wäre doch nicht für immer. Ihr müsstet nur die paar Wochen bis zum Auftrieb überbrücken, dann könntet ihr die Herde wieder sich selbst überlassen.«

Mama rieb sich die Augen. Nach einem langen Moment seufzte sie. »Also gut. Ich spreche das an. Aber garantieren kann ich nichts, ist das klar?« Eifrig nickte ich – ein Anfang war besser als nichts –, doch sie redete schon weiter. »Es gibt da Leute, die sehen das noch viel strenger als ich. Solange kein Pferd eingeht, werden die kaum etwas unternehmen wollen.«

Ich versuchte, mir meinen Widerwillen nicht allzu deutlich anmerken zu lassen, und nickte. »Verstanden. Danke.«

Mama lächelte leicht, dann wurde ihr Blick wieder schärfer. »Wie nah warst du eigentlich an den Koniks dran? Du hast nicht zufällig Fotos gemacht?«

Innerlich klopfte ich mir auf die Schulter. *Zufällig* hatte ich am Montag Fotos gemacht, aber da hatte ich das Glück gehabt, dass die Familie des braungrauen Hengstes ziemlich nah am Zaun gewesen war, der den Hauptweg des Naturschutzgebiets vom Gehege trennte.

Mit Unschuldsmiene zog ich deswegen mein Handy aus der Tasche, rief die Bilder auf und schob es Mama hin. Ihr Blick wurde noch ein bisschen bohrender, aber dann wischte sie auf dem Display herum, presste immer wieder die Lippen zusammen und sah dann mit gerunzelter Stirn auf. »Okay, ich verstehe, was du meinst. Schick mir die Fotos mal, ich leite sie an den Vorstand weiter. Vielleicht kann ich was ausrichten.«

Ich sprang auf und stürzte um den Tisch herum. »Danke, danke«, flüsterte ich immer wieder, während ich Mama die Arme um den Hals schlang.

All die Bilder, die ich bis jetzt verdrängt hatte, strömten in meinen Kopf – Bilder von abgemagerten Fohlen und toten Pferden. Bilder von einem hungernden Nemo. So schlimm sie waren, jetzt hatte ich wieder die Hoffnung, dass sie nie wahr wurden.

Es gab nicht viele Gelegenheiten, zu denen ich Jannis von den Koniks hätte erzählen können. Nach unserem Streit waren wir uns ein paar Tage aus dem Weg gegangen, dann hatte ich mir einen Ruck gegeben und ihm beim Training zugesehen. Anscheinend tat ihm sein Auftritt nach dem Besuch seines Vaters auch leid, jedenfalls gingen wir danach mit Juniper spazieren. Allerdings hatte ich den Eindruck, dass er nicht ganz bei der Sache war. Ihn trieb der Gedanke an Daris ersten Turnierauftritt nach einem Jahr um, und je näher Neubrandenburg kam, desto besessener arbeitete er mit ihr auf dem Springplatz. Jetzt waren es nur noch gute zwei Wochen, und allmählich befürchtete ich, dass er es bei Dari übertrieb.

Aber davon wollte er nichts hören. »Klar«, sagte er, als ich ihn darauf ansprach, »mir wäre auch lieber, wenn wir zwischendrin ausreiten oder Intervalltraining machen könnten. Aber ohne dich ist das nicht das Gleiche. Ich krieg das schon hin, keine Sorge.«

Obwohl ich keine große Lust hatte, mir schon wieder einen Nachmittag am Springplatz um die Ohren zu schlagen, kam mir heute nach dem Gespräch mit Mama jede Ablenkung recht. Vielleicht musste ich dabei ja mal nicht über die Koniks nachdenken – und vielleicht fand ich danach sogar die richtigen Worte, Jannis endlich von ihnen zu erzählen.

Doch ich war noch gar nicht richtig am Springplatz angekommen, als ich am liebsten umgekehrt wäre. Das Training war anscheinend schon vorbei, denn Jannis saß mit langem Zügel auf Dari und lachte laut mit Annika und Carina, die auf der Tribüne hockten und zu ihm aufsahen.

Es schien ja gut gelaufen zu sein.

»Hey«, sagte ich, als ich in Hörweite kam.

»Hey.« Jannis strahlte mich an.

Ich blieb am Zaun stehen und nickte Annika und Carina zu. »Hallo.«

Dari, die treue Seele, kam sofort einen Schritt auf mich zu und verlangte ihre Streicheleinheiten.

»Hallo, Frida«, antwortete Annika. »Schade, dass du nicht da warst. Du hast echt was verpasst. Wenn die beiden in zwei Wochen so drauf sind, rocken sie das Springen.«

»Klar.« Ich lächelte schwach.

Jannis strahlte ein bisschen weniger. »Hilfst du mir beim Absatteln?«, fragte er mich nach einem Moment, und als ich nickte, sah er Annika und Carina an. »Bestellt ihr dann schon mal die Pizza?«

»Magst du auch eine, Frida?«, wollte Carina wissen.

Stumm schüttelte ich den Kopf. Ich schlüpfte unter dem Zaun durch, wartete, bis Jannis abgestiegen war, und schob Daris rechten Steigbügel nach oben. Schweigend gingen wir nebeneinanderher, bis wir außer Hörweite waren und Jannis genervt fragte: »Wieso kannst du bei so was nicht einfach mal mitmachen? Ich wollte die beiden einladen, weil sie mir ständig helfen, wenn ich mit Dari auf dem Platz bin, und dann kommst du und verdirbst die Stimmung.«

Ich schnappte nach Luft. So sah er mich also? Als Spaßbremse? Weil mir Tränen in den Augen prickelten, beschleunigte ich meine Schritte. Ich wusste sowieso nicht, was ich sagen sollte.

»Frida! He, Frida!« Daris Hufe klapperten über das Pflaster, als Jannis sie antrabte, um mich einzuholen. »Sorry, so war das nicht gemeint. Bleib doch.«

Ohne ihn anzusehen, schüttelte ich den Kopf und ging einfach weiter. »Lass mal. Ich hab keinen Hunger.«

Auf dem Nachhauseweg hatte ich solche Bauchschmerzen, dass ich nur eines wollte: ins Bett. Ich hatte ziemlich Mühe, auf die Straße zu achten, aber spätestens auf der Allee war es absolut notwendig, mich zu konzentrieren, weil ständig Autos vorbeifuhren. Klar, das waren die Eltern, die Mamas Reitschülerinnen holten und brachten. Da kriegte ich mich mal besser in den Griff. Denen wollte ich nicht wie das Häuflein Elend vorkommen, das ich war. Manchmal hasste ich es, auf einem Reiterhof zu leben, wo ständig fremde Leute ein und aus gingen.

Auf dem Hof dachte ich schon, ich käme unbemerkt ins Haus, also warf ich mein Rad ins Gras und drückte die Haustür auf – nur um Mama und Papa gegenüberzustehen. Glücklicherweise war es wie so oft duster im Flur, sodass ich einen Moment Zeit hatte, einen elterlich akzeptablen Gesichtsausdruck aufzusetzen.

»Ach, Frida«, begrüßte Mama mich. »Da bist du ja. Ich habe gute Neuigkeiten.«

Die schadeten ja nie.

»Der Vorstand hat genehmigt, dass wir bei den Koniks zufüttern«, redete sie ohne Pause weiter, »und Papa wird das Heu liefern.« Sie lächelte mich an. »Es war richtig, dass du mir von den Zuständen im Gehege erzählt hast. Gut gemacht.«

Möglichst unauffällig hatte ich mich ans Treppengeländer gelehnt. Mittlerweile hatte ich das Gefühl, mein Magen würde sich auf Tischtennisballgröße zusammenziehen, und dass meine Knie nachgaben, konnte ich als Allerletztes gebrauchen. Jetzt, wo sie gerade aufgehört hatten, jeden meiner Schritte zu beobachten.

»Im Ernst?«, zwang ich mich zu freudiger Überraschung. »Wie hast du das denn so schnell geschafft?«

Mama hob die Augenbrauen. »Deine Fotos haben das geschafft. Frau Lewandowski ist zwar immer noch skeptisch, aber als Frau Jansen die Bilder gesehen hat, war alles entschieden.«

»Wahrscheinlich hat sie Angst vor schlechter Presse.« Papa

grinste, und das Grinsen wurde breiter, als Mama ihm in den Arm knuffte.

»Aber wir haben doch selber nicht genug Heu«, unterbrach ich das Rumgealber. »Woher nimmst du denn das für die Koniks?«

»Das ist schon geklärt.« Papa war wieder ernst geworden. »Es geht ja allen Bauern in der Gegend ähnlich wie uns, aber unser Lieferant hat sich gefreut, dass er uns eine größere Menge bringen kann. Dadurch sinken die Transportkosten und wir sparen sogar noch ein bisschen.«

Das waren wirklich gute Neuigkeiten. Seit der schlechten Ernte im Sommer war vor allem das Pferdeheu richtig teuer geworden, und wer nicht selber genug ernten konnte, musste es von weit her liefern lassen. Obwohl Papa und Eva schon gemeinsam einkauften, hatten sie trotzdem über die Preise gestöhnt. Wahrscheinlich mussten wir bald sogar mehr Geld für die Reitstunden nehmen.

»Okay … das ist super.« Ich richtete mich auf und versuchte zu lächeln. »Und wann geht's los?«

»Sobald die erste Fuhre da ist. Vielleicht schon am Samstag, spätestens am Montag.« Er machte einen Schritt auf mich zu, legte mir den Arm um die Schultern und drückte mich an sich. »Was meinst du, halten deine Koniks so lange durch?«

Ich grinste gezwungen. Das hoffte ich.

Jannis

Die letzten beiden Wochen vor Neubrandenburg vergingen wie im Flug. Nach dieser dämlichen Sache mit der Pizza hatten Frida und ich uns wieder eingekriegt, und ich musste ihr zugutehalten, dass sie viel öfter als zuvor beim Training zusah. Hin und wieder waren wir sogar mit Dari am Strand, aber Frida wusste ja sicher auch, dass am Ende das Springtraining entschied, ob Dari es am Samstag packte.

Der Morgen des Turniers war kalt und düster. Wir waren viel zu früh dran, aber Mama, Frida und ich waren uns einig gewesen, dass es für Dari weniger Stress bedeuten würde, sie langsam an den Lärm und den Trubel zu gewöhnen. Und dafür standen die Chancen frühmorgens eben deutlich besser, als wenn wir erst zum Springen angereist wären.

Mama dirigierte die Reitschülerinnen, die heute bei den leichteren Prüfungen antreten wollten, aber sie hätten wahrscheinlich auch so Abstand zu Frida und mir gehalten. Ohne zu reden, bereiteten wir Dari vor, und dann suchten wir uns den kürzesten Weg über den Parkplatz zu einem Feldweg, der zwischen Koppeln und Wiesen hindurch zum Waldrand führte. Mit jedem Schritt entspannte sich Dari mehr, sie blickte sich neugierig nach den Pferden auf den Koppeln um, und als wir an einem Grasstreifen anhielten, auf dem noch ein paar späte Löwenzahnbüschel wuchsen, stürzte sie sich mit Begeisterung auf die gelben Blüten. Wenn der

Tag heute nicht so ernst gewesen wäre – und die letzten Wochen zwischen Frida und mir nicht so schwierig –, wäre es der perfekte Morgen gewesen. Nur wir drei, ohne Worte.

Als würden ihr ganz ähnliche Gedanken durch den Kopf gehen, griff Frida nach meiner Hand. Ihre Wärme floss von ihrem Arm in meinen und ich sah sie an. Es kam mir vor, als würden die Wolken aufreißen und die Sonnenstrahlen auf ihr Gesicht fallen, aber so kitschig ist das Leben ja nicht. Es war nur mein Herz, das einen Satz machte und mich dazu brachte, sie nach langer Zeit endlich wieder richtig anzuschauen. Wie konnte das sein? Schlaglichter aus den letzten Wochen blitzten durch mein Hirn, Momente, in denen sie das Gesicht abgewandt hatte und den Kopf gesenkt hielt, mit hängenden Schultern und fahrigen Bewegungen. Es war, als hätte sie sich absichtlich unsichtbar gemacht, sogar vor mir.

Aber nicht jetzt. Jetzt stand sie groß und aufrecht da und betrachtete mich. Ihr Daumen strich über meinen Handrücken, so als könnte sie damit ihre Energie irgendwie auf mich übertragen. Und dann lächelte sie und, ganz im Ernst, von einem Moment auf den anderen kam wirklich die Sonne raus.

»Du kannst ganz ruhig sein«, sagte sie leise. »Du hast es geschafft. Dein Vater wollte, dass du Dari bis heute fit bekommst. Und jetzt schau sie dir an.« Sie deutete auf Dari, die mit brutaler Effizienz Blüten, Stängel und Blätter abrasierte. »Wie viel fitter kann ein Pferd sein?«

Langsam löste ich meinen Blick von Fridas Gesicht und sah mein Pferd an. Schwarz schimmernd, stark, perfekt proportioniert und mit einer Ausstrahlung, als könnte sie das Meer teilen. Da kapierte ich es. Nicht Dari hatte diesen frühen Start in den Tag gebraucht oder diesen Spaziergang oder irgendeinen Beweis, dass wir uns entspannen konnten – ich war es. Mein Hirn machte einen doppelten Überschlag, als mich die Erkenntnis traf wie ein Siebentonner. Es war, als würde mir die Luft ausgehen.

Ich ließ Fridas Hand los, schlang den Arm um ihren Hals und zog sie an mich. Sie schmiegte sich an meine Brust, legte ihre Arme um meine Taille und lehnte den Kopf in meine Halsbeuge. Unter mir der feste Boden, über mir der blaugraue Himmel, neben mir meine Mädchen. Ich lachte den Zweifeln ins Gesicht und sie zerplatzten wie Seifenblasen.

Das war Fridas Geschenk an mich, dieser perfekte Moment.

Mein Paradies.

Diese Wolke aus Stolz und Zuversicht trug Dari und mich über den Parcours. Beim Aussprung der Zweifachen klapperte eine Stange, aber das war nicht der Rede wert. Ich weiß nicht mal, ob ich es richtig mitbekam oder erst später auf Mamas Handyvideo hörte.

Denn solange wir auf dem Platz waren, lief alles wie in Zeitlupe ab. Es war, als hätten wir alle Zeit der Welt, könnten unsere Entscheidungen in aller Ruhe abwägen. Von der Hektik, dem Stress früherer Ritte waren wir so weit entfernt wie ein Sonnenuntergang bei uns am Strand von der Berliner Rushhour. Dari und ich waren in unserer eigenen Dimension unterwegs. Die Hälfte der Zeit war ihr sowieso klar, was zu tun war, und was immer sie von mir brauchte, wusste ich so eindeutig, als hätte sie mir eine Frage gestellt. Hatte sie ja auch, nur eben in einer Sprache, die ich erst jetzt so genau verstand. Vier Galoppsprünge, Steilsprung, fünf Galoppsprünge, Oxer, drei Galoppsprünge, Steilsprung, weite

Wendung, Steilsprung, Oxer, Steilsprung, sieben Galoppsprünge, Steilsprung … und geschafft.

Es war unglaublich.

Oder nein. Es war das Ergebnis von viel Arbeit und Geduld.

Ich gab Dari die Zügel hin und klopfte ihr sanft den Hals, während sie sich prustend streckte.

»Brav. Gut gemacht, brav«, murmelte ich immer wieder, während sie zum tosenden Applaus der Zuschauer ausgaloppierte. Ich hätte diese Runde gern noch ein bisschen verlängert, nur Dari und ich, aber wir mussten den Parcours freigeben, also lenkte ich sie Richtung Ausgang und parierte sie zum Schritt durch.

Es waren alle da. Annika und Carina, die uns mit einer Abschwitzdecke in Empfang nahmen und auf mich einplapperten, Mama, die vor Stolz strahlte, sogar Florian. Und Frida.

Ich konnte sie nicht aus den Augen lassen. Ihr Gesicht leuchtete zu mir herauf, und während sie ihre Hand auf Daris Hals legte, spiegelten sich Hunderte Gefühle darin. Sie freute sich für mich und Dari und gegen ihren Willen war sie auch ein bisschen beeindruckt. Vielleicht als Einzige konnte sie nachempfinden, was da gerade passiert war, wie groß der Schritt war, den Dari und ich genommen hatten. Auch sie war stolz auf uns, aber da war noch etwas anderes, etwas Dunkleres. Traurigkeit vielleicht? Oder Bedauern?

Nur einen Moment lang blitzte es auf, dann war das Strahlen wieder da, und die Leichtigkeit in meiner Brust dehnte sich so weit aus, dass es sich anfühlte, als würde sie mich aus dem Sattel heben und mit dem Wind davontragen.

Frida war die Einzige, die uns zum Abreitplatz begleitete. Sie blieb an der Absperrung stehen, und ich war froh, dass Dari ein so intelligentes Pferd war, denn sie passte auf, dass wir nirgendwo gegenrannten. Meine Konzentration war jedenfalls gerade darauf gerichtet, mit Frida Blickkontakt zu halten.

Bis sie ihn unterbrach. Ich schaute in die Richtung, in die sie sich gedreht hatte, und auch wenn ich wusste, dass er da war und irgendwann auftauchen würde, spannte ich mich vor Überraschung so an, dass Dari in Schritt fiel. Ich war dankbar, dass Frida ein paar Sätze mit ihm tauschte, denn so konnte ich ein paarmal tief durchatmen, bevor ich hinüberritt und von Daris Rücken glitt.

Björn nickte mir zu. Dann tat er etwas, was mir die Sprache verschlug. Er hielt Dari die Hand hin, und als sie schnaubte, klopfte er ihr den Hals.

»Gut gemacht, Mädchen«, sagte er und dann zu mir: »Das war großartig geritten.«

Jemand drückte meine Hand, und ich war so vor den Kopf gestoßen, dass ich erst nach ein paar Sekunden kapierte, dass es Frida war. Sie trat um mich herum, nahm mir die Zügel ab und zog sie Dari über die Ohren.

»Wir gehen schon mal vor«, murmelte sie, und dann war sie weg, und ich stand meinem Vater gegenüber.

Er nickte ihr zum Abschied zu, dann sagte er noch einmal: »Wirklich gut geritten, Jannis.«

Ich krächzte: »Danke.«

Wir standen eine Weile da und wussten anscheinend beide nicht, was wir tun oder sagen sollten. Irgendwann gab sich Björn einen Ruck.

»Ich hab was gelernt, Jannis.«

Weil ich nicht wusste, worauf er hinauswollte – dass man seine Frau nicht betrog? Dass es scheiße war, ein zweites Mal verlassen zu werden? –, hielt ich die Klappe und sah ihn nur abwartend an.

»Mir ist heute der Unterschied klar geworden zwischen einem Pferd, das über den Parcours gezwungen wird, und einem, das gern springt. Dari war mal das Erste. Und du hast es geschafft, dass sie kaum zu bremsen ist. Du hast genau richtiggelegen mit deinem Training.«

Was immer ich erwartet hatte – das nicht. Ich starrte ihn immer noch an, und es ist nicht ausgeschlossen, dass mir der Mund dabei offen stand. Aber er war auch noch nicht fertig.

»Dass du das durchgezogen hast, obwohl ich es dir ausreden wollte … Respekt. Ich weiß nicht, wo Dari stehen würde, wenn wir es so gemacht hätten, wie ich wollte. Mit Sicherheit hätte sie sich heute nicht mit so viel Freude präsentiert. Also gut gemacht.«

Vor ein paar Wochen noch hätte ich ein paar Dinge zu diesem Monolog zu sagen gehabt. Zum Beispiel, dass »ausreden wollen« wohl die Untertreibung des Jahrhunderts war. Und dass Dari wahrscheinlich längst in der Wurst gelandet wäre, wenn er sie so trainiert hätte, wie er das seit fünfundzwanzig Jahren machte. Aber heute nicht. Heute war es mir der Triumph nicht wert. Heute hatte ich keinen Bock darauf, schon wieder zu streiten.

Also sagte ich nur zum zweiten Mal: »Danke.«

Björn nickte. Und dann kam etwas, was mich noch einmal sprachlos machte: Er legte den Arm um meine Schultern. Als ich vor Überraschung zusammenzuckte, tat er, als würde er es nicht merken.

»Weißt du, was ich mir überlegt habe?«, redete er weiter, während wir uns Richtung Transporter aufmachten. »Wie wäre es, wenn du wieder zu mir ziehen würdest? Wenn ich das richtig verstehe, arbeitest du ständig auf dem Hof deiner Mutter mit. Bei mir könntest du dich auf deine Karriere konzentrieren.« Anscheinend hatte sich mein Gesicht ziemlich verfinstert, denn hastig relativierte er: »Am Anfang reicht es ja, wenn du in den Ferien kommst. Dann musst du nicht schon wieder die Schule wechseln. Aber Eva hat einfach noch nicht die finanziellen Möglichkeiten, dir alles zu bieten, was du für die Entwicklung deines Talents brauchst.«

Mit einem Schulterzucken machte ich mich von ihm los. Es war allerhöchste Zeit, hier was klarzustellen. »Hör mal, ich bin ja froh, dass du verstanden hast, was ich mit Dari gemacht habe. Aber zu dir ziehen werde ich auf keinen Fall, auch nicht in den Ferien. Mama braucht mich, wir haben den Carlshof gemeinsam angefangen und ich werde mich jetzt nicht rausziehen. Und abgesehen davon habe ich eine Freundin. Ohne sie wäre Dari längst nicht da, wo sie jetzt ist.«

Björn hob die Augenbrauen. »Die von vorhin? Das rothaarige Ponymädchen?«

»Frida, ja«, antwortete ich kalt.

»Bring sie doch mit.«

Für ein paar Sekunden stellte ich mir Frida auf unserem alten Hof vor, wie sie vor der Führanlage, dem Solarium und den Minipaddocks stand und immer roter anlief.

Grinsend schüttelte ich den Kopf. »Das willst du nicht erleben. Wenn sie wieder geht, hat sie aus deinen Pferden entweder tiefenentspannte Weidegänger gemacht oder dir den Tierschutz auf den Hals gehetzt.«

Björn guckte etwas irritiert, aber da waren wir schon bei unserem Transporter angekommen. Mama stürzte auf mich zu und nahm mich in den Arm.

»Ich bin so stolz auf dich und Dari«, flüsterte sie mir ins Ohr. »Ihr habt es allen gezeigt.«

Ich drückte sie zurück und wollte etwas antworten, aber in dem Moment tauchte hinter ihr Frida auf. Sie hielt ihr Smartphone in der Hand und war kreidebleich. Langsam machte ich mich von Mama los.

»Ich glaube«, sagte Frida tonlos, »du solltest mal an dein Handy gehen.«

Ich hatte sieben verpasste Anrufe und zwei Sprachnachrichten von Max auf dem Handy. Als ich ihn beim zweiten Anlauf ans Telefon bekam, erzählte er irgendwelches wirres Zeug, von dem aber eigentlich nur vier Wörter bei mir ankamen: Er zog nach Schanghai. Zwischen all den Menschen, Pferden und Transportern surrte es plötzlich so laut in meinen Ohren, als wäre ein Hornissenschwarm hinter mir her. Ich versprach ihm, mich nachher noch mal zu melden, und dann war Frida da und nahm mich in den Arm, und ich starrte ein paar Minuten einfach nur ins Leere.

Zweieinhalb Stunden später waren wir endlich zu Hause, alle Pferde versorgt und ich mit Max am Telefon. Um meine Ruhe zu haben, hatte ich mich an den kleinen Teich in unserem Garten verzogen, auch wenn mich die Mücken fast auffraßen.

»Und jetzt alles noch mal von vorn. Ich hab vorhin verstanden, dass du nach Schanghai ziehst.«

Dafür, dass Max so tief Luft holte, als wollte er den Weltrekord im Apnoetauchen brechen, war sein zittriges »Ja« ein bisschen dürftig.

Ich wäre jetzt gern wütend geworden, einfach um nicht mehr so geschockt und hilflos sein zu müssen, aber das brachte ja nichts.

Stattdessen fragte ich so ruhig wie möglich: »Und das war die Idee deiner Mutter?«

Genauso war es. Wenn es nach Max' Mutter ging, würde China in den nächsten vier Jahren seine Heimat sein. Sie hatte ein Angebot für einen Job bekommen, der wohl nicht nur extrem gut bezahlt, sondern leider auch am anderen Ende der Welt war. Und Max sollte ihr dorthin folgen.

Als ich die Zusammenhänge endlich kapiert hatte – Max' Erläuterungen waren eher sprunghaft –, fiel mir genau ein Wort zu sagen ein: »Scheiße.«

Wir schwiegen uns eine Weile an, wie man das nur machen konnte, wenn man sich die meiste Zeit seines Lebens kannte. Ich versuchte, mir vorzustellen, wie es sein würde, wenn Max nicht mehr gefühlt jedes Wochenende zu Besuch käme, wie wir Schwierigkeiten hätten, bei der Zeitverschiebung einen Termin zum Skypen zu finden, wie wir bald nur noch Nachrichten schrieben und irgendwann nicht mal mehr das. Daran, wie Max immer wieder scharf die Luft einsog, erkannte ich, dass ihm ähnliche Gedanken durch den Kopf gingen.

Irgendwann flüsterte er: »Ich weiß nicht, was ich tun soll, Jannis.«

Beides, dass er so komisch erstickt flüsterte und dass er meinen Namen verwendete, war wie ein Hieb in den Magen. Auch wenn es Zeiten gegeben hatte, in denen Berlin gar nicht weit genug weg sein konnte, jetzt verfluchte ich die zweihundertfünfzig Kilometer, die zwischen uns lagen. Ich wusste nicht, was ich sagen sollte, aber er erwartete auch keine Antwort.

»Ich finde es so daneben, dass sie das einfach tut, ohne mit mir darüber zu sprechen. Und ich Arsch hab ihr immer zugeredet, wenn es um ihre Karriere ging. Dass sie sich keine Sorgen machen muss, wenn sie übers Wochenende auf einem Kongress ist. Dass ich mir selber was zu essen besorgen kann, wenn es im Büro wieder länger wird, weil sie mit San Francisco telefoniert. Das ist doch scheiße! Die ganzen Jahre hab ich mitgespielt, und jetzt stellt sie mich vor vollendete Tatsachen, als wäre ich irgendein beschissener Goldfisch, den du in eine Plastiktüte packst und ans andere Ende der Welt mitschleppst!«

Es gab rein gar nichts, was ich sagen konnte. Obwohl, eines schon, das, was ich wahrscheinlich auch gesagt hätte, wenn wir dieses Gespräch in der ersten Klasse geführt hätten: »Und wenn du bei uns bleibst?«

Ich dachte an das leere Schlafzimmer neben meinem, daran, wie sehr sich Linh freuen würde, Max nicht nur am Wochenende zu sehen, an die Wochen, Monate, Jahre, die wir vier gemeinsam in die Schule gehen könnten, ohne an jedem Sonntagmorgen schon daran zu denken, dass Max bald wieder fahren musste. Ich dachte daran, wie oft Max und ich uns früher ausgemalt hatten, Brüder zu sein.

Aber Max gab die einzige Antwort, die in der Welt, in der wir lebten, möglich war. Er schnaubte. »Eher schickt sie mich zu Papa nach Köln. Und da teile ich mir dann das Zimmer mit Niklas.«

Wir redeten bis weit nach Sonnenuntergang. Mama kam irgendwann heraus und brachte mir zwei belegte Brote und eine Decke und noch viel später kam sie noch mal und zeigte auf ihre Armbanduhr. Egal, wie wir die Sache drehten und wendeten, wir fanden keine Lösung. Und wenn uns nicht schnellstens eine einfiel, dann hieß das, dass Max ab Januar in China leben würde.

Frida

»Ich halte das nicht aus. Wirklich.«

Seit mehr als einer Stunde saß ich mit Linh bei uns im Garten am Bach und hielt sie im Arm. Genauso lange wurde sie von Heulkrämpfen geschüttelt, und das Einzige, was sie zwischendrin hervorpresste, war: »Ich halte das nicht aus.«

Wenn ich ehrlich war: Ich fand es auch ziemlich unvorstellbar. Linh ohne Max, das war wie Julia ohne Romeo. Die zwei waren im letzten Jahr so zusammengewachsen, dass allein der Gedanke, sie zu trennen, wie ein Verbrechen wirkte. Selbst Mama und Papa waren geschockt gewesen, als ich gestern Abend von Linh nach Hause gekommen war und ihnen von der Sache mit Schanghai erzählt hatte.

Mama hatte versucht, mein Verständnis für Frau Hoffmann zu wecken – »Es ist nicht leicht, ein Kind allein großzuziehen. Denk dran, Eva ist mit Jannis auch von Berlin weg.« –, aber Eldenau war nicht Schanghai, und überhaupt war mit Evas und Jannis' Umzug alles besser geworden und nicht schlechter. Frau Hoffmann sollte sich mal dieses zitternde Etwas neben mir ansehen, dann würde ihr vielleicht klar, was sie anrichtete.

»Ich halte das nicht aus«, krächzte Linh wieder, während sie sich mit dem Ärmel übers Gesicht wischte. Sie holte pfeifend Luft und drehte sich zu mir. »Im Ernst, Frida, was soll ich nur machen? Ich müsste ein Jahr sparen, um mir einen Flug nach Schanghai leisten zu können, und dann würde Max mich vielleicht gar nicht mehr sehen wollen, weil er längst eine neue Freundin hat. Wahrscheinlich irgendeine reiche Amerikanerin von seiner internationalen Schule. Oder eine coole Surferin aus Australien. So eine würde doch auch richtig gut zu ihm passen.«

Manchmal musste man Linh bremsen. Jetzt war so ein Moment.

»Genau«, antwortete ich spitz, »diese coole Australierin würde dann den ganzen Weg nach China surfen, nur um dir deinen Freund auszuspannen.«

Linhs Mundwinkel zuckten, zwar nur kurz, aber immerhin.

»Linh«, sagte ich etwas sanfter, »das hatten wir doch schon. Max ist ein Jahr lang fast jedes Wochenende zu dir nach Eldenau gekommen. Der wollte niemand anders als dich. Irgendwann hat er doch auch Ferien und dann kann er die ganze Zeit hier sein. Ihr könnt euch schreiben und telefonieren …«

»Das ist aber nicht das Gleiche!«, unterbrach sie mich ungewohnt heftig, und natürlich hatte sie recht. Ich wollte mit Jannis auch nicht nur telefonieren, ich wollte ihn bei mir haben und ihn ansehen und anfassen können. Und küssen. Aber das gehörte jetzt nicht hierher.

Weil mir nichts Sinnvolleres zu sagen einfiel, hielt ich die Klappe und strich ihr nur immer wieder über den Rücken. Es war fies, das zu denken, und ein bisschen schämte ich mich auch dafür, doch dass es Linh so schlecht ging, war fast so, als wären die letzten Wochen nie passiert. Sie hatte genau gemerkt, dass ich ihr etwas verheimlichte, und ein paarmal probiert, es aus mir herauszubekommen, aber je hartnäckiger sie fragte, desto heftiger hatte ich es abgestritten. Ich konnte ihr nicht verübeln, dass es ihr irgenwann zu blöd geworden war und sie sich mittlerweile auf die eine oder andere spitze Bemerkung beschränkte. Es war nicht schön, aber die Wahrheit war noch viel hässlicher. Jetzt war das alles egal, jetzt brauchte Linh mich.

Irgendwann flüsterte sie: »Selbst wenn wir uns zweimal im Jahr sehen … ein halbes Jahr ist lang. Da kann so viel passieren, wir ändern uns, er lernt neue Leute kennen … Es wäre doch ein Wunder, wenn wir zusammenbleiben würden.«

Ich konnte nicht anders, ich dachte wieder an Jannis. Manchmal brauchte es gar keinen Umzug, keine weite Entfernung. Manchmal reichte ein blöder Unfall und die Geheimnisse türmten sich plötzlich auf wie ein ganzes Gebirge.

Aber ich vertrieb diese Gedanken. Jetzt war Linh wichtig. Und auch wenn ich keine Lösung für ihr Problem hatte, konnte ich wenigstens für sie da sein.

Jannis

Jannis?«

Ich drückte die Stalltür zu und drehte mich zu Mama um. Der Wind blies mir Staub ins Gesicht, sodass ich die Augen zukneifen musste. »Ja? Was ist?«

»Gehst du dich bitte umziehen? Wir kriegen gleich Besuch.«

Sie sah irgendwie komisch aus, deswegen fragte ich vorsichtig: »Besuch?«

Als sie die Schultern straffte, fast trotzig, wurde ich schon nervös, aber als sie dann mit der Sprache rausrückte, konnte ich sie erst mal nur anstarren.

»Ich habe Laura und Nele eingeladen.«

Irgendwann schaffte ich es dann doch, die Überraschung abzuschütteln. »Nicht dein Ernst, oder? Hast du vergessen, dass dein Mann dich mit dieser Frau betrogen hat?«

Erstaunlicherweise machte sie das wütend. »Nein, Jannis, du Schlaumeier«, ich war mir sicher, dass sie insgeheim ein anderes Wort benutzte, »das habe ich nicht vergessen. Aber wie du schon sagst, *er* hat mich betrogen. Und ihn lade ich ja auch nicht zum Kaffee ein.«

Um den Bogen nicht zu überspannen, presste ich die Lippen aufeinander. Schließlich rang ich mich zu »Und warum lädst du sie ein?« durch.

Mit einem warnenden Blick sagte sie: »Ich finde sie nett. Sie wusste nicht, dass Björn und ich noch ein Paar waren, als sie zusammengekommen sind.«

»Er hat ihr vorgegaukelt, dass ihr getrennt wärt?« Beinahe hätte ich ein »Und das glaubst du?« hinterhergeschoben, aber ich biss mir auf die Lippe. Laura hatte uns bisher noch keinen Grund gegeben, ihr Wort anzuzweifeln. Björn dagegen Tausende.

Mama nickte. »Ja.« Sie streckte die Hand aus und drückte meine Schulter. Leiser fügte sie hinzu: »Außerdem dachte ich, du willst deine Schwester besser kennenlernen.«

»Halbschwester«, murmelte ich, war aber nicht ganz bei der Sache. Wollte ich das? Wollte ich dieses Kind kennenlernen, das ja nichts dafür konnte, dass seine Eltern keinen Anstand hatten? Aber was sollte ich mit einer Zweijährigen anstellen?

»Du könntest ihr zum Beispiel die Pferde zeigen«, schlug Mama vor, als hätte sie in mein Hirn geschaut.

»Hm«, machte ich. Eine Wahl hatte ich sowieso nicht. »Versprich mir eins«, brummte ich trotzdem. »Wenn noch irgendwo ein Halbgeschwisterkind auftaucht, frag mich bitte vorher.«

Mama sah mich scharf an, aber dann musste sie doch lachen. »Versprochen.«

Immerhin hatten wir Kuchen. Er war zwar gekauft und nicht selbst gebacken wie der, den es auf dem Gut so ziemlich täglich gab, aber das ging in Ordnung. Mama war beim Backen eine Niete.

Für so ein kleines Menschlein haute Nele ganz schön rein. Ab wann durften Kinder Zucker essen? Sicher war zwei doch viel zu früh dafür. Vor allem wenn man dem älteren Halbbruder alles wegfraß.

Immerhin ging Laura dazwischen, als sich Nele ein drittes Stück nehmen wollte. »Das reicht jetzt. Du kriegst noch Bauchschmerzen.«

Der Blick, den Nele ihr zuwarf, war nicht von schlechten Eltern. Sie knallte ihre Gabel auf den Tisch, lehnte sich auf der Bank zurück und zog eine Schnute.

Vorsichtshalber lud ich mir den Kuchen auf den Teller, was mir ein tadelndes Kopfschütteln von Mama einbrachte. Als ich »Was?« fragte, verdrehte sie nur die Augen und grinste.

Laura hatte den Austausch bemerkt und grinste ebenfalls. »Na ja, sie sind beide im Wachstum.«

Haha.

Weil Mama sie ja so nett fand, lachte sie unverhältnismäßig laut. »Nur dass Jannis wirklich nicht wählerisch ist. Hauptsache, hochkalorisch.«

Laura kicherte. Zu einer Antwort ließ ich mich nicht herab, aber einen bösen Blick konnte ich mir nicht verkneifen.

Mama zwinkerte mir zu, dann wandte sie sich an Laura und nahm das Gespräch von eben wieder auf. »Also arbeitest du an der Uni in Buddenwalde?«

Laura deutete auf die Kaffeekanne, und als Mama auffordernd nickte, schenkte sie sich nach. »Ja. Am veterinärmedizinischen Institut. Ist zwar nur eine Elternzeitvertretung, aber ich war froh, überhaupt so schnell etwas zu finden. So hab ich immerhin ein Jahr Zeit, was Festes zu suchen.«

»Bist du Tierärztin?«, fragte ich.

Sie schüttelte den Kopf. »Veterinärmedizinische Laborantin. Wir untersuchen Proben für Tierarztpraxen. Blut, Gewebe, aber auch Futter.«

»Das heißt, du arbeitest auch mit Florian zusammen.«

Laura guckte ratlos.

»Dr. Wanninger aus Buddenwalde«, erklärte Mama.

»Praxis Grevenhorst-Wanninger?« Lauras Gesicht hellte sich auf. »Ja, von da hatte ich gestern erst zwei Blutproben. Ist das euer Tierarzt?«

»Und Mamas Freund.«

Mama sah mich genervt an. Ich grinste nur.

Laura nickte und schaute amüsiert zwischen Mama und mir hin und her. »Ach so. Gut zu wissen. Vielleicht kann ich Dr. Wanningers Proben hin und wieder ein bisschen vorziehen, was?« Sie zwinkerte mir zu. Dabei kräuselte sich ihre Nase, sodass sie zehn Jahre jünger aussah.

»Ich geb Bescheid, wenn es Proben von unseren Pferden sind.«

»Jannis!«, sagte Mama kopfschüttelnd, musste aber genauso lachen wie Laura. »Habt ihr noch ein bisschen Zeit?«, fragte sie dann, wahrscheinlich einfach, um das Thema zu wechseln. »Ihr könntet euch die Pferde ansehen.«

Lauras Augen leuchteten auf. »Oh ja, unbedingt! Nele freut sich schon, nicht?« Als sie ihren Namen hörte, guckte sie ihre Mutter misstrauisch an – anscheinend schmollte sie immer noch wegen des Kuchenstücks –, und Laura wiederholte: »Sollen wir die Pferde besuchen?«

Auch in Neles Gesicht schien irgendjemand das Licht anzuknipsen. Sie nickte, glitt von der Bank und stellte sich an die Tür.

Mama lachte. »Das heißt wohl Ja.«

Nele wieselte uns so flink voraus, dass wir kaum hinterherkamen. Dabei wackelte ihr Windelpopo hin und her, was echt witzig aussah, aber nichts daran änderte, dass ich es ziemlich gefährlich fand, wenn sie hier so unbeaufsichtigt rumlief. Weder ihre Mutter noch Mama schien sich viel dabei zu denken, deswegen sah ich mich genötigt, ihr hinterherzurennen.

Als Nele bemerkte, dass ich zu ihr aufschließen wollte, lachte sie auf und legte noch mal einen Zahn zu. Äh, stopp! Wie machte man einem kleinen Kind klar, dass man nicht Fangen spielen wollte?

»Nele? Nele! He, warte!«

Das brachte mal gar nichts. Nele fetzte immer noch über den Hof, als würde sie hier ein und aus gehen. Das Schräge war, dass sie wirklich genau zu wissen schien, wohin wir wollten, und zielstrebig auf den Eingang des Schulpferdestalls zurannte. Hilfe suchend wandte ich mich zu Mama um, aber sie war so mit Laura ins Gespräch vertieft, dass sie meinen Blick gar nicht mitbekam. Hatten die mich jetzt wirklich als Babysitter abgestellt?

Als ich mich wieder umdrehte, war Nele verschwunden.

»Mist.« Ich sprintete los und hoffte, dass sie in der Sekunde, in der ich kein Auge auf sie hatte, nicht zwischen Pferdebeine geraten war, musste aber gar nicht weit laufen. Sie war einfach nur in die Stallgasse eingebogen. Am Tor blieb ich stehen.

Die Nachmittagssonne sandte goldenes Licht in den Stall. Die Pferde warteten auf die Abendfütterung und viele guckten hoffnungsvoll in meine Richtung. Als sie Schritte hörten, streckte auch der Rest von ihnen den Kopf über die Türen.

Nele war an der ersten Box stehen geblieben und blickte mit großen Augen zu Oskar auf. Neugierig blähte der braune Wallach seine Nüstern und schnupperte an dem Zwerg, der ihm da die Hand entgegenhielt. Drei, vier Sekunden lang betrachteten sie sich mit höchster Konzentration, dann lachte Nele und tätschelte Oskars Nase.

Ab da gab es kein Halten mehr. Die beiden Hannoveraner in den Nachbarboxen, Isidor und No Limit, waren ebenfalls auf Nele aufmerksam geworden und schnaubten sanft, als sie näher kam. Sie hüpfte auf Isi zu, blieb vor ihm stehen und drückte ihm einen Kuss auf die Nase. Von No Limit ging es weiter zu Sissi und von da die komplette Stallgasse hinunter.

Keins der Pferde schreckte vor Neles übermütiger Fröhlichkeit zurück, im Gegenteil, aus allen Boxen hörte ich freundliches Schnauben, wenn sie auf ihren Minifüßen weitertrippelte. Jedes Pferd holte sich seine Streicheleinheiten ab, und wenn Nele besonders großzügig war, gab es auch noch einen kleinen Kuss.

Am unteren Ende kehrte sie um und machte sich mit den Pferden auf der linken Stallseite bekannt. Jetzt konnte ich ihr Gesicht sehen, dieses Strahlen in den Augen, das die meisten Pferdeleute gar nicht mehr hatten. Bis auf Frida, die ließ es sich nicht nehmen.

Wenn ich in dem Moment nicht an Frida gedacht und mein Gesicht irgendwie gezeigt hätte, dass ich ganz genau wusste, was da gerade zwischen ihr und den Pferden abging, wäre das, was folgte, wahrscheinlich nie passiert. Nele war mit ihrem Rundgang fertig, und es war ganz klar, dass sie nicht wusste, wohin mit ihrer Freude, bis ihr Blick an mir hängen blieb. Ihr Lächeln wurde zu einem breiten Grinsen, sie streckte die Arme aus und flog auf mich zu, und ich war so verdutzt, dass ich mich bückte, sie auffing und hochhob.

Aufjauchzend schlang sie die Arme um meinen Hals und schmiegte ihre Wange an mein Gesicht. Vor Schreck hätte ich sie fast fallen lassen, aber ihr Griff fühlte sich ziemlich solide an, sodass diese Gefahr vielleicht gar nicht bestand.

Als die erste Überraschung vorbei war, begann ich, ihren Rücken zu tätscheln und mich von ihr loszumachen, aber das war leichter gesagt als getan. Sie hing an mir mit all ihrer Kraft, und das war mehr, als man einer Zweijährigen zugetraut hätte.

Ratlos drehte ich mich um, aber wenn ich mir von ihrer oder meiner Mutter Unterstützung erhofft hatte, machten die zwei grinsenden Gesichter vor dem Stall deutlich, dass aus der Richtung keine Hilfe zu erwarten war.

»Oh, hi.«

Beinahe wäre ich mit Nils zusammengeprallt, der eine Schubkarre voll Mist um die Ecke rollte.

»Hey«, antwortete er. »Suchst du Frida?«

Tja, wen suchte ich auf dem Gut wohl sonst?

Als ich nickte, sagte er: »Sie ist nicht hier. Hab sie den ganzen Nachmittag schon nicht gesehen.«

»Aha.« Der nächste Satz kostete mich einiges an Überwindung: »Hast du eine Ahnung, wo sie sein könnte?«

Nils stellte die Schubkarre ab und wischte sich mit dem Handrücken über die Stirn. Mir entging nicht, dass sein Shirt über seinen Bauchmuskeln spannte. Poser.

»Na ja, sie ist oft im Naturschutzgebiet. Und wenn du sie auf dem Handy nicht erreichst, liegt's vielleicht daran, dass sie dort keinen Empfang hat.«

Im Naturschutzgebiet. Was zum Teufel machte sie denn da? Und warum wusste Nils, dass sie oft dorthin ging, und ich nicht?

Es gab da ein paar Dinge, die ich dringend klären musste, aber sicher nicht, während Nils dabei war.

Gelangweilt nickte ich, so als wären das alles Dinge, die ich längst wusste, hob grüßend die Hand und schlenderte davon. Im Weggehen wünschte ich ihm ein paar Extrafuhren Mist – kleinlich, ich weiß –, und kaum war ich um die Ecke, beschleunigte ich meine Schritte. Der kürzeste Weg zum Naturschutzgebiet führte querfeldein, mein Rad nützte mir da nichts. Und ich musste Frida so schnell wie möglich finden, sonst platzte ich noch.

Netz gab es hier wirklich keines, denn kaum war ich am Konikgehege angelangt, hatte ich auch keinen Empfang mehr. Frida noch mal anzurufen, war also hinfällig.

Eine Weile stromerte ich herum, fand aber keine Spur von ihr. Von den Wildpferden allerdings auch nicht. Kein Wunder, dass sich hierher fast keine Touristen verirrten, die Schauwerte des Naturschutzgebiets hielten sich in Grenzen. Ich würde jedenfalls eher nicht kilometerweit durch die Pampa stiefeln, um am Ende doch keines der Pferde gesehen zu haben. Hier und da ein Misthaufen war schon das höchste der Gefühle.

Trotzdem herrschte eine eigentümliche Stimmung. Wenn es stimmte, dass Frida oft hierherkam, dann verstand ich, wieso. Gerade waren meine Gedanken noch Amok gelaufen, nun fühlte ich mich fast schon ruhig. Die Luft war ganz weich, obwohl der Wind vom Meer her kam, und zwischen den gelblichen Birkenblättern flirrte das Sonnenlicht. Ein paar Vögel zwitscherten, aber es war ein entspanntes Nachmittagskonzert und nicht die geschäftige Aufregung am Morgen. Alles leuchtete golden, sattbraun und orange und in ein paar versteckten Ecken hatte sich sogar noch smaragdgrünes Moos gehalten. Bei dem Gedanken fühlte ich mich ein bisschen albern, aber es war, als wäre Frida dieser Landschaft entsprungen. Das waren ihre Farben, ich konnte sie hier, zwischen den Farnen und Erlen, fast spüren.

Und trotzdem war sie nicht da.

Der Weg brachte mich zu einer Stelle, wo ein schmaler Streifen Salzwiese in den Kiesstrand überging. Links von mir, innerhalb des Konikgeheges und vom Weg durch einen Zaun abgetrennt, stand eine einzelne Eiche auf einer kleinen Anhöhe. Sie war windschief und knorrig, aber immerhin hatte sie den Stürmen hier an der Küste widerstanden. Schnell sah ich mich nach rechts und links um, aber ich war noch immer allein, also kletterte ich über den Zaun und steuerte die Eiche an. Dort setzte ich mich auf den Boden und lehnte mich an ihren Stamm.

Vor mir breitete sich glitzernd die Ostsee aus. Ihre Wellen schäumten weiß über den Kies, und ich sah ihrem Kommen und Gehen zu, während mir Szenen von heute Nachmittag durch den Kopf schossen.

Nele war also ein Pferdemädchen. Ich wusste nicht, wie ich das finden sollte. Vor allem wusste ich noch immer nicht, wie ich es finden sollte, eine Schwester zu haben. Jetzt war sie ja noch klein, aber was, wenn sie älter wurde? Wenn sie denken und reden lernte und irgendwann kapierte, wie das alles gelaufen war? Wäre es für sie noch schlimmer als für mich damals, Björn teilen zu müssen?

Der Gedanke schnitt unerwartet so tief in mein Herz, dass ich zusammenzuckte. Wo kam das denn her? Hatte sich hinter all der Wut tatsächlich noch so viel Trauer und Enttäuschung versteckt?

Ich konnte fühlen, wie mein Kopf heiß wurde. Das durfte gar nicht sein. Das konnte ich auf keinen Fall zulassen, dass er nach all der Zeit noch so viel Macht über mein Leben hatte. Ich hatte nichts mehr mit ihm gemein. In allen wichtigen Punkten wollte ich anders sein als er, ich wollte ehrlich sein und zuverlässig und ich wollte Leute mit Respekt behandeln.

Ich hätte viel dafür gegeben, Frida bei mir zu haben. Mit ihr hatte ich immer das Gefühl, so sein zu können. Selbst dann, wenn ich mich danebenbenahm und sie es mir eiskalt ins Gesicht sagte. Erzählt hatte ich es ihr nie, aber sie wusste auch so, wie sehr mich das umtrieb. *Du bist genau wie dein Vater*, das hatte sie mal gesagt, als wir uns gerade kennengelernt hatten, und sosehr ich es damals abgestritten hätte, sie hatte recht gehabt damit.

Björn.

Obwohl ich ihn seit einem Jahr kaum noch sah, war er doch ständig da. Das reichte jetzt. Als negatives Beispiel taugte er super, ansonsten war jetzt Schluss. Ich brauchte ihn nicht, brauchte seinen Rat und seine Unterstützung nicht. Ich hatte jetzt eine neue Familie, und die war alles, was zählte.

Ich fuhr hoch. Es war dunkel, es war kühl, und mein Hintern kribbelte, als würde ich in einem Ameisenhaufen sitzen. Einen Moment lang wusste ich nicht, wo ich war, dann drang das Wellenrauschen an mein Ohr, und meine Augen gewöhnten sich an das Dämmerlicht.

Stöhnend stemmte ich mich hoch. Das Kribbeln wurde zu einem tausendfachen Stechen und der Gedanke mit den Ameisen erschien mir plötzlich sehr wahrscheinlich. Hektisch rieb ich mit beiden Händen über meinen Hosenboden, aber anscheinend war mir doch nur der Hintern vom langen Sitzen eingeschlafen.

Apropos Schlaf. Wie lang war ich denn weg gewesen? Ich warf einen Blick auf mein Handy. Ach du Scheiße – es war schon nach neun! Als sich mein Hintern wieder anfühlte wie ein Teil von mir, stapfte ich kopfschüttelnd zurück zum Weg und kletterte über den Zaun. Jetzt rächte es sich, dass ich vorhin einmal quer durchs Naturschutzgebiet gelatscht war. Bis nach Hause brauchte ich bestimmt eine Dreiviertelstunde, und da war ein Zwischenstopp auf dem Gut, wo mein Fahrrad lag, nicht eingerechnet.

Stöhnend wandte ich mich nach rechts. Immerhin leuchtete der Sandweg so hell, dass ich ihm sogar ohne Handytaschenlampe folgen konnte. Ein paar Minuten trottete ich dahin, bis mir das Rascheln und Trippeln auffiel, das verriet, dass ich heute Nacht nicht allein unterwegs war. Fledermäuse zischten über meinem Kopf dahin und in einem Wäldchen ein Stück entfernt schuhute eine Eule.

Bloß gut, dass ich im Dunkeln keine Angst hatte. Trotzdem legte ich einen Schritt zu. Es war ganz schön kalt geworden, und auch wenn den ganzen Tag die Sonne geschienen hatte, merkte man jetzt doch langsam, dass der Herbst kam.

Am Haupttor hatte ich endlich wieder Netz. Während ich weiterlief, schrieb ich an Mama: »Bin unterwegs!«, und an Frida: »Bist du zu Hause? Wo warst du?« In der Zwischenzeit gingen die Nachrichten ein, die ich in den letzten Stunden verpasst hatte. Mama hatte sich auf drei beschränkt, aber die letzte (»Jannis, ich mache mir Sorgen!«) deutete auf Ärger hin.

Deswegen nahm ich den Anruf sofort an, als sie durchklingelte. Wider Erwarten klang sie erleichtert statt stinksauer.

»Jannis, wo warst du denn?«

Ich räusperte mich. »'tschuldigung, Mama, ich weiß, es klingt bescheuert, aber ich bin eingeschlafen.«

Stille. »Eingeschlafen? Bei Frida? Sie sagt, sie war mit Linh unterwegs und hat dich nicht gesehen. Habt ihr …?«

»Ich war nicht bei Frida«, unterbrach ich sie schnell. »Ich wollte mit ihr reden, aber sie war nicht zu Hause, deswegen bin ich ins Naturschutzgebiet. Da gibt's kein Netz, deswegen hast du mich nicht erreicht. He, was …?«

Gerade noch rechtzeitig warf ich mich nach hinten in ein Gebüsch, als ein Trecker mit Anhänger an mir vorbeibrauste. Er war so schnell um die Kurve gekommen, dass ich ihn nicht bemerkt hatte, so sehr war ich auf das Gespräch mit Mama konzentriert gewesen. Ihre Stimme kam jetzt aus dem Graben rechts von mir.

»Jannis? … Jannis? Was ist passiert?«, konnte ich verstehen.

»Alles in Ordnung«, rief ich in Richtung meines Handys, aber als ich meine Arme und Beine ordnen wollte, war ich mir da nicht mehr so sicher. Der Busch, in dem ich gelandet war, hatte nämlich ganz schön fiese Dornen, und es kratzte und ziepte, während ich zurück auf den Weg stolperte.

»Blöder Wichser«, murmelte ich, dann sagte ich lauter: »Alles okay, Mama, ich hab dich gleich!«

Dankenswerterweise redete sie weiter, sonst hätte ich bei den schlechten Lichtverhältnissen ewig gebraucht, bis ich das Smartphone gefunden hätte. Auch so musste ich mich auf den Bauch legen und unter den stacheligen Zweigen des Gebüschs hindurchtasten. Endlich schlossen sich meine Finger um das Handy.

Ächzend richtete ich mich auf. »So, bin wieder da.«

»Was ist denn bei dir los?«, wollte Mama wissen.

»Ach, so ein Idiot ist da gerade mit vollem Karacho an mir vorbeigefahren«, erklärte ich, während ich weiterging. »Irgendein Bauer mit seinem Trecker. Hab ihn zu spät gesehen.«

»Du hast einen Trecker übersehen?« Mama klang ungläubig. Von allem, was ich bisher erzählt hatte, irritierte sie das am meisten?

»Na ja, es ist dunkel hier und er war viel zu schnell unterwegs«, verteidigte ich mich.

»Konntest du erkennen, wer es war? Der kann doch nicht so durch die Gegend rasen ohne Rücksicht auf Verluste.«

»Ich sag doch, es ist dunkel. Auf dem Anhänger war irgendwas Rundes, ein Logo oder so. Und ich glaube, er hatte Rundballen geladen, jedenfalls war das Zeug in Folie eingeschweißt. Aber ist doch egal. Wahrscheinlich hat der genauso wenig mit mir gerechnet wie ich mit ihm. Wer ist um diese Zeit schon hier unterwegs?«

Mama ließ es gut sein. »Du solltest jedenfalls auch nicht dort unterwegs sein. Wann bist du zu Hause?«

Ich überlegte. Heute war es eher nicht mehr angebracht, bei Frida vorbeizuschauen, damit hätte ich wahrscheinlich auch Mamas Geduld übermäßig strapaziert. Also antwortete ich: »In fünf Minuten bin ich am Gut, da steht mein Fahrrad. Um zehn bin ich daheim.«

Frida

Seit einigen Minuten starrte Dr. Spielvogel auf ihren Monitor, machte immer mal wieder »Aha« oder »Mhmhm« und spannte mich dermaßen auf die Folter, dass ich anfing, an meinen Fingernägeln zu kauen. Und damit hatte ich in der dritten Klasse aufgehört.

Mama nahm meine Hand, legte sie auf meinen Oberschenkel und schüttelte sacht den Kopf. Dann warf sie mir einen Seitenblick zu und zwinkerte.

Ich verzog den Mund und atmete tief ein. Ja, ich wusste, dass eigentlich nichts mehr schiefgehen konnte. Die Schiene am Arm war längst ab, ich hatte keine Schmerzen mehr und fühlte mich topfit. Trotzdem raubte mir Dr. Spielvogel den letzten Nerv. Was, wenn sie das Reitverbot doch noch mal verlängerte?

Endlich zog sie sich die Lesebrille von der Nase und schob sie in ihre Haare. »So, Frida«, begann sie, »du musstest ja wirklich Geduld haben, aber jetzt hast du es geschafft. Reitverbot aufgehoben!«

Ich musste kurz die Augen schließen, dann fiel ich Mama um den Hals, die mir lachend über den Rücken strich.

Dr. Spielvogel begleitete uns noch zur Tür. »Aber lass es langsam angehen, Frida, ja? Keine wilden Hindernisrennen oder was ihr jungen Amazonen so macht.«

»Versprochen«, sagte ich grinsend, während ich ihr die Hand schüttelte. »Auf so eine Idee würde ich niemals kommen.«

Etwas anderes als »langsam angehen« war wirklich nicht drin, aber das war mir völlig egal, als ich auf Livs blankem Rücken Richtung Carlshof dahinzockelte. Es war unbeschreiblich, endlich wieder auf einem Pferd sitzen zu dürfen, da brauchte ich keine sportlichen Höchstleistungen. Auf den Muskelkater konnte ich auch verzichten.

»Mal gucken, ob Mister Springstar das auch so sieht, was?«, murmelte ich, als ich Livs Widerrist kraulte.

Sie schnaubte.

Aber ich tat ihm unrecht. Kaum hatten wir uns am Rand des Springplatzes postiert, wo er gerade mit Botti trainierte, sah er auf und bemerkte uns. Sein Strahlen ging mir durch und durch. Er ritt den Durchgang fertig, dann kam er zu uns.

»Das ist mal eine gute Nachricht«, sagte er und dann: »Zum Strand?«

Ich nickte.

»Gib mir fünf Minuten.«

Dass es zehn dauerte, konnte ich nach den vergangenen zwei Monaten ohne Probleme verkraften.

Und dann waren wir wieder da, am Strand, und ließen uns den Wind um die Ohren pusten. Liv und Dari konnten ihr Glück anscheinend kaum fassen, denn sie prusteten um die Wette und hatten nicht das Geringste gegen unser Schleichtempo einzuwenden.

Ich atmete tief ein und sah mich um. Die Sonne glitzerte auf dem Wasser, ein paar Schäfchenwolken jagten sich über den blauen Himmel, die Steilküste strahlte weiß und oben vom Rand leuchtete der Sanddorn in Knallorange herunter. Und neben mir ritt Jannis und lächelte.

Manche Tage waren schon fast zu gut, um wahr zu sein.

Diese kurzen Herbstferien kamen mir im Nachhinein vor wie eine Blase, in die wir uns flüchteten, um uns für die vergangenen Wochen zu entschädigen. Linh war bei Max in Berlin, deswegen konnten wir so tun, als wartete da nicht schon bald die nächste Katastrophe. Es stand kein Turnier an, für das Jannis trainieren musste, also hatten wir so viel Zeit füreinander wie schon ewig nicht. Wir spielten mit den Pferden, gingen spazieren oder ritten aus, wir unternahmen sogar Dinge, die normale Leute in unserem Alter so machten: Wir fuhren in die Stadt, gingen Eisessen und danach ins Kino.

Zwei- oder dreimal war ich so knapp davor, ihm zu erzählen, dass ich mich noch immer nicht traute, in die Ponybox zu gehen, dass mir die Nähe von mehr als zwei Pferden den Schweiß ausbrechen ließ. Aber dann erinnerte ich mich wieder daran, dass nicht mal meine Familie etwas davon mitbekommen hatte und es keinen Grund gab, warum er etwas davon wissen musste, wenn ich doch jetzt, wo ich wieder reiten durfte, bestimmt bald jede Nervosität verlieren würde.

Bald wäre alles wieder ganz normal. Niemand musste sich Sorgen machen oder Mitleid mit mir haben. Und so schluckte ich die Worte runter und machte weiter wie bisher.

Am Donnerstag schaffte ich es endlich wieder zu Nemo. Ich hatte den Eindruck, dass er auf mich wartete. An allen anderen Tagen hätte mich das gefreut, aber heute zog sich mein Magen zusammen. Irgendeine seltsame Stimmung lag in der Luft, eine Spannung, die Nemo mit dem Kopf schlagen ließ.

»Was ist los, Kleiner, hm?«, murmelte ich, als er mich entdeckte und mir von seinem Aussichtspunkt auf dem Hügel entgegengetrabt kam.

Er schnaubte und drückte die Stirn gegen meine Brust, als suchte er Trost.

»Na, du bist heute ja nicht gut drauf, was?« Leise summend vergrub ich die Hände unter seiner Mähne und begann, ihn zu kraulen. Ich strich seine Ohren aus und streichelte seinen Kopf, und während seine Wärme in meinen Körper floss, merkte ich, wie sich meine Füße mit dem weichen Boden verbanden. Wie von selbst schlossen sich meine Augen, meine Schultern gaben nach und mein Atem floss tief und ruhig in meinen Bauch. Fünf Minuten mit diesem Pferd bewirkten mehr als fünf Stunden Physiotherapie.

»Das sollte ich vielleicht mal Dr. Spielvogel erzählen«, flüsterte ich Nemo ins Ohr.

Irgendwann seufzte er, als wäre eine riesige Last von ihm abgefallen. Er löste sich von mir, sah mich an und ruckte mit dem Kopf. Dann wandte er sich um und ging ein paar Schritte. Mit einem auffordernden Nicken lud er mich ein, ihm zu folgen.

»Genug gekuschelt, ja?«

Ich schloss zu ihm auf und lief neben ihm her. Anders als sonst machte Nemo kein Spiel aus unserem Spaziergang. Heute schien es ihm zu genügen, einfach nur in meiner Nähe zu sein. Der Wind raschelte in den Baumkronen und wirbelte das trockene Laub auf. Obwohl es warm war, verursachte er mir eine Gänsehaut. Über der Landschaft lag ein Summen, das mich im Sommer oft beruhigt hatte, jetzt machte es mich wachsam.

Wir waren vielleicht zehn Minuten unterwegs, als Nemo seine Ohren nach vorn richtete. Er hob den Kopf und zögerte kurz, dann lief er weiter und blieb nach ein paar Metern im Schutz einer Erle stehen.

Der Falbhengst mit den ausgeprägten Streifen an den Beinen hatte uns trotzdem schon bemerkt. Drohend warf er sich in Pose, trabte ein paarmal zwischen uns und seiner Herde, die unter jungen Birken graste, hin und her und positionierte sich dann wachsam so, dass er uns im Auge behalten konnte.

Nemo senkte den Kopf, wich aber nicht zurück. Mir war das Verhalten des Leithengstes nicht ganz geheuer, also machte ich zwei Schritte nach hinten, doch Nemo bewegte sich nicht. Er blieb stur auf seinem Beobachtungsposten hinter den Erlenzweigen stehen und starrte die kleine Herde an.

Uns am nächsten fraß eine junge Stute. Sie war extrem hübsch, hatte große dunkelbraune Augen, einen seidigen Schweif und ein Fell fein und hell wie Ostseesand.

»Die hat's dir wohl angetan, was, Kleiner?« Ich grinste. »Da musst du aber noch ein bisschen zulegen, wenn du was gegen den großen Kerl da ausrichten willst. Nächstes Jahr dann, okay?«

Nemos linkes Ohr zuckte kurz in meine Richtung, aber etwas an seiner Haltung machte mich stutzig. Ich ließ meinen Blick schweifen.

Die Familie des Zebrastreifenhengstes war nicht groß, neben der sandfarbenen Stute gab es noch zwei ältere, die beide ein Fohlen hatten, dazu einen Jährlingshengst. Ach, und dort, so nah an einem Schlehendickicht, dass ich sie im Schatten fast nicht gesehen hätte, standen noch zwei Stuten, vielleicht zwei oder drei Jahre alt. Sie ließen den Kopf hängen und dösten.

Ich kniff die Augen zusammen. Moment, das sah nur so aus. Mit entspanntem Dösen hatte das nichts zu tun. Sie standen breitbeinig da, und ihre Flanken pumpten, als wäre es anstrengend, stehen zu bleiben. Über ihren Augen hatten sich Falten gebildet, so als hätten sie Schmerzen, und jetzt, als ich genau hinsah, konnte ich ihre Rippen zählen.

Langsam schob ich meine rechte Hand unter Nemos Mähne. »Ich hab's kapiert, Kleiner. Da stimmt was nicht.«

Es war, als hätte er mich verstanden, denn seine Körperspannung ließ ein wenig nach, und er schnaubte leise. Ich kratzte seinen Widerrist.

Was sollte ich jetzt nur tun? Ich konnte schlecht an dem Hengst vorbei zu den Stuten gehen, sicherlich nicht solange Nemo bei mir war. Wäre er weniger in Habachthaltung, wenn ich ohne ihn zurückkäme?

Je länger ich mir die beiden Zweijährigen anschaute, desto sicherer war ich mir, dass sie krank oder verletzt waren. Wunden konnte ich nicht erkennen, aber sie wirkten, als würden sie völlig neben sich stehen. Wenn ich das richtig sah, saßen ganze Trauben von Fliegen an ihren Augen, und trotzdem scheuchten sie sie nicht weg, so als könnten sie die Energie nicht aufbringen. Oder als würden sie es nicht mal merken.

Der Leithengst hatte seinen Wachposten nicht verlassen und drohte immer mal wieder zu Nemo herüber. Ich wollte ihn nicht noch mehr aufregen, deswegen zog ich langsam mein Handy aus der Tasche, machte ein paar Fotos von den beiden Stuten und ging dann langsam, Schritt für Schritt, von der Herde weg.

Nach ein paar Metern drehte ich mich um und wandte mich Richtung Hauptweg. Nur Sekunden später war Nemo an meiner Seite und begleitete mich bis zum Zaun.

Zum Abschied rieb ich seine Stirn. »Keine Sorge, Kleiner. Ich versuche, den beiden zu helfen, ja?«

Er schnaubte und sah mir noch nach, als ich mich an der Biegung ein letztes Mal zu ihm umdrehte.

»Der kommt ja wie gerufen«, murmelte ich, als ich eine Viertelstunde später Florians Auto vor unserem Stall parken sah. Noch besser war, dass er gerade allein Kimi einen Verband anlegte.

»Hallo, Florian. Ist Mama gar nicht da?«

Er sah von Kimis Vorderbein auf. »Hallo, Frida. Kristin gibt eine Therapiestunde, da wollte ich nicht stören. Den Kratzer kriegen wir beide hier allein in den Griff, was, Junge?« Er griff nach oben und kratzte Kimis Brust, bis er wohlig den Hals reckte und die Nase kräuselte.

Ich lächelte. »Na, das ist schön zu hören.« Nach einer kleinen Pause, in der Florians Blick immer fragender wurde, rückte ich mit der Sprache raus. »Du, wenn ich dir was erzähle, müsstest du Mama etwas davon sagen, oder könntest du es für dich behalten?«

Florian runzelte die Stirn und stand auf. »Das kommt darauf an, was es ist. Ist alles in Ordnung mit dir?«

Sein Blick bekam was von einem Laser. Keine Ahnung, was dem im Kopf rumspukte, es war Zeit, was klarzustellen.

»Um mich geht es nicht. Sagen wir, es fällt unter deine Schweigepflicht als Arzt.«

Er schmunzelte. »Also geht es um ein Tier?«

Ich nickte. Zur Sicherheit sah ich mich noch mal um, ob nicht doch gerade jemand meiner neugierigen Familie um die Ecke kam, aber die Luft war rein. Also zog ich mein Handy aus der Tasche, rief die Bilder mit den beiden teilnahmslosen Stuten auf und hielt Florian das Display hin.

Er kniff die Augen zusammen, aber nach ein paar Sekunden wanderten seine Augenbrauen nach oben. »Warst du im Konikgehege? Soll Kristin deswegen nichts davon wissen?«

Ich brummte unbestimmt.

Florians Blick wurde schärfer. »Das heißt, du warst nicht zum ersten Mal da?«

Ich guckte zu Boden. »Nicht direkt.«

Als er laut lachte, sah ich wieder auf. »Nicht direkt? Was heißt das? Zwanzigmal? Dreißigmal? Wenn Emma oder Basti ›nicht direkt‹ was angestellt haben, ist es meistens ziemlich schlimm.«

»Angestellt habe ich nichts, versprochen«, sagte ich schnell. »Ich habe nur, na ja, ich habe heute diese beiden Stuten da entdeckt und die gefallen mir gar nicht.«

Mit einem letzten amüsierten Blick nahm mir Florian das Smartphone aus der Hand und zog den Bildausschnitt mit den Stuten größer.

»Ich habe ihnen bestimmt fünf Minuten zugesehen und sie haben nicht mal mit dem Schweif geschlagen«, erläuterte ich leise.

Der Ausdruck auf Florians Gesicht war finster geworden. »Hast du einen Verdacht?«, fragte er, was mich ziemlich überraschte.

»Ähm, ja … also, ich dachte, es könnte eine Vergiftung sein«, stotterte ich.

Er sah mich an, dann nickte er langsam. »Das war auch mein erster Gedanke.« Er drückte meine Schulter und hielt mir das Handy hin. »Es war richtig, dass du was gesagt hast, Frida. Schick mir mal die Bilder. Ich lasse mir was einfallen, damit ich nicht erwähnen muss, woher ich sie habe.«

Erleichtert atmete ich auf. »Okay, danke. Was machst du denn jetzt?«

Florian klopfte Kimis Hals, dann packte er seinen Arztkoffer zusammen und schob mich aus der Box. »Erst mal rede ich mit dem Schutzverein. Wenn das wirklich eine Vergiftung ist, müssen wir herausfinden, woher sie kommt, sonst sind die zwei Stuten am Ende nicht die letzten kranken Pferde.« Er verriegelte die Tür hinter sich. »Und natürlich will ich mir die beiden ansehen. Vielleicht kann ich ja was für sie tun.«

»Was?« Erschrocken starrte ich ihn an. »Soll das heißen, es ist nicht sicher, ob du etwas für sie tun kannst?«

Florian zuckte mit den Schultern. »Wenn es wirklich eine Vergiftung ist, müssen wir ja erst mal rausbekommen, was dahintersteckt. Aber wenn uns das nicht gelingt, kann es schwierig werden.« Ich musste wohl ziemlich schockiert wirken, denn er schob hinterher: »Das heißt nicht, dass sie sich nicht auch ohne Hilfe wieder erholen. Ein Schritt nach dem anderen. Koniks sind zäh.«

Schon auf dem Weg zum Ausgang drehte er sich noch mal um und deutete auf Kimi.

»Den Burschen lasst ihr bitte über Nacht in der Box. Morgen ist er dann wieder so gut wie neu.«

Ich hob die Hand und nickte ihm müde zu.

»Kopf hoch, Frida. Wir tun, was wir können.«

Am Samstagmorgen war ich gerade auf der Treppe, um zum Frühstück zu gehen, als mein Handy klingelte. Es war eine unbekannte Nummer. Ich blieb stehen und ging ran.

»Hallo?«

»Frida? Hier ist Florian.«

»Oh, hi. Warte bitte mal kurz.« Mit einem Kontrollblick übers Geländer stellte ich fest, dass niemand in Hörweite war. Trotzdem drehte ich um und lief zurück in mein Zimmer. »Okay, bin wieder da. Hast du was wegen der Koniks herausgefunden?«

»Bist du immer noch auf geheimer Mission?« Florian lachte. »Also, Folgendes: Ich habe mit Frau Jansen vom Schutzverein gesprochen. Sie will, dass ich mir die Stuten ansehe, und deswegen rufe ich an. Magst du mitkommen? Ich könnte jemanden gebrauchen, der mir hilft. Und an den die Koniks gewöhnt sind.«

Der letzte Satz war natürlich eine Falle. Aber so leicht machte ich es ihm nicht.

»Die sind nicht an mich gewöhnt. Ich glaube auch nicht, dass die Stuten das Problem sind, die sahen aus, als würden sie sich von nichts stören lassen. Mit dem Hengst ist es was anderes. Wenn der denkt, dass er die beiden beschützen muss, kommen wir nicht an sie ran.«

Florian überlegte einen Moment. »Meinst du, wir sollten ihn betäuben?«

Das fragte er mich? »Keine Ahnung, ich bin hier nur die Praktikantin.«

Ich konnte sein Grinsen hören, als er antwortete: »Okay, lassen wir es auf uns zukommen. Also bist du dabei?«

»Wann willst du los?«

Florian lachte leise. »Ich hole dich in einer Stunde am Ende eurer Auffahrt ab. Du willst ja sicher nicht gesehen werden.«

Ich fühlte, dass Nemo da war, aber ich war dankbar, dass er nicht näher kam. Wie hätte ich Florian erklären sollen, dass ich mich nicht nur seit Wochen ins Wildpferdgehege schlich, sondern mich auch noch mit einem der Koniks angefreundet hatte? Immerhin hatte er vor anderen Menschen noch immer eine Scheu, das machte meine Schuldgefühle ein bisschen kleiner.

Es hatte ja keinen Sinn, so zu tun, als wüsste ich nicht, wo ich die Herde des Zebrastreifenhengstes suchen sollte. Es war Vormittag, normalerweise war die Familie da in der kleinen Niederung zwischen dem Deich und dem Birkenwäldchen. Florian verhielt sich super. Seit er sich an den Gedanken gewöhnt hatte, dass ich näher an die Konikherde rangekommen war, als der Schutzverein für angemessen hielt, nahm er es einfach hin, dass ich ihm helfen konnte.

Die Pferde waren genau da, wo ich sie vermutete. Florian schmunzelte, als ich mich räusperte und sagte: »Ähm, ja. Da sind sie. Die beiden dahinten.«

Die zwei Stuten standen auch heute etwas abseits der anderen. Der Hengst hatte uns längst bemerkt, war aber bei Weitem nicht so nervös wie am Donnerstag, als ich Nemo dabeigehabt hatte.

Ich atmete aus. »Dann wollen wir mal.«

Langsam ging ich auf die beiden kranken Stuten zu. Florian folgte mir, ließ aber genug Abstand, damit ich im Notfall ausweichen konnte.

Notfall. Für einen Moment wurde meine Kehle ganz eng, aber so wollte ich nicht denken. Der Hengst würde ruhig bleiben und uns zu den Stuten lassen, und ich hätte keinen Grund, nervös zu werden.

Der Gedanke schien ihn auf den Plan zu rufen. Wir waren auf ungefähr zwanzig Meter an die Zweijährigen herangekommen, als der Hengst sich halb zwischen uns und den beiden Stuten platzierte. Er stellte sich uns nicht direkt in den Weg, sagte aber ganz klar, dass seine Grenze erreicht war.

Kein Ding, Frida, redete ich mir gut zu. Er ist ganz entspannt. Florian ist bei dir. Es ist alles in Ordnung.

Nach kurzer Überlegung änderte ich meinen Plan.

»Bleib hier«, flüsterte ich Florian über die Schulter zu, dann richtete ich meine ganze Aufmerksamkeit auf den Hengst.

Er merkte sofort, dass sich etwas verändert hatte. Auch er konzentrierte sich jetzt auf mich, doch ich konnte sehen, dass ihn das stresste. Wahrscheinlich hatte er Angst, seine Stuten aus den Augen zu verlieren.

Also nahm ich mich zurück. Ich war immer noch auf ihn fokussiert, versuchte ihm aber das Gefühl zu vermitteln, dass er sich entspannen durfte. Dass wir in freundlicher Absicht gekommen waren.

Nach ein paar Augenblicken wirkte er nicht mehr ganz so alarmiert, aber von Entspannung war er noch weit entfernt. Egal, ich behielt meine Haltung bei, atmete tief und langsam und machte meinen Blick so weich wie möglich. Der Hengst wandte sich mir zu, drehte sich dann weg und ging ein paar Schritte in Richtung der Stuten, bevor er umdrehte und wieder zu mir kam. Dieses Spiel wiederholte er ein paarmal, dann, endlich, als ich immer noch keine Anstalten machte, mich zu bewegen, atmete er tief aus.

Innerlich hüpfte ich vor Freude. Darauf hatte ich gewartet. Genau dieses Signal brauchte ich.

Einen Moment lang blieb ich noch in meiner passiven Haltung, dann baute ich nach und nach Energie auf. Ganz vorsichtig streckte ich die Hand aus und fragte, ob er näher kommen wollte.

Oh, er wollte. Beinahe sofort streckte er den Hals, um an meiner Hand zu riechen, traute sich aber noch nicht, einen Schritt auf mich zu zu machen. Also schnupperte er und streifte mich mit seinem fragenden Blick, den ich hoffentlich richtig beantwortete.

Ich bin deine Freundin, dachte ich. Ich will euch helfen. Ich vertraue dir. Bitte vertrau mir. Bitte vertrau mir.

Und die ganze Zeit atmete ich ein und aus, ein und aus, so ruhig und tief, wie ich konnte.

Bis er endlich schnaubte. Ich hätte ausflippen können vor Freude. Stattdessen wartete ich, bis er schließlich den einen Schritt vorwärtsging, den ich brauchte. Er machte einen Schritt, dann machte ich einen Schritt, und schon standen wir so nah beieinander, dass ich ihn anfassen konnte. Er erlaubte es, also strich ich ihm über die Schulter, so lange, bis das Gefühl nicht mehr neu war, sondern nur noch entspannend. Er verlagerte sein Gewicht, um das Hinterbein zu entlasten, und ich hätte ihm um den Hals fallen können.

Noch hatte ich nicht gewonnen. Eine Weile kraulte ich seinen Widerrist, doch als seine Unterlippe zu beben begann, zog ich meine Hand weg. Sein Augenlid klappte nach oben, und er sah mich beinahe vorwurfsvoll an, aber jetzt musste er mir einen Gefallen tun.

Langsam trat ich einen Schritt zurück und straffte dabei die Schultern. Sein Blick folgte mir. Bei meinem zweiten Schritt drehte er schon den Kopf in meine Richtung, beim dritten kam er zu mir. Sofort schob ich meine Hand unter seine Mähne und kraulte ihn.

Gemeinsam drehten wir uns zu seinen Stuten. Mit nickendem Kopf lief er neben mir her und erlaubte mir nicht nur, dass wir zu ihnen gingen, sondern auch, dass ich sie anfasste. Für die rechte Stute schien es keinen Unterschied zu machen, sie reagierte kaum auf mich, sondern stand weiter mit gesenktem Kopf da. Wie am Donnerstag atmete sie schnell und flach.

Dafür sagte Florian warnend: »Frida.«

Seufzend zog ich meine Hand weg. Er hatte ja recht, wir wussten nicht, ob die Stuten ansteckend waren. Also streichelte ich den Hengst weiter und winkte Florian, dass er langsam zu uns kommen sollte. Als er sich in Bewegung setzte, zuckte das rechte Ohr des Hengstes nach hinten, aber Florian wirkte anscheinend nicht bedrohlich genug, als dass er seine Streicheleinheiten aufgegeben hätte. Nebeneinander blieben wir stehen und sahen zu, wie Florian begann, die erste Stute vorsichtig zu untersuchen.

Auch ihm gegenüber zeigte sie keine Reaktion. Er redete beruhigend auf sie ein, aber ich konnte nicht mal sagen, ob sie es mitbekam. Von Minute zu Minute wurde Florians Gesicht düsterer.

Ich war so darauf konzentriert, ihm zuzusehen, auf eine Reaktion der Stute zu achten und den Hengst ruhig zu halten, dass ich kaum mitbekam, wie viel Aufmerksamkeit wir erregt hatten. Aus dem Augenwinkel hatte ich schon gesehen, dass die Fohlen sich immer näher herangeschoben hatten, aber sie hatten so in ihr Spiel vertieft gewirkt, dass ich nicht auf die Idee gekommen wäre, sie könnten sich für mich interessieren.

Doch als der Hengst plötzlich brummelte und fast gleichzeitig eine warme Pferdenase gegen meinen rechten Arm stupste, blickte ich auf. Beinahe wäre ich nach hinten gestolpert, oder vielleicht hatte ich auch einen Schritt rückwärts gemacht, jedenfalls stand plötzlich nicht nur ein Pferd rechts neben mir, sondern auch eins hinter mir.

Ach was, ein Pferd! Als ich mich langsam, roboterhaft, umdrehte, stand da die komplette Familie! Die Fohlen knabberten am Saum meines Hoodies, die Stuten drängten sich zwischen mich und den Hengst, der diese Aufdringlichkeit gutmütig hinnahm.

Mein Herz ging in Sinkflug. Die Panik tat sich so schnell unter mir auf, dass ich kaum das Kreischen hörte, das in meinen Ohren klingelte: FLORIAN DARF NICHTS MERKEN! FLORIAN DARF NICHTS MERKEN!

Ich fiel. Mein Atem war ein Pfeifen, und ich wollte mich gegen diese Körper werfen und einen Ausweg suchen, aber sie waren wie eine Wand. Sie schlossen mich ein, zogen sich enger um mich zusammen, bis meine Knochen knackten und brachen und unter ihrem Gewicht zerrieben …

»Frida?«

Da war eine Stimme. Woher kam sie? Wer sprach da? Warum half er mir nicht?

»Alles in Ordnung mit dir?«

Und endlich landete ich auf dem Boden der Tatsachen. Florians Stimme. Neugierige Koniks. Ein Kreis, den ich jederzeit auflösen konnte.

»Alles …« Ich räusperte mich. »Alles gut.« Mühsam setzte ich ein Lächeln auf und sah über meine Schulter. »Ich war nur überrascht.«

Florians Augen wirkten forschend. Ich wusste nicht, wie lange ich hier rumgestanden hatte wie eine Salzsäule, aber ich hielt seinem Blick stand, bis sich sein Stirnrunzeln auflöste und er nickte. Erst dann drehte ich mich wieder um und zwang mich, die Hand nach einer der Stuten auszustrecken.

Warum konnte ich das nicht genießen? Warum konnte ich mich nicht darüber freuen, dass diese Pferdchen Vertrauen gefasst hatten und neugierig auf mich waren? Dass sie es genossen, wenn ich sie streichelte und kraulte?

Meine Fragen wurden in meinem Kopf zum Sturm, vom Sturm zum Hurrikan, und ich merkte, wie der Hengst nervös wurde. Es half nichts, ich konnte mir noch so sehr zureden, mich zu beruhigen, ich hatte es nicht mehr im Griff.

»Bist du fertig?«, presste ich hervor.

»Moment«, murmelte Florian, dann, wie eine Erlösung: »Jetzt.«

Ich hörte, wie die Schließen des Arztkoffers zuschnappten, und atmete auf. Florian ging langsam von den kranken Koniks weg und ich richtete mich groß auf. Die Stuten wichen zurück, die Fohlen schob ich zur Seite, und dann musste ich jeden Rest an Beherrschung aufbringen, den ich noch besaß, um durch die Lücke hindurchzugehen und zu Florian aufzuschließen. Lieber wäre ich gerannt und hätte erst wieder damit aufgehört, wenn ich zu Hause angekommen war.

Während wir zum Hauptweg zurückliefen, versuchte ich, Florian nicht merken zu lassen, wie ich keuchte, aber ich konnte nicht sagen, ob das klappte. Er war ja nicht blöd.

Jedenfalls fragte er nach einer Weile: »Ist alles in Ordnung mit dir?«

»Ja, klar.«

Er nickte.

Kurz darauf fing er wieder an: »Ich hatte vorhin den Eindruck, dir wird vielleicht schlecht.«

Stumm schüttelte ich den Kopf. Dann, obwohl ich es nicht wollte, log ich: »Seit dem Unfall habe ich das manchmal. Wenn ich mich konzentriere, kriege ich Kopfschmerzen. Die können heftig sein, sind aber schnell wieder vorbei.«

Warum sagte ich so was? Der schickte mich doch postwendend zur MRT oder sonst wohin!

Wieder nickte er. Ich sah ihn nicht an, aber ich spürte seinen Blick auf mir.

»Wenn das nicht besser wird, Frida, dann musst du das untersuchen lassen, in Ordnung?« Diesmal nickte ich, aber er ließ nicht locker. »Versprochen?«

Ich zwang mich, ihm in die Augen zu sehen. »Versprochen.«

Nach einem Moment wurde sein Gesicht weicher. »Okay.«

Eine Weile gingen wir im Herbstlicht dahin, eine herbsüße Mischung aus Staub und goldenen Blättern in der Nase, bis Florian kurz vor dem Haupteingang stehen blieb.

»Frida«, sagte er wieder, »was du dadrin mit den Pferden gemacht hast, das … das war etwas sehr Besonderes. Es war etwas Besonderes für mich, dabei sein zu können.«

Zweifelnd sah ich zu ihm auf. Wollte er mich wegen meines Aussetzers trösten? Hatte er doch kapiert, was los war?

Aber so sah er nicht aus. Er lächelte einfach nur freundlich, streckte die Hand aus und drückte meine Schulter.

»Danke«, antwortete ich, und es klang wie ein Flüstern.

»Ich danke dir«, sagte er und ging weiter. »Ohne dich hätte ich die Stuten wahrscheinlich nicht untersuchen können. Ich glaube, wir liegen richtig mit unserer Vermutung, dass es eine Vergiftung ist. Hoffen wir, dass uns die Blutprobe ein bisschen mehr erzählt.«

Erst im Auto, als wir schon fast wieder beim Gut waren, wurde mir klar, dass ich mich selber verraten hatte. Ich hatte ihn nicht nach der Untersuchung gefragt, weil ich mit dem Kopf woanders gewesen war. Er hatte mir davon erzählt, und allein das musste ihm zeigen, dass längst nicht alles in Ordnung war.

Jannis

Frida nimmt das mit den Koniks ganz schön mit, oder?«, sagte Florian mit gerunzelter Stirn, als ich Mafalda an ihm vorbeiführte.

Diese Frage ergab so wenig Sinn, dass ich vor Überraschung aus dem Rhythmus geriet und noch eine Runde mit ihr laufen musste. »Sorry.«

Er winkte nur, und als wir das nächste Mal bei ihm vorbeikamen, nickte er zufrieden. »Sie geht ganz taktklar. Da ist alles in Ordnung.«

Ich klopfte Mafaldas Hals und hielt sie vor ihm an. Er sah von seinem Tablet auf.

»Was meintest du eben mit Frida und den Koniks?«

Er wirkte total verblüfft. »Na, dass es aussieht, als hätten die zwei Stuten eine Vergiftung … Hat sie dir denn nicht erzählt, dass sie die beiden gefunden hat?«

Anscheinend wechselte mein Gesicht ein paarmal die Farbe, denn er wurde gegen Ende immer langsamer.

»Nein, davon hat sie mir nichts erzählt«, antwortete ich nach einem Moment. »Was für eine Vergiftung denn?«

Eine Sekunde lang blickte er mich prüfend an, dann wechselte er ins Geschäftsmäßige. »Gute Frage. Wir haben Blutproben ins Labor geschickt. Das kann alles Mögliche sein, das Wasser, irgendwas Falsches, was sie gefressen haben … Du kannst ja nicht immer darauf vertrauen, dass sich die Besucher im Naturschutzgebiet vernünftig verhalten.«

Nein, das konnte man offensichtlich nicht. Sonst wäre Frida vielleicht mal auf die Idee gekommen, mich einzuweihen anstatt meinen Stiefvater. Ich hätte nie gedacht, dass sie sich dort immer noch rumtrieb, aber dass sie noch nicht mal was sagte, wenn die Koniks krank waren, fand ich schon ein starkes Stück.

Doch ich riss mich zusammen. »Und außer den beiden Stuten sind keine Pferde betroffen?«

Florian schüttelte den Kopf. »Bisher anscheinend nicht. Aber bei einer Herde von hundert Tieren auf so einem weitläufigen Gelände ist das schwer zu sagen.«

»Wann kriegt ihr denn die Ergebnisse?«

»Das kann nicht länger als ein paar Tage dauern. Es ist nur nicht sicher, dass wir dann auch wirklich wissen, was los ist.«

Ich nickte. »Hältst du mich auf dem Laufenden?«

Er sah mir in die Augen, und ich rechnete ihm hoch an, dass er es bei »Klar« beließ.

»Cool, dann bringe ich Mafalda zurück in die Box. Kommst du heute zum Essen?«

Florian schüttelte den Kopf. »Heute Abend ist Vorstandssitzung des Konik-Schutzvereins, da muss ich hin.«

»Dann bis morgen, ja?« Im Gehen winkte ich noch, doch in Gedanken war ich schon auf dem Weg zum Gut.

Ich fand Frida zusammen mit Juniper und ein paar Cavaletti auf dem Reitplatz. Anscheinend sah ich genauso wütend aus, wie ich mich fühlte, denn kaum hatte Frida mich entdeckt, kam sie zu mir herüber.

»Was ist denn passiert?«, fragte sie mich mit großen Augen.

»Du, das würde ich auch gern wissen. Oder besser: Was muss passieren, damit meine Freundin mir endlich mal die Wahrheit sagt?« Mit etwas weniger Wut im Bauch hätte ich vielleicht gestutzt, weil Frida extrem ertappt wirkte, aber wie ein gereizter Stier bretterte ich gleich weiter: »Hast du überhaupt mal dran gedacht, mir von den kranken Koniks zu erzählen?«

Sie schien kurz aufzuatmen, was mich jetzt doch einen Moment lang irritierte, aber was sie sagte, war dann gleich wieder so unglaublich, dass es alles andere überlagerte. »Das … also … Ich weiß nicht, ob ich es dir überhaupt erzählt hätte. Klar, von Florian hättest du es ja sowieso erfahren, aber … es ist irgendwie mein Ding.«

»Dein Ding?«

Sie zuckte mit den Schultern. »Na ja, wegen … Neubrandenburg und … allem. Ich bin mir überflüssig vorgekommen. Das mit den Koniks war irgendwie … Da konnte ich mich nützlich machen.« Sie sah mich an und jetzt schien sie doch langsam zerknirscht zu sein.

Aber so schnell kriegte sie mich nicht rum. »Neubrandenburg war vor zweieinhalb Wochen.«

»Ja. Ja, ich weiß. Aber … es ist nicht so einfach zu erklären.«

»Dann versuch's, Frida!«, sagte ich so heftig, dass Juniper, der ein paar Meter neben uns mit wilden Verrenkungen versuchte, an das Gras auf meiner Seite des Zauns heranzukommen, einen erschrockenen Satz machte.

Frida riss die Augen auf. Völlig selbstverständlich streckte sie die Hand nach ihm aus, um ihn zu beruhigen, statt sie endlich mal nach mir auszustrecken, und das machte mich gleich noch wütender.

»Ach, komm, lass es«, sagte ich, drehte mich um und war schon fünf Meter von ihr entfernt, als sie leise antwortete: »Ich fühle mich endlich wieder nützlich, wenn ich nach einer Lösung suche.«

Langsam drehte ich mich um. »Was?«

»Ich weiß nicht, ob ich was ausrichten kann, aber wenn ich recherchiere, was die Koniks haben könnten, habe ich wenigstens das Gefühl, etwas zu unternehmen. Der Schutzverein wartet nur ab. Ich hab die Symptome der Stuten mit möglichen Giftquellen abgeglichen. Mit Pflanzen oder schädlichen Substanzen.«

»Und das ist nichts, womit ich dir hätte helfen können?«

Wieder hatte ich den Eindruck, dass sie einen Moment überlegte. »Manche Dinge macht man besser allein.«

Nach einem tiefen Atemzug nickte ich. »Okay. Sag Bescheid, wenn du mich wieder brauchst.«

Als sie mir »Jannis!« hinterherrief, drehte ich mich nicht noch mal um.

Erst auf dem halben Weg nach Hause fiel mir ein, dass ich sie nicht gefragt hatte, ob sie etwas gefunden hatte.

Frida

Als Jannis gegangen war, musste ich mich erst mal auf den Grasstreifen am Rand des Reitplatzes setzen, so sehr zitterte ich. Wie war das nur gekommen? Wie hatte aus dieser ganzen Sache ein riesiger Berg an Lügen werden können, die so ineinander verknäult waren, dass ich keine Ahnung hatte, wie ich sie je wieder aufdröseln sollte? Ich hatte nicht ehrlich sein können zu Jannis, weil jede ehrliche Antwort eine neue Frage nach sich gezogen hätte. Bis zu der alles entscheidenden: Hast du Angst vor Pferden?

Und was …?, meldete sich ein dünnes Stimmchen in meinem Kopf. Und was ist, wenn du es ihm einfach sagst?

Wie mit einer Nadel angepikst sprang ich vom Boden auf. Juniper warf mir einen genervten Blick zu.

Nein. Unmöglich. Das ging nicht. Ich wollte darüber nicht nachdenken, ich konnte es gar nicht. Aber eines konnte ich: Ich konnte mich darauf konzentrieren, dass es den Koniks bald wieder besser ging.

Genau deswegen stand ich zwei Stunden später am Fuß der Treppe und fragte: »Kann ich vielleicht mitkommen?«

Mama drehte sich zu mir um.

»Zur Vorstandssitzung? Klar«, sagte sie und lächelte. »Du weißt aber schon, dass das ganz schön langweilig werden kann, oder?«

Ich verdrehte die Augen. »Mama, ich bin keine acht mehr. Das halte ich schon aus. Und außerdem«, meinte ich, während ich in meine Sneakers schlüpfte und meine Jacke von der Garderobe nahm, »schlimmer als eine Doppelstunde Mathe kann es ja nicht werden.«

Neunzig Minuten später war ich so weit, diese Aussage noch mal zu überdenken. Ein paar Leute kannte ich ja – Florian natürlich und Frau Lewandowski, die Naturschutzbeauftragte des Dorfes –, aber dafür, dass Erwachsene ständig jammerten, keine Zeit für nichts zu haben, nahm das Gelaber kein Ende. Nach einer Stunde hatten sie gerade mal die »allgemeinen Punkte« auf der Tagesordnung abgehakt. Vom Gesundheitszustand der Koniks war noch keine Rede gewesen.

»Schön. Wenn wir uns da einig sind, kommen wir jetzt zu dem Thema, das uns alle umtreibt«, sagte Frau Jansen endlich. Um nicht mit der Stirn auf den Tisch vor mir zu knallen, hatte ich die vergangenen sechzig Minuten damit zugebracht, mich zu fragen, wo ich sie schon mal getroffen hatte. Vielleicht erinnerte sie mich auch an jemanden, wobei mir sonst niemand einfiel, der beige Hosen, eine rosa Steppjacke, eine Perlenkette und passende Ohrstecker trug. Mühsam, aber im verzweifelten Versuch, wach zu bleiben, hatte ich die paar Infos über sie zusammengeklaubt, die Mama in den vergangenen Monaten rausgelassen hatte und die mich bisher nicht die Bohne interessiert hatten: Frau Jansen war erfolgreiche Bauunternehmerin und großzügige Förderin des Konik-Schutzvereins, weswegen ihr im März die Vorstandschaft angetragen worden war, nachdem der langjährige Vorsitzende wegen eines Herzinfarkts den Job nicht mehr erledigen konnte. Sie hatte das Amt angenommen, aber nach dem, was Mama angedeutet hatte, hielt sie hauptsächlich bei Presseterminen die Nase in die Kameras, ließ die Arbeit aber von ihren beiden Stellvertretern Frau Lewandowski und Herrn Kieslich erledigen.

Wenn sie sich jetzt gut um die Koniks kümmerte, konnte mir das egal sein.

»In diesem Zusammenhang möchte ich noch einmal Frida Beneke begrüßen, die uns vergangene Woche eindrücklich auf das Problem hingewiesen hat. Vielen Dank, Frida«, sagte sie, und ich quittierte das folgende Tischplattengeklopfe mit einem Nicken.

Konnten die nicht endlich, endlich zur Sache kommen?

»Ich habe Dr. Wanninger gebeten, sich die Pferde anzusehen. Können Sie uns schon Näheres sagen, Dr. Wanninger?«

Florian setzte sich aufrechter hin und lächelte mich kurz an. »Das kann ich und es ist nichts Erfreuliches. Mich hat eben noch ein Anruf aus dem Labor erreicht, an das wir die Blutproben der zwei Stuten geschickt hatten. Die Leberwerte waren in beiden Fällen erheblich erhöht. Zusammen mit dem Gesamtzustand der Pferde deutet das auf eine Vergiftung hin.« Wieder sah er mich an.

Ein paar Leute atmeten scharf ein, dann herrschte erst einmal Stille. Mir pochte das Blut in den Ohren. Wie hatte Florian denn bitte mit der Nachricht so lange ruhig bleiben können?

Mama brach das Schweigen. Sie war blass geworden. »Du weißt wahrscheinlich nicht, was die Ursache der Vergiftung ist, oder?«

Florian schüttelte den Kopf. »Ohne einen konkreten Anhaltspunkt lässt sich das nicht feststellen. Wir wissen schlichtweg nicht, wonach wir suchen sollen.«

»Aber was könnte denn als Ursache in Betracht kommen?«, fragte Frau Lewandowski schwach. Anders als Mama war sie ganz rot im Gesicht.

»Da gibt es leider einiges.« Florian rieb sich die Nasenwurzel. »Das Trinkwasser könnte belastet sein. Davon müssen wir unbedingt Proben nehmen. Es gibt eine Menge für Pferde giftige Pflanzen. Jetzt, wo sie so wenig Gras finden, kann es sein, dass sie davon fressen, obwohl sie sie unter normalen Umständen meiden. Wir sollten …«

»Das Heu«, murmelte ich, und Florian brach mitten im Satz ab. Alle sahen mich an.

Im Bruchteil einer Sekunde hatten sich die Puzzleteile zusammengefügt: Mager waren die Koniks schon eine Weile gewesen, aber diese Krankheitsanzeichen hatten erst eingesetzt, nachdem Papa mit den Heulieferungen angefangen hatte.

»Frida«, sagte Mama scharf, aber ich war plötzlich so aufgeregt, dass ich sie kaum hörte.

»Das Heu«, wiederholte ich und schaute in die Runde. Die Gesichter, die zurückstarrten, wirkten verwirrt bis ärgerlich. »Kann es nicht sein, dass damit was ist?«

»Nein, das kann nicht sein«, fiel mir Mama ins Wort. »Überleg mal, Frida, wenn das stimmen würde, müssten unsere Pferde dieselben Symptome zeigen.«

Da hatte sie natürlich recht, aber ich kam nicht dazu, das zu sagen, denn Frau Jansen warf ein: »Und Sie sind sicher, Frau Beneke, dass Ihre Pferde das gleiche Heu fressen wie die Koniks?«

Was sollte denn die Frage? Genau wie ich hörte Mama den lauernden Unterton, denn sie antwortete schneidend: »Hundertprozentig sicher.«

Trotzdem machte sich auf dem einen oder anderen Gesicht Misstrauen breit. Ich suchte Mamas Blick, aber der Ausdruck in ihren Augen war nicht besonders ermutigend. Auch Florian war das Unbehagen anzumerken.

Betreten starrte ich auf die Tischplatte. Das hatte ich doch nicht böse gemeint. Ich wollte einfach nur herausfinden, was mit den Koniks los war, und wenn jemand Papa schlechtes Heu verkauft hatte, dann war das ja nicht seine Schuld. Zumindest wüssten wir, was wir tun mussten.

Mama argumentierte ein bisschen hin und her, aber am Ende stimmte sie zu, dass Papa eine Probe seines Heus liefern würde, die im Labor auf schädliche Stoffe untersucht werden sollte.

»So können wir wenigstens beweisen, dass die Vergiftung nichts mit Papas Heu zu tun hat«, versuchte ich, die Wogen zu glätten, als wir nach dem Treffen ins Auto stiegen.

Aber Mama sagte nur: »Frida, es reicht«, und hielt den Blick die ganze Fahrt über stur auf die Straße gerichtet.

Das Thema wurde zum Dauerbrenner in meiner Familie.

»Du hast was?«, fragte Luise mit riesigen Augen, als Papa ihr und Theo am Samstag beim Frühstück von der Sache erzählte.

Ich hatte gerade einen Bissen Käsebrötchen im Mund, weshalb ich nicht antworten musste. Das übernahm Papa, und er tat es mit einem neutralen Ton, der fast noch schlimmer war als die Wut, mit der er mich am Mittwochabend zur Rede gestellt hatte.

»Du hast sie ja wohl nicht mehr alle«, ging Luise mich an, als Papa mit der Geschichte fertig war, und ignorierte sein leicht tadelndes »Luise«. »Weißt du, was du mit solchen Behauptungen anrichten kannst?«

»Ich hab gar nichts behau…«, wollte ich mich verteidigen, aber sie fiel mir ins Wort.

»Vielleicht erinnerst du dich an das Frühjahr, als uns diese

Bikertypen den Shitstorm eingehandelt haben? Was war da? Hat dir das noch nicht gereicht?« Sie legte ihr Buttermesser so zackig ab, dass der Teller klirrte. »Du lebst echt in dieser rosaroten Ponywelt, oder?«

»Luise«, sagte jetzt auch Mama. »Wir haben das schon mit Frida geklärt.«

»Und bei der nächsten Gelegenheit macht sie dasselbe wieder!«, brauste Luise auf. »Alles dreht sich bei ihr immer nur um Pferde, Pferde, Pferde. Aber denkst du auch mal darüber nach, dass es deine Pferde nur so lange gut haben, wie das Gut Geld abwirft? Nicht, oder?«

Ich hatte mich zurückgelehnt und die Arme verschränkt, was sie anscheinend als ein Zeichen dafür nahm, dass ich bockte.

»Du bist kein kleines Kind mehr! Dir muss doch klar sein, wie viel es kostet, so einen Betrieb am Laufen zu halten! Und dann kommst du und faselst was von schlechtem Heu! Du weißt genau, dass Papa jede Lieferung auf Schimmel und Jakobskreuzkraut und sonst was untersucht.«

»Aber irgendeine Erklärung für die Krankheit der Koniks muss es geben«, warf ich leise ein.

»Bestimmt gibt es die! Aber vielleicht suchst du die beim nächsten Mal nicht in unserer Scheune!«

Mit einem Knall stellte Mama ihre Kaffeetasse ab. »So, jetzt ist Schluss. Wir haben das schon mit Frida besprochen, Luise. Wir sagen alle mal was, was uns danach leidtut. Besser wäre es natürlich, so was würde nicht in aller Öffentlichkeit passieren.«

Ich warf ihr einen zerknirschten Blick zu und sie holte tief Luft und strich mir über den Kopf.

»Beim nächsten Mal nachdenken, bevor du redest, in Ordnung?«

Luise war noch zu sehr in Fahrt, um mit dem Thema abzuschließen.

Sie spießte einen Apfelschnitz auf und deutete mit der Gabel auf Theo. »Und was ist mit dir? Sag doch auch mal was dazu!«

Theo, der bisher wirklich ziemlich unbeteiligt getan hatte, zuckte mit den Schultern. »Was soll ich denn sagen? Das Heu ist im Labor und wird untersucht. Und wenn dann rauskommt, dass damit nichts ist, ist alles wieder in Butter.«

Luise verdrehte die Augen. »Denkst du. Bei so was bleibt doch immer was hängen.«

»Und was mit den Koniks ist, wissen wir auch nicht.« In dem Moment, als ich es gesagt hatte, wusste ich, dass es wahrscheinlich nicht der schlauste Zeitpunkt gewesen war, aber neben einem ungläubigen, einem amüsierten und einem entnervten Blick erntete ich unerwartet auch Zustimmung.

»Das ist das Problem«, pflichtete mir Theo bei. »Ich finde, Frida hat völlig recht damit, alles tun zu wollen, um den Koniks zu helfen. Wir können wilde Tiere nicht in so einem Gehege einsperren und dann zusehen, wie sie eingehen.«

Luise stöhnte. »Oh nee, nicht du wieder mit deinem Ökogelaber.«

Seufzend hielt Mama Papa ihre Tasse hin und er schenkte ihr noch mal Kaffee nach. Wenn Luise und Theo ins Diskutieren kamen, konnte das dauern. Was bedeutete, wie ich aufatmend feststellte, dass ich bis auf Weiteres aus der Schusslinie war. Ich griff nach meinem Messer, um meine zweite Brötchenhälfte mit Butter zu bestreichen.

»Wieso du denkst, dass Ökologie am Ende deines Ackers aufhört, ist mir echt ein Rätsel«, schoss Theo zurück. »Du musst doch in globalen Zusammenhängen denken. Nur weil wir auf dem Gut nachhaltig wirtschaften, heißt das noch lange nicht, dass wir sonst keine ökologischen Verpflichtungen mehr haben.«

»Das behaupte ich doch auch nicht!«, begehrte Luise auf. »Ich sage nur, dass euch eure ganzen Überzeugungen nichts bringen, wenn ihr damit dem Gut schadet. Ihr müsst ja erst mal die Möglichkeit haben, was Sinnvolles zu tun, und eine bessere Möglichkeit als Eldenau sehe ich gerade nicht.«

Theo deutete auf mich. »Frida eben schon. Sie nutzt ihren Pferdeverstand, um den Koniks zu helfen. Ob dir das passt oder nicht, ich finde es super.«

»Ja, nimm sie nur in Schutz! Aber wie soll sie denn erwachsen werden, wenn ihr immer so tut, als wäre sie noch ein kleines …«

»Hey! Ich sitze mit am Tisch!«, ging ich dazwischen. Mir reichte es jetzt. »Luise, ich hab's kapiert. Das hab ich am Mittwochabend schon und es tut mir auch leid, okay? Ich will ja nicht, dass mit unserem Heu was ist, aber … aber es wäre eben eine einfache Lösung gewesen. Diesen beiden Stuten geht es echt schlecht, und ich will doch nur verhindern, dass es noch mehr Pferde trifft.«

Luise holte tief Luft und seufzte dann. Anscheinend war es jetzt mal gut. »Okay. Okay, das verstehe ich, Frida. Pass mal auf«, sagte sie nach einer kleinen Pause, »ich habe heute Nachmittag ein bisschen Zeit. Sollen wir ins Wildpferdgehege gehen und uns umgucken? Florian meinte doch, dass es auch an Giftpflanzen liegen könnte. Vielleicht finden wir was.« Und während ich noch überlegte, ob ich richtig gehört hatte, sah sie Theo an und fragte: »Was ist mit dir, Robin Wood? Bist du dabei?«

Er grinste. »Darauf kannst du Gift nehmen.«

Jannis

»Die Laborergebnisse sind übrigens da.« Florian sah mich über den Topf mit Reis an, den er auf den Küchentisch stellte. »Roberts Heu hat gute Qualität. Von Giftstoffen keine Spur.«

Ich nickte langsam, während ich Besteck neben die Teller legte. »Da werden die Benekes ganz schön erleichtert sein.«

»Ja. Abgesehen davon, dass ihre eigenen Pferde auch davon betroffen gewesen wären, spricht sich so was schnell rum. Es war wichtig, dass wir den Verdacht sofort ausräumen.«

Den Frida in die Welt gesetzt hatte. Mann, Mann, manchmal war sie echt krass drauf.

Während ich zum wiederholten Mal in den vergangenen Tagen damit zu tun hatte, meinen Ärger über Frida niederzukämpfen, ging die Haustür auf, und Mama und Max kamen lachend von seiner Reitstunde herein.

Mama streckte den Kopf in die Küche. »Hallo, Lieblingsmänner! Wo sind Emma und Basti?«

»Die machen im Wohnzimmer Hausaufgaben.«

Mama nickte und warf Florian eine Kusshand zu, und er lächelte noch zur Tür hin, als sie längst verschwunden war. »Hat Max kommende Woche auch noch Ferien?«, fragte er geistesabwesend.

»Ja. So lange ist er hier. Danach sind es keine acht Wochen mehr bis Weihnachten und dann …« Ich hatte jetzt keine Lust zu diskutieren, wie bald Max' Umzug nach Schanghai anstand, also brachte ich das Gespräch wieder auf das eigentliche Thema. »Habt ihr denn eine andere Erklärung für den Zustand der Koniks? Wenn es eine Vergiftung ist, was könnte die denn auslösen?«

Florian ratterte eine ganze Liste möglicher Quellen herunter, aber er meinte, weder das Wasser wäre belastet, noch wäre bisher eine schädliche Pflanzenart im Naturschutzgebiet nachgewiesen worden.

Ich lehnte mich gegen die Arbeitsplatte und verschränkte die Arme. »Gibt es sonst noch was, womit die Koniks Kontakt haben?«

»Das ist schwer zu sagen. Der Schutzverein hat immer ein Auge darauf, dass die Zäune kontrolliert werden und Besucher ihren Müll nicht liegen lassen. Trotzdem kannst du nicht ausschließen, dass etwas passiert. Aber das Gebiet ist ja sehr abgelegen, außenrum ist kaum Landwirtschaft und schon gar keine Industrie. Fahrlässigkeit scheidet als Ursache eigentlich aus.« Florian ging zur Tür und rief: »Emma! Basti! Essen ist fertig!«

Während die beiden hereinstürmten und Florian Basti half, den Rollstuhl nah an den Tisch heranzufahren, war ich mit meinen Gedanken beschäftigt. Das Naturschutzgebiet lag ab vom Schuss, dort kam niemand zufällig vorbei, man musste schon gezielt hinfahren … nicht fahrlässig, sondern … mit Vorsatz?

Ein Bild tauchte vor meinem inneren Auge auf, ein gelber Kreis zwischen –

»He, Alter.«

Ich zuckte zusammen. Max hatte sich auf die Bank gesetzt, ohne dass ich es gemerkt hatte, und grinste mich an. »Hey.«

»Bring mal die Sojasoße mit.«

Einen Moment brauchte ich, um wieder in der Gegenwart zu landen, dann ging ich zum Kühlschrank und stellte die Flasche auf den Tisch, wo Florian schon angefangen hatte, Wokgemüse auf die Teller zu laden. Mama schenkte Wasser in sechs Gläser ein und fragte die Zwillinge, ob sie nach dem Essen noch eine Runde »Activity« spielen wollten.

Ich erwischte Max dabei, dass er heftig schluckte. So fest, wie er die Lippen aufeinanderpresste, hatte das nichts damit zu tun, dass er hungrig war. Sondern damit, dass wir hier bald Zustände hatten wie drüben auf dem Gut, laut, voll und gemütlich. In Schanghai würde es, so wie es aussah, nur noch ihn und seine Mutter geben in einer Küchennische von der Größe eines Schuhkartons.

Ich rutschte neben ihn auf die Bank, nahm meinen Teller und stieß ihn mit dem Ellbogen in die Seite. »Reis.«

Er fing meinen Blick auf und natürlich nahm er die Steilvorlage an. Seine Mundwinkel zuckten. »Wie heißt das Zauberwort?«

Gespielt genervt verdrehte ich die Augen. Emma kicherte.

»Herr Hoffmann, wenn Sie die Güte hätten, mir Reis aufzutun, wäre ich Ihnen zutiefst verbunden.«

»Da fehlt immer noch das Zauberwort!«, krähte Basti triumphierend.

Meine Empörung brachte ihn und Emma zum Lachen, und als ich Max anrempelte, ihm den Löffel aus der Hand pflückte und mir selber Reis auflud, war kein Halten mehr. Mamas Blick glitt zwischen mir und Max hin und her, und dann betrachtete sie Florian und die Zwillinge, und in dem Moment war ich mir sicher, dass ihr etwas Ähnliches durch den Kopf ging wie mir eben. Zu Hause.

Nachdem sie Max genötigt hatte, von seiner extrem erfolgreichen Reitstunde zu erzählen, wandte sie sich an mich: »Die Berentzens kommen am Freitag und wollen sich Botti und Caruso ansehen. Hast du Zeit, ihnen eine Stunde zu geben, oder soll ich das übernehmen?«

Ich stöhnte. Wie ich das liebte. Die Berentzens waren ja in

Ordnung, aber für ihre Pferde hatten sie kein Händchen. Was die in einer Stunde verbockten, musste ich tagelang wieder ausbügeln.

»Nee, ich mach das. Besser, ich sehe gleich, was schiefläuft. Dann warten im Training wenigstens keine bösen Überraschungen.«

Mama sah mich spöttisch an. »Das mag ich so an dir, mein Schatz. Deinen Respekt vor den Leistungen anderer Reiter.«

Florian und Max lachten und ich musste auch grinsen.

Das Feixen verging mir aber, als Mama das Thema wechselte. »Annika hat mich gefragt, ob sie im Stall mithelfen kann, um damit ihre Reitstunden zu finanzieren. Weißt du, was da los ist?«

Ich fühlte mich ertappt. Ein paarmal war mir in der letzten Zeit aufgefallen, wie müde Annika aussah, aber irgendwie war so viel los gewesen, dass ich mir darüber nicht weiter Gedanken gemacht hatte. Ich hätte sie wirklich mal fragen können, wie es ihr ging.

»Ich hab gehört, dass ihr Vater seinen Job verloren hat«, antwortete ich Mama. »Wahrscheinlich können sie sich den Unterricht nicht mehr leisten.«

Florian runzelte die Stirn. »Hat der nicht in der Werft in Buddenwalde gearbeitet?«

Ich nickte.

Mama wirkte nachdenklich. »Okay, dann probieren wir es. Sie hat sich wirklich gut gemacht in der letzten Zeit, es wäre schade, wenn sie das Reiten aufgeben müsste.« Ihr Blick fiel auf Max. »Ich hatte heute zwei Neuanmeldungen von Anfängern. Für die bräuchte ich Selma. Ich dachte, wir setzen Max mal auf Tino. Er könnte eine neue Herausforderung gebrauchen. Was meinst du?«

Ich grinste Max an, griff nach dem Löffel und schaufelte mir Gemüse auf den Teller. »Ich meine, das ist ein sehr guter Plan.«

Frida

Nemo warf den Kopf und stampfte mit den Vorderbeinen.

Ich stützte mich auf den Knien ab und lachte. »Lass mich erst mal durchatmen, du Verrückter.«

Danach schien ihm nicht der Sinn zu stehen, denn er wirbelte auf der Hinterhand herum und raste buckelnd davon, dass die Grashalme nur so flogen. Am Waldrand blieb er stehen, drehte sich um und äugte zu mir herüber.

Wieder musste ich lachen. »Jaja, gib nur an. Wir wissen doch, wer hier der Schönste und Stärkste ist.« Langsam richtete ich mich auf und sah ihm entgegen.

Er warf sich in Pose und trabte mit gewölbtem Hals und langen Schritten auf und ab. Kam es mir nur so vor oder hatte er sich verändert? Als wir uns getroffen hatten, war er ein schmächtiger Drei- oder Vierjähriger gewesen, aber jetzt hatte er einen Hals wie ein ausgewachsener Hengst. Sein Rücken und seine Hinterhand waren viel besser bemuskelt. Wenn er sich weiter so machte, würde er bald einem der älteren Hengste die ersten Stuten abluchsen, und dann war's das mit unseren Spielstunden.

Aber ich hatte ja gewusst, worauf ich mich einließ, als ich mich mit einem Wildpferd angefreundet hatte. Nemo würde nicht immer bei mir sein, er gehörte hierher, in die Natur, und ich würde die Zeit, die mir mit ihm blieb, so gut wie möglich nutzen.

Als ich keine Anstalten machte, ihm zu folgen, gab er sein

Imponiergehabe wieder auf und kam in vollem Galopp auf mich zu. Wie immer bremste er rechtzeitig ab, aber anders als noch vor ein paar Wochen konnte er den Abstand und seinen eigenen Schwung gut einschätzen, nahm den Großteil seines Gewichts auf die Hinterbeine und blieb so dicht vor mir stehen, dass er mir ins Gesicht schnaubte.

Ich hob die Hand und strich ihm den Schopf aus der Stirn. »Das war ja mal eine Show«, flüsterte ich, während ich ihn zwischen den Augen rieb. Als er zustimmend brummelte, lachte ich auf. »Gut, dass du nicht eingebildet bist.«

Er machte einen Schritt von mir weg und warf prustend den Kopf, schon wieder bereit für die nächste Runde.

»Na, dann los.«

Damit er mir nicht ganz so überlegen war, wandte ich mich zum Wald. Dort zwischen den Stämmen hatte ich wenigstens manchmal die Nase vorn. Allerdings war Nemo mittlerweile so geschickt und wendig, dass ich demnächst anfangen musste, auf die Bäume zu klettern, um ihm gegenüber überhaupt noch einen Vorteil zu haben.

In Schlangenlinien bewegten wir uns zwischen den Birken und Erlen. Hin und wieder schaffte ich es noch, ihn auszutricksen, indem ich blitzschnell die Richtung änderte, aber meistens ahnte er schon, was ich vorhatte. Es war, als würde er in mein Gehirn sehen und wissen, was ich als Nächstes tun würde, noch bevor ich mich dazu entschied. Aber natürlich war mir klar, dass er mich einfach nur las, mein Gesicht, meinen Körper, meine Bewegungen.

»Es hat überhaupt keinen Sinn mehr, mit dir Fangen zu spielen«, murmelte ich in seine Mähne, als er mir mal wieder den Weg abgeschnitten hatte und sich seine Belohnung in Form von Streicheleinheiten abholte. »Gegen dich habe ich keine Chance.«

Seine Aufmerksamkeit richtete sich auf etwas anderes. Ich konnte fühlen, wie sich seine Haltung veränderte. Langsam ließ ich ihn los und wandte mich in die Richtung, in die er seinen Kopf gedreht hatte.

Der Wind wehte mir eine Strähne aus dem Gesicht. Hatte Nemo etwas gewittert? So musste es sein, denn seine Ohren waren steil aufgerichtet und sein Schweif schlug nervös hin und her.

Ich strich ihm über den Hals, doch das beruhigte ihn nicht. Was war los? War jemand in der Nähe? Auf andere Pferde reagierte Nemo nicht so, da war er aufmerksam, aber gelassen. Ein Hund vielleicht?

Einen Moment lang schwankte ich, aber dann entschied ich mich doch fürs Nachsehen.

»Hallo?«, fragte ich und machte den ersten Schritt in die Richtung, in die Nemo immer noch witterte.

Keine Antwort, auch keine Bewegung.

»Ist da jemand?«, plapperte ich weiter, während ich mich zwischen einem Haselstrauch und ein paar Birkenschösslingen durchquetschte. Hinter mir schnaubte Nemo ungehalten, aber da konnte ich ihm jetzt nicht helfen. Entweder er kam mit oder er musste warten.

Ich hielt mich so, dass ich weiterhin den Wind im Gesicht hatte. Hören konnte ich nichts, und rechts und links von mir bewegte sich auch nichts, was Nemos Anspannung erklärt hätte. Vor mir stieg das Gelände ein bisschen an, sodass ich nicht sehen konnte, was hinter der Kuppe lag. Erst als ich fast oben war, dachte ich, ich würde etwas summen hören.

Mit ein paar letzten Schritten erreichte ich den Rand der dahinterliegenden Kuhle. Ihre Wand fiel überraschend steil ab und im nächsten Moment wäre ich vor Schreck beinahe hinuntergerutscht. Gerade noch rechtzeitig fand ich Halt am Stamm einer jungen Eiche und starrte auf den Grund der Grube, so abgestoßen von dem, was dort unten lag, dass ich nicht weggucken konnte. Ich merkte kaum, dass ich Nemos Schritte durch den weichen Waldboden fühlte und er sich prustend neben mich stellte.

Das leise Summen, das ich eben gehört hatte, war hier lauter. Es kam von einem Schwarm Fliegen, der um einen Pferdekopf surrte. Ein Dutzend der Viecher krabbelte auf den weit geöffneten Augen herum.

Automatisch ließ ich meine Hand unter Nemos Mähne gleiten, froh über seine Wärme. Das Fohlen dort unten in der Senke war klein und erschien mir schwächlich, trotz seines aufgedunsenen Bauchs konnte ich erkennen, dass seine Flanken eingefallen waren. Unter dem stumpfen Fell zeichneten sich die Rippen ab.

Schritt für Schritt ging ich rückwärts, bis ich das Fohlen nicht mehr sehen konnte, dann drehte ich mich um und rannte los. Nemo war sofort neben mir. Ich rannte, bis der Zaun des Geheges vor mir auftauchte. Erst da wurde ich langsamer, griff in meine Hosentasche und zog mein Handy heraus. Ich rief eine Nummer auf, und als Florian sich meldete, sagte ich mit einer Stimme, die ich selbst kaum erkannte: »Du musst ins Naturschutzgebiet kommen. Hier liegt ein totes Fohlen.«

Und als ich ihm meinen Standort durchgegeben hatte, wandte ich mich endlich ab und übergab mich in einen Haselstrauch.

Jannis

Eigentlich hatte Frida vorbeikommen wollen, um Physik zu lernen, aber als sie sich nicht meldete, arbeitete ich mich eben allein durch den Stoff. Ich hatte keine Lust, ihr schon wieder hinterherzutelefonieren und mir wahlweise eine fadenscheinige Ausrede oder eine genervte Absage einzuhandeln.

Klar, das schlechte Gewissen meldete sich zwischendrin immer wieder und flüsterte mir – nicht besonders leise – zu, dass ein guter Freund auch in den nicht so tollen Zeiten für seine Freundin da sein sollte. Aber mein Stolz hatte dann ziemlich schnell die Antwort parat, dass eine gute Freundin das auch zulassen musste, und solange Frida meinte, allein besser klarzukommen, würde ich mich nicht aufdrängen.

Ich saß seit vielleicht zwanzig Minuten über meinen Büchern, als mein Handy vibrierte. Vom Display leuchtete mir »Björn« entgegen. Für den Bruchteil einer Sekunde überlegte ich, ihn einfach zu ignorieren, aber wenn er was loswerden wollte, würde er sich davon nicht abbringen lassen.

Seufzend ging ich ran. »Hallo, Björn.«

Anscheinend war er so gut gelaunt, dass ihm nicht mal die Anrede was ausmachte. »Hallo, Jannis. Na, wie läuft das Training?«

Er rief eindeutig wegen etwas anderem an, und wenn ich dieses potenziell unangenehme Thema mit einem ausführlichen Trainingsbericht aufschieben konnte, würde ich das tun. Also erzählte ich haarklein, wie sich Dari in den Wochen seit Neubrandenburg gemacht hatte.

»Sehr gut«, lobte Björn, als mir nichts mehr einfiel.

Das Ganze wurde immer suspekter.

»Hör mal, Jannis«, kam er dann doch zum Punkt, »ich weiß, dass du dir nie etwas daraus gemacht hast, dem Jugendkader anzugehören … Lass mich ausreden«, erstickte er meinen Protest im Keim. »Aber mit dem, was du mit Darina in den letzten Monaten erreicht hast, hast du mich mehr denn je davon überzeugt, dass du dein Talent nutzen musst. Ich habe Angst, dass du irgendwann bedauerst, Chancen verpasst zu haben.«

Er verstand es einfach nicht. Letztes Jahr noch, ja, da wäre das vielleicht ein Argument gewesen, damals hätte aus mir vielleicht noch ein Berufsreiter werden können. Aber jetzt? Nach einem Jahr, in dem ich die schlimmsten Auswirkungen dieses Geschäfts hautnah mitbekommen hatte? Wohl kaum.

Ich sparte mir die Mühe, ihm das alles zu erklären, und ließ ihn weiterreden.

»Und, Jannis, du könntest es weit schaffen. Du bringst alles mit, was man für den Erfolg braucht. Das Einzige, was dir noch fehlt, sind die richtigen Kontakte. Und deswegen will ich dir ein Geschäft vorschlagen. Was meinst du?«

Er machte eine Pause und schien tatsächlich eine Antwort zu erwarten.

»Keine Ahnung«, sagte ich deswegen. Ich stand vom Schreibtisch auf und stellte mich ans Fenster. Das dauerte wohl noch länger. »Was für ein Geschäft?«

Björn schien erfreut, dass ich nicht gleich aufgelegt hatte. »Vorhin hatte ich Peter Strohwein am Telefon. Kennst du den noch?«

Natürlich wusste ich, dass Peter Strohwein der Trainer des Nachwuchskaders der Springreiter war, aber dass ich ihn schon getroffen haben sollte, war mir neu. Also verneinte ich.

»Er hat mir vor ein paar Jahren einen Gefallen getan und ist als Richter bei unserem Frühjahrsturnier eingesprungen. Er rief wegen einer anderen Sache an, hat sich aber nach dir erkundigt, weil ihm aufgefallen ist, dass du kaum mehr Turniere geritten bist. Ich habe ihm von der Sache mit Darina erzählt und was du in den letzten Monaten Großartiges mit ihr geleistet hast. Er schien mir ziemlich beeindruckt zu sein.«

Wenn er so weitermachte, fielen mir bald die Augen zu. Worauf wollte er bloß hinaus?

»Jedenfalls meinte er, dass er Anfang November bei dem Turnier in Rostock wäre und sich freuen würde, dich dort reiten zu sehen. Jannis, ich möchte, dass du Darina dort meldest. Wenn ihr euch gut präsentiert, dann nominiert euch Peter für den Landeskader.«

»Björn …« Aber ich kam nicht dazu, ihm zum hundertsten Mal zu sagen, dass ich daran kein Interesse hatte.

»Warte, Jannis. Wenn ihr es in den Kader schafft, dann überschreibe ich dir meinen Anteil an Darina. Dann gehört sie dir auf dem Papier.«

Ich klappte den Mund zu und lehnte mich mit dem Rücken gegen die Wand. Das änderte alles. Das wäre das Ende aller Befürchtungen, Björn könnte mir Dari wegnehmen, könnte wieder einen anderen Reiter auf sie setzen und sie zu Dingen zwingen, die sie hasste. Dari und ich wären für immer zusammen.

Ich brauchte nicht mal zu überlegen. »Okay«, krächzte ich, »ich mach's. Dari und ich kommen in den Kader und danach gehört sie mir.«

»Danach gehört sie dir.« Ich konnte Björns Lächeln hören. Jetzt bekam er doch noch, was er seit Jahren wollte. »Bis dann, Jannis. Wir sehen uns in Rostock.«

Als er aufgelegt hatte, ließ ich mich auf den Boden sinken und starrte ins Leere. Eine Weile konnte ich gar nichts denken, konnte nicht fassen, was Björn mir eben in Aussicht gestellt hatte. Irgendwann – draußen dämmerte es schon – sickerte aber die Erkenntnis ein, was da gerade geschehen war. Dari würde mir gehören, aber Björn forderte einen verdammt hohen Preis.

Ich straffte die Schultern. Das war egal. Ich würde tun, was ich musste, um Dari zu beschützen. Und solange ich genau dieses Gefühl hatte, musste ich Frida davon erzählen. Ich musste gewappnet sein für all die Gründe, die sie anführen würde, warum der Preis zu hoch war.

Nach einem tiefen Atemzug hob ich das Handy auf, das mir auf den Teppich gerutscht war, und wollte Fridas Nummer aufrufen, als ich sah, dass sie mich während des Telefonats mit Björn dreimal angerufen hatte. Sie hatte sogar zwei Sprachnachrichten hinterlassen. Noch während ich sie abhörte, sprang ich auf die Füße.

Ich musste zu ihr.

Frida

Der Nachmittag zog sich ewig hin. Florian hatte fast eine halbe Stunde ins Naturschutzgebiet gebraucht und dann die Todesursache nicht genau feststellen können. Deswegen mussten wir das Fohlen in eine Plane wickeln und in sein Auto bringen.

»Du schaffst das«, hatte er gesagt und mir aufmunternd zugenickt, deswegen vermutete ich, mein Gesicht hatte ungefähr die Farbe von geronnener Milch gehabt.

Natürlich hatte ich es geschafft, Florian trug ja den größeren Teil des Gewichts, und wir waren recht nah am Parkplatz, aber es war furchtbar und eklig und traurig. Ob Florian es mitgekriegt hatte, wusste ich nicht, aber Nemo hatte uns die ganze Zeit aus sicherer Entfernung beobachtet.

Ich war mit in Florians Praxis gefahren. Mama hatte ich nur auf die Mailbox gesprochen, und eigentlich war ich ganz dankbar, dass ich sie nicht selbst ans Handy bekam, denn wahrscheinlich hätte sie bei Weitem genauer als Florian wissen wollen, was ich im Naturschutzgebiet verloren gehabt hatte.

Als ich dann im Wartezimmer saß – Florian hatte mich nach einem weiteren Blick in mein Gesicht aus dem Behandlungsraum geschickt –, starrte ich die Decke an und sah die ganze Zeit dieses kleine Häuflein Pferd vor mir, das von Fliegen umschwärmt wurde und dort in dieser Kuhle dem langsamen Verrotten entgegengesehen hätte, wenn Nemo und ich nicht darüber gestolpert wären. Daher war ich nicht böse, als nach ein paar Minuten mein Handy klingelte.

»Mama?«

»Frida? Wo bist du? Was ist das für eine Geschichte mit dem Konikfohlen?«

Wahrscheinlich war mein Bericht auf der Mailbox nicht besonders zusammenhängend gewesen, deswegen erzählte ich Mama noch mal von vorn, was passiert war. Wie ich erklären wollte, dass ich diesmal im Gehege gewesen war und angeblich nicht nur am Zaun, wusste ich noch nicht. Immer wieder unterbrach Mama mich, weil sie jemandem »Schönen Abend!« wünschte oder »Bis nächste Woche!« hinterherrief. Anscheinend verabschiedete sie gerade ihre Fünf-Uhr-Reitschülerinnen.

»Okay. Dann müssen wir abwarten, was Florian herausfindet«, meinte Mama, als ich fertig war. »Ich ziehe mich schnell um, dann hole ich dich ab, ja? Wie geht's dir?«

Ich schluckte, aber Mama musste ich ja nichts vormachen. »War nicht schön.«

»Das glaube ich dir.« Ich konnte hören, wie sie die Tür zur Sattelkammer ins Schloss drückte und zweimal den Schlüssel umdrehte. »Bis gleich, Schatz.«

Das Wort allein half schon, damit ich mich besser fühlte. Lächelnd antwortete ich: »Bis gleich.«

Nach zwanzig Minuten stand dann aber nicht Mama in der Tür zur Praxis, sondern Frau Jansen. Diesmal trug sie eine Steppjacke in Beige. Sie sah mich nicht sitzen, sondern ging am Wartezimmer vorbei zielstrebig zum Empfang, wo sie sich energisch räusperte.

Als nach zehn Sekunden anscheinend noch niemand aufgetaucht war, sagte sie scharf: »Hallo?«

Natürlich hörte sie niemand, denn es war schon zu spät für reguläre Sprechstunden, deswegen war Nicole, die normalerweise Patienten aufnahm, schon zu Hause. Es war Glück gewesen, dass Miri noch da war, sonst hätte vielleicht ich Florian assistieren müssen, und das hätte uns bestimmt beiden nicht gefallen.

Nach dem zweiten »Hallo?«, das noch mal deutlich ungehaltener klang, stand ich auf und ging zu Frau Jansen.

»Guten Abend«, begrüßte ich sie, und sie drehte sich zu mir um. Als sie mich erkannte, schraubte sie sich das Stirnrunzeln aus dem Gesicht.

»Frida, nicht?«, fragte sie, und ich nickte. »Deine Mutter hat mich angerufen. Sie sagt, du hättest ein totes Fohlen im Naturschutzgebiet gesehen und Dr. Wanninger wäre gerade dabei, die Todesursache herauszufinden.«

Wieder nickte ich. »Er versucht es. Er meint, wir müssten vielleicht das toxikologische Gutachten abwarten, weil äußerlich keine Todesursache erkennbar ist. Es könnte an einer Vergiftung gestorben sein.«

»Einer Vergiftung?« Sie sah mich an, als hätte ich was Unanständiges gesagt. »Aber wir hatten doch ausgeschlossen, dass das Heu deines Vaters belastet ist.«

Das versetzte mir einen Stich. Ich wusste ja auch nicht, was ich denken sollte. Einerseits war ich natürlich erleichtert, dass der Tod des Fohlens nicht an Papas Heu lag, andererseits hätten wir dann wenigstens etwas unternehmen können, auch wenn es für Papas Geschäft eine Katastrophe gewesen wäre. Aber was, wenn jetzt noch mehr Pferde starben? Es war alles so furchtbar.

Ich zuckte mit den Schultern. »Na ja, es gibt auch noch andere Quellen, die infrage kommen. Wir müssen eben weiter…«

Aber sie beachtete mich schon nicht mehr, weil in diesem Moment Annelie in der Tür hinter dem Empfang auftauchte. Anscheinend war sie durch den Hintereingang gekommen.

»Was ist denn hier … Oh, hallo, Frau Jansen, hallo, Frida.« Sie deutete über ihre Schulter. »Ich habe vom Haus aus Licht gesehen. Ist etwas passiert?« Sie sah zwischen mir und Frau Jansen hin und her.

»Frau Dr. Grevenhorst, guten Abend«, sagte Frau Jansen förmlich und streckte die Hand aus, die Annelie über den Tresen hinweg umständlich schüttelte. Sie öffnete die Klappe, die den Empfang vom Eingangsbereich trennte, und kam zu uns. »Frau Beneke rief mich an, weil Frida im Naturschutzgebiet ein totes Pferd gefunden hat«, redete Frau Jansen in der Zwischenzeit weiter. »Ihr Mann, also Dr. Wanninger, untersucht gerade den Kadaver.«

Kadaver? Ich starrte Frau Jansen an. Dadrin auf Florians Behandlungstisch lag ein totes kleines Pferd, und sie tat so, als wäre es irgendein Ungeziefer! Wer hatte diese Frau bloß zur Vorsitzenden des Schutzvereins gemacht?

Annelie holte mich aus meiner Empörung, trug aber selber einen angewiderten Gesichtsausdruck.

»Oh nein, Frida, das ist ja furchtbar!« Sie drückte meine Schulter und strich mir über den Arm. Das fand ich so lieb von ihr, dass ich mir auf die Lippe beißen musste, um die Tränen zurückzuhalten. »Wo war das denn? Hast du eine Ahnung, wie es passiert sein könnte?«

Ich versuchte mich an einem dankbaren Lächeln und schüttelte den Kopf. »Florian meint, es könnte an einer Vergiftung gestorben sein, weil es keine Verletzungen hat. Es war total dünn. Ich habe es in einer kleinen Kuhle in der Nähe des Eingangs gefunden. Keine Ahnung, wie lang es da schon lag, aber ich glaube, noch nicht so lange. Außer Fliegen war noch kein anderes Tier an … an dem Körper.«

»Das ist doch sicher förderlich für die Klärung der Todesursache, nicht?«, warf Frau Jansen ein, aber Annelie kam nicht dazu, ihr zu antworten, denn hinter uns ging die Eingangstür auf, und plötzlich war der Raum sehr voll.

Emma hatte Basti die Tür aufgehalten und hinter dem Rollstuhl schob sich Mama herein.

»Stimmt das, Frida?«, fragte Basti mich und guckte mich aus riesigen Augen an. »Das mit dem Fohlen?«

Als ich nickte, tauschten Mama und Annelie den Platz. Mama drückte mich kurz an sich, dann fragte sie: »Hat Florian schon ein Ergebnis?«

Frau Jansen, die sich wohl ausgeschlossen fühlte, beeilte sich zu sagen: »Das versuche ich auch seit fünfzehn Minuten herauszufinden.«

Annelie warf Mama einen blitzschnellen Blick zu, der Frau Jansen entging, weil sie gerade ihr Handy checkte, dann ließ sie Emma und Basti los und zwängte sich zwischen uns hindurch in Richtung Behandlungsraum. »Ich sehe mal nach.«

In dieser Sekunde ging die Tür auf und Florian kam heraus. Verblüfft blieb er stehen und guckte von einer zur anderen, bis sein Blick an Basti hängen blieb.

»Wer hat denn die Feuerwehr gerufen?«, witzelte er, als er bemerkte, wie blass Basti war, aber Frau Jansen hielt sich nicht mit Geplänkel auf.

»Wissen Sie schon Genaueres, Florian?«, fragte sie streng, als wäre sie irgendwie von der Menge der menschlichen Regungen hier im Raum überfordert. Ihre Familie hatte bestimmt nicht viel zu lachen.

Florian rieb sich die Stirn und schüttelte langsam den Kopf. »Leider nein. Wenn ich mich festlegen müsste, würde ich immer noch auf Fridas ersten Verdacht tippen«, er nickte mir zu, »und von einer Vergiftung ausgehen. Mehr wissen wir erst, wenn die Ergebnisse der Blut- und Gewebeuntersuchungen aus dem Labor kommen.«

Und dann schob Mama mich aus dem Weg, und die Erwachsenen begannen, die »Sprachregelung für den Umgang mit der Presse« oder so einen Unsinn zu besprechen, während Emma und Basti mich halb fasziniert, halb ängstlich darüber ausquetschten, was genau am Nachmittag passiert war.

Ich ahnte ja nicht, wie oft ich die Geschichte in den folgenden Stunden und Tagen noch erzählen würde. Dabei musste ich höllisch aufpassen, mich bei dem Grund, warum ich überhaupt im Naturschutzgebiet – und noch dazu im abgezäunten Bereich – gewesen war, nicht zu verplappern. Bei Mama, Papa und Luise war ich mir ziemlich sicher, dass sie sich ihren Teil dachten, es aber für besser hielten, mich nicht darauf anzusprechen, doch der Rest schien sich darüber gar keine Gedanken zu machen.

Bis auf Jannis.

Er hatte auf meine Nachrichten mit einem spärlichen »Scheiße! Ich komm vorbei« geantwortet, sich aber auch eine Stunde nach dem Abendessen noch nicht blicken lassen. Gegen neun war ich mit Linh am Telefon, und das Gespräch hatte sich von meinem Fund zu ihrem Freund verlagert, der heute die Unterlagen der internationalen Schule in Schanghai erhalten hatte, was Linh noch tiefer in die Krise gestürzt hatte. Falls das überhaupt möglich war.

»Das macht alles noch viel greifbarer!«, rief sie verzweifelt. »Mit jedem neuen Dokument wird die ganze Sache unausweichlicher.«

Ich verstand, was sie meinte, aber ich fragte mich schon, wie sie der Sache noch ausweichen wollte. Max würde seine Mutter begleiten müssen – es sei denn, er gab sich selber zur Adoption frei.

Das sagte ich ihr natürlich nicht, ich hätte auch gar keine Gelegenheit dazu gehabt, denn es piepste, und Linh meinte atemlos: »Das ist Max. Ich muss Schluss machen, bis morgen, gute Nacht!«

Weg war sie.

Trübsinnig starrte ich auf mein Handy. Seit dem Moment, als ich kapiert hatte, dass das arme kleine Pferd nicht nur dalag und schlief, fühlte es sich an, als hätte ich ein Loch im Herzen. Und es schien größer zu werden. Wenn ich nicht aufpasste, würde es wachsen und wachsen und zum schwarzen Loch werden, und dann würde es alle Materie verschlucken und am Ende mein Herz. Ich wusste, es war nicht gut, hier allein rumzuhocken, ich sollte runtergehen und mich zu den anderen ins Wohnzimmer setzen, aber meine Füße waren schwer wie Blei. Ich fürchtete mich, vor ihren Blicken, vor ihren Fragen und dass sie vielleicht doch noch dahinterkommen würden, dass ich im Konikgehege nichts verloren hatte. Außer meine Traurigkeit.

Die Nachricht kam so unerwartet, dass ich beinahe das Smartphone fallen ließ. »Ich steh vor eurem Haus. Kannst du runterkommen?«, fragte Jannis.

All der Ärger, der sich, ohne dass ich es gemerkt hatte, den Abend über aufgebläht hatte wie eine überdimensionale Kaugummiblase, fiel in sich zusammen. Das Loch in meinem Herzen zog sich ein winziges Stück zu.

»Eine Minute«, tippte ich, dann sprang ich auf, warf einen Blick in den Spiegel, beschloss, dass nicht mal eine Stunde ausgereicht hätte, um das Trauerspiel aufzuhübschen, und öffnete meine Zimmertür. Mama und Papa waren ziemlich streng, was abendlichen Besuch an Schultagen anging, deswegen musste ich mich die Treppe hinunterschleichen und auf Zehenspitzen zur Haustür gehen, damit sie nicht mitbekamen, dass ich noch mal rauswollte.

Ich hatte meine Gummistiefel schon in der Hand, als Papa stirnrunzelnd den Kopf aus der Küche streckte. Mir blieb fast das Herz stehen, aber sein Gesichtsausdruck wurde weicher. Er lächelte mich an und deutete mit dem Kopf zum Eingang, tippte dabei aber warnend auf seine Armbanduhr. Während ich mir den Reißverschluss meiner Jacke bis zum Kinn zuzog, nickte ich und war zwei Sekunden später aus der Tür.

Auf dem Hof sah ich mich um. Jannis trat aus dem Schatten der Reithalle und winkte mir zu. Die Strecke zu ihm kam mir wie eine halbe Weltreise vor, aber dann war ich endlich bei ihm, und er zog mich in seine Arme und drückte mich an sich. Und plötzlich musste ich so sehr weinen, dass wir bestimmt fünf Minuten so dastanden, während er mich hielt und ich in seinen Pulli schluchzte.

Irgendwann waren anscheinend alle Tränen aufgebraucht. Umständlich putzte ich mir die Nase, weil ich es so schön fand, wie Jannis mir über den Rücken strich, und ich auf keinen Fall wollte, dass er damit aufhörte. Sein Herz schlug ruhig und verlässlich an meiner Brust, und zum ersten Mal seit so, so langer Zeit war da nicht dieser kleine Widerhaken, der mich wütend auf Jannis machte, obwohl er mir nichts getan hatte.

Daran wollte ich nicht denken. Ich wollte nur in diesem Moment sein, also hob ich den Kopf und legte ihm eine Hand in den Nacken, und als er mich ansah mit seinen grünen Augen, deren Farbe ich in diesem gedämpften Licht unter dem Dachvorsprung nur erahnen konnte, presste ich meine Lippen auf seine. Das überraschte ihn, aber er brauchte gar nicht lang, um sich wieder zu fangen. Er machte einen Schritt rückwärts, lehnte sich an die Holzwand hinter ihm und zog mich mit. Ich schmiegte mich dicht an ihn, und dann küssten wir uns, wie wir uns seit Ewigkeiten nicht geküsst hatten, seit … keine Ahnung. Vor meinem Unfall?

War ja auch egal.

Ich hatte fast vergessen, wie gern ich Jannis küsste. Da nutzte ich mal besser die Gelegenheit.

Eine ganze Weile hatte kein Gedanke eine Chance gegen unser Geknutsche, aber irgendwann waren die Bilder doch wieder da. Ich drückte mein Gesicht in seine Halsbeuge und atmete erst mal. Jannis roch nach allem, was gut war, Pferd und Heu und Leder.

»Tut mir leid, ich konnte nicht früher«, flüsterte er in meine Haare. »Max hat mich abgefangen.«

»Die Anmeldung für die Schule in Schanghai kam an, ich weiß«, flüsterte ich zurück. »Aber jetzt bist du ja da.«

Es war so ein langer Tag gewesen, und in mir waren so viele Worte, die rauswollten – aber nicht jetzt. Jetzt war es so friedlich, hier bei Jannis in der Abendkühle, mit den leisen Geräuschen der Pferde, die von den Ställen herüberdrangen. Ich wollte einfach nur –

»Was hast du eigentlich im Gehege gemacht?«

Jannis' Frage traf mich unvorbereitet. Er wusste ja immer noch nichts von Nemo, von den vielen Stunden, die ich im Naturschutzgebiet verbrachte, weil ich vor dem davonlief, was zu Hause auf mich wartete.

»Ich war … spazieren.« Über die kleine Pause ärgerte ich mich. Es war nicht verboten, spazieren zu gehen.

»Allein?«

Ich zögerte mit meinem »Ja« wohl eine Sekunde zu lang, denn Jannis schob mich ein Stück von sich weg und schaute mir ins Gesicht. Er hatte die Stirn gerunzelt.

»Mit wem? Mit Nils?«

Jetzt machte ich einen Schritt von ihm weg. »Mit Nils? Wie kommst du denn jetzt auf den? Ich war allein da.«

Einen Augenblick lang schaute er mich mit einem Misstrauen an, das mir einen Stich versetzte. Vielleicht, ja vielleicht wäre jetzt ein guter Moment gewesen, ihm alles zu erzählen, von meinen Schwierigkeiten, wenn ich mit den Ponys arbeiten wollte, von Nemo, von meinen Zweifeln. Aber dieser Ausdruck in seinen Augen – dass er mir zutraute, ich könnte hinter seinem Rücken mit einem anderen Jungen unterwegs sein – machte mich so wütend und traurig zugleich, dass es mir die Kehle zuschnürte.

Mein Gesicht musste ihm irgendwas zeigen, denn seine Augen wurden weicher, als er fragte: »Was ist?«

Ich schüttelte den Kopf. »Nichts. Ich … Mir ist kalt, ich muss jetzt rein.«

Es war die falsche Antwort gewesen. Ich konnte es daran sehen, wie er seine Lippen aufeinanderpresste. Wie er mich aussperrte. Ich wollte mich wieder in seine Arme werfen, wollte alles zurücknehmen und ihm die Wahrheit sagen, aber ich konnte es nicht. Ich machte noch einen Schritt rückwärts und winkte und er nickte mir zu wie einer Fremden.

Mir schossen die Tränen in die Augen, aber ich drehte mich so schnell um, dass er es unmöglich sehen konnte. Sein »Gute Nacht« hörte ich kaum.

Die Stimmung war kühl zwischen Jannis und mir, als wir am nächsten Morgen nebeneinander im Bus zur Schule saßen. Wir warteten vermutlich beide darauf, dass Linh einsteigen und die Stimmung heben würde, wobei Linhs momentane Verfassung keine Garantie dafür war.

Sie kam uns denn auch mit Grabesmiene entgegen. Ohne ein Wort kniete sie sich in die Sitzbank vor uns, zückte ihr Handy und hielt uns nach zweimaligem Tippen das Display hin. Ich musste mich vorlehnen, um bei dem Lärm, der um uns herum herrschte, ein Wort von dem zu verstehen, was der Typ in dem Video sagte.

»… unhaltbare Zustände … seit Wochen besteht der Verdacht … komplettes Führungsversagen des Vorstands … neuerliche Vorfall … vertuscht werden … geht um Tierleben … Konsequenzen haben … wir fordern lückenlose Aufklärung … im Notfall Evakuierung der Pferde …«

Das Video endete. Neben mir murmelte Jannis »Scheiße« und ich hob den Blick und schaute in Linhs besorgtes Gesicht.

»Verstehe ich das richtig? Da haben Tierschützer mitbekommen, dass das Fohlen gestorben ist, und machen dem Schutzverein jetzt Vorwürfe?«

Linh nickte. »Ja. Von den Vergiftungssymptomen wussten sie vorher anscheinend auch schon, aber das hat noch niemanden interessiert. Seit sie gestern Abend das Foto von dem Fohlen gepostet haben, gehen ihre Klicks durch die Decke.«

»Die haben ein Foto von dem Fohlen?« Das konnte ich kaum glauben. »Woher denn?«

Linh zuckte mit den Schultern. »Es ist ein Bild aus Florians Praxis. Du warst da. Wer kommt denn infrage?«

Sprachlos wechselte ich einen Blick mit Jannis.

»Das heißt, von dir ist es nicht?« Linh sah mich scharf an.

Mir blieb die Luft weg.

Auch Jannis regte sich auf. »Echt, Linh, was soll …«

»Ist ja gut«, unterbrach sie ihn. »Ich dachte ja auch nicht, dass Frida so ein Bild aus der Hand geben würde.«

»Klang aber …«

»Hatte Miri gestern Abend Dienst?«, fuhr sie ihm über den Mund.

Ich konnte nur stirnrunzelnd nicken.

»Dann weiß ich, woher Animal Attack das Foto hat.«

Linh klang jetzt etwas versöhnlicher, was ich angesichts von Jannis' Gesichtsausdruck auch angebracht fand. Sie ging auf das Instagram-Profil der Tierschützer und klickte auf ein Gruppenbild. Tatsächlich, die Zweite von links war Miri. Die lila Haare waren unverkennbar.

»Weiß Theo, dass Miri Tierschutzaktivistin ist?«, fragte Jannis mit schmalen Augen, während er sich durch ziemlich üble Posts von Käfighühnern und halb verdursteten Schlachttieren scrollte.

»Na, das wäre doch total seltsam, wenn nicht, oder?«, antwortete ich, auch wenn er mir gegenüber nie etwas gesagt hatte. Auch wenn Miri zu Besuch gewesen war, hatten wir nie über Tierschutz gesprochen.

»So wie ich Theo kenne, ist der wahrscheinlich sogar Mitglied.« Linh grinste mich an.

»Ich frag ihn«, sagte ich, als der Bus ruckend an der Haltestelle vor der Schule stehen blieb. »Und ich frag ihn wegen Miri.«

Immerhin war durch das Video Jannis' und mein Streit vom Abend vorher vergessen. Genau wie ich wollte er herausfinden, was hinter dem Tod des Fohlens steckte und wie wir den Koniks helfen konnten. Es fühlte sich gut an, damit nicht mehr allein zu sein.

In der Pause erzählte er mir vom Anruf seines Vaters und seine Aufregung war natürlich nicht zu übersehen. Einerseits freute ich mich für ihn und Dari – wenn sie es in den Kader schafften, wäre so vieles leichter –, andererseits hatte ich Angst davor, was es eben auch bedeuten würde. So viel mehr Zeit fürs Training, der ständige Druck, immer besser werden zu müssen, und dann die Turniere, wo es nicht nur Reiter wie Jannis gab, sondern auch Leute, die die Grenzen ihrer Pferde nicht kannten – es war ganz schön viel, was sein Vater verlangte. Aber ich sagte lieber nichts. Nichts davon würde für Jannis die Chance aufwiegen, Dari endlich für sich zu haben, und irgendwie konnte ich das auch verstehen.

Weil Jannis am nächsten Tag Geburtstag hatte und am Wochenende feiern wollte, wusste ich, dass ich eine Weile keine Gelegenheit haben würde, Nemo zu besuchen, also verschwand ich am späten Nachmittag ins Naturschutzgebiet. Ein bisschen Spaß hatten Nemo und ich nach dem Schrecken gestern wirklich verdient.

Als ich ein paar laufintensive Spielrunden später verschwitzt und mit einem Grinsen im Gesicht auf den Hauptausgang zulief, riss mich eine ziemlich aggressive Stimme aus meiner Schäfchenwolkenstimmung. »He, du, was hast du hier zu suchen? Was wolltest du im Naturschutzgebiet?«

Ertappt blieb ich stehen. Vor dem Eingang hatten sich ein paar Leute mit Plakaten postiert. »Rettet die Koniks« stand darauf und »Horses Run Free«. Wo kamen die denn plötzlich her? Vor eineinhalb Stunden waren sie noch nicht da gewesen.

Mit etwas Verspätung kapierte ich, dass sie mich nicht mit Nemo gesehen hatten, sondern anscheinend allgemein nicht begeistert davon waren, dass jemand das Naturschutzgebiet besuchte. Hatten die sie noch alle?

Langsam ging ich auf den Sprecher zu. Er war nicht mehr als vier oder fünf Jahre älter als ich.

»Seid ihr von Animal Attack?«, fragte ich ihn, als ich direkt vor ihm stand.

Dem Wichtigtuer ging ein bisschen die Luft aus. »Ja, wieso?«

Ich nickte nur. »Und ihr campt hier?« Hinter ihm hatte ich sechs oder sieben Zelte entdeckt, die jemand am Rand des Parkplatzes aufgeschlagen hatte.

»Ja, aber das ist nicht verbo…« Mit einem sichtbaren Ruck erinnerte er sich wieder, dass eigentlich er mich zur Schnecke machen wollte. »Wir sind hier, um ein Auge auf die Wildpferde zu haben. Was hattest du dadrin zu suchen?«

Jetzt reichte es mir aber. »Was wohl? Ich war spazieren. Meinst du, ich füttere die Koniks mit Gummibärchen, oder was?« Kopfschüttelnd schaute ich ihn an. »Was macht ihr denn hier? Lauert ihr jedem auf, der ins Naturschutzgebiet will?«

Der Typ plusterte sich wieder auf, aber diesmal übernahm ein Mann, der anscheinend auf uns aufmerksam geworden und von den Zelten herübergekommen war. Auf den zweiten Blick erkannte ich den Tierschützer aus dem Video von heute Morgen.

»Wir lauern niemandem auf«, sagte er jetzt in versöhnlichem Ton. »Wir informieren die Öffentlichkeit nur über Unregelmäßigkeiten, die im Wildpferdgehege aufgetreten sind. Solange die nicht aufgeklärt sind, raten wir davon ab, das Naturschutzgebiet zu betreten.«

Er hatte dem anderen Typen und einem dunkelhaarigen Mädchen jeweils einen Arm um die Schultern gelegt und betrachtete mich aufmerksam. Seinen Text hatte er geprobt, das musste man ihm lassen, und er hatte eine echt angenehme Stimme, aber er redete trotzdem Quatsch.

»Da seid ihr aber die Einzigen. Es gibt überhaupt keinen Grund, nicht ins Naturschutzgebiet zu gehen. Das ist nicht gefährlich oder schädlich oder irgendwas. Wenn man auf den Wegen bleibt«, schob ich hinterher und merkte, wie meine Ohren warm wurden. Gut, dass ich meine Haare offen trug.

So richtig schien ihm die Antwort nicht zu gefallen, denn sein Mund zuckte, doch dann nickte er. »Klar. Aber nicht alle gehen so verantwortungsbewusst mit unserer Umwelt um wie du. Wir wollen nur das Beste für die Pferde.«

Wenn der dachte, dass ich mich mit so einem süßlichen Gelaber einwickeln ließ, hatte er sich geschnitten. Aber weil ich keinen Grund hatte, mich mit ihm anzulegen, sagte ich nur: »Dann sind wir ja auf derselben Seite.«

Einen Moment schauten wir uns noch an, dann ließ er das Mädchen und den Typen los und grinste. »Umso besser.«

Jannis

Den ganzen Samstag schufteten wir, bis das Reiterstübchen partytauglich war. Wir kehrten und wischten, rückten die Tische zu einem langen Büfett zusammen und stapelten die Hälfte der Stühle im Abstellraum, damit in der Mitte des Raums Platz zum Tanzen war. Darauf legten Max und ich nicht so gesteigerten Wert, aber Linh ließ keine Widerrede zu. Und es stimmte ja – im letzten Jahr hatte ich oft genug erlebt, dass sie mit ihrer Tanztruppe Stimmung in eine lahme Party gebracht hatte. Nicht dass die Party heute lahm werden würde … Aber Vorsorge schadete ja nie.

Gegen halb sechs wurden die Mädchen unruhig.

»Wir sind dann mal weg«, sagte Frida und gab mir einen schnellen Kuss.

Verblüfft starrte ich sie an. »Es geht um acht los. Ihr könnt doch nicht zweieinhalb Stunden brauchen, um euch fertig zu machen.«

Frida guckte Linh an und zuckte mit den Schultern. »Na ja, zwei Frauen und nur eine Dusche, dann Haare, Klamotten … So was kann dauern.«

Linh grinste in sich hinein, aber Max schüttelte nur den Kopf, als ich ihn ansah. »Lass sie. Da steckst du nicht drin.«

Anscheinend nicht, denn als ich mich wieder umdrehte, war Frida schon an der Tür, hatte Linh an der einen Hand und winkte uns mit der anderen zu. »Bis später!«

Linh warf Max einen Handkuss zu und weg waren sie.

Was auch immer sie in den letzten Stunden angestellt hatten, es hatte sich gelohnt. Max fielen fast die Augen raus, als er Linh in einem knallroten Oberteil sah, das sie wohl aus Vietnam mitgebracht hatte. Ihre Haare waren noch glatter und glänzender als sonst. Das war aber auch das Einzige, was mir an ihr auffiel, denn hinter ihr tauchte Frida auf dem Treppenabsatz auf und erhellte die ganze Hütte. Sie trug ein glitzerndes grünes Top zu – keine Ahnung, zu was. Zu ihren Haaren eben. Ihre Locken schienen jeden Funken Licht im Raum zu reflektieren. Es war spektakulär.

Als sie auf mich zukam und ihr Lächeln immer breiter wurde, wurde mir vage bewusst, dass ich sie mit offenem Mund anstarrte. Sie legte ihre Arme um meinen Hals, küsste mich zart und flüsterte: »Herzlichen Glückwunsch. Geschenk gibt's später.«

Ich nickte fahrig, nahm wahr, dass sie zum ersten Mal, seit ich sie kannte, Wimperntusche trug, und zwang mich einfach zu atmen. Das war nicht die beste Entscheidung, denn der Duft ihres Shampoos vernebelte mir nur noch mehr das Hirn.

Ich war kurz davor, die Party abzublasen, um den Abend allein mit Frida verbringen zu können, als es auf der Treppe polterte und sich Luise, Theo, Simon und Miri lachend durch die Tür schoben. Frida ließ mich los, und ich konnte ihr gerade noch einen hilflosen Blick über die Schulter zuwerfen, bevor Theo mich in eine schnelle Umarmung zog.

In kurzer Folge kamen dann Paul, Annika, Carina und ein paar andere aus der Klasse und gegen halb neun ein Schwung unserer Reitermädchen, mit denen ich mehr zu tun hatte. Immerhin war auch Ole dabei, der vor ein paar Wochen in den Verein eingetreten war, und Suse und Ava hatten ihre Freunde dabei, zwei Typen um die achtzehn, die ich vom Sehen kannte, weil sie die beiden oft zur

Reitstunde fuhren. Umso besser, dann waren die Mädchen nicht so in der Überzahl.

Der Abend verlief gut. Theo riss die Musikauswahl an sich, machte aber einen ordentlichen Job, sodass die Leute zügig anfingen zu tanzen, natürlich angeführt von Linh und Esther aus ihrem Tanzteam. Sogar Frida traute sich irgendwann, auch wenn Luise ziemlich nachhelfen musste.

In einer Pause kam sie zu mir. »Ich hab mit Miri geredet«, sagte sie mit einem flüchtigen Blick über die Schulter. »Sie schwört hoch und heilig, dass das Foto von dem Fohlen nicht von ihr kam. Sie weiß nicht, woher die von Animal Attack es haben.«

»Aber sie ist da Mitglied?«

Frida nickte. »Ja, und heute war sie wohl auch zum Protestieren am Naturschutzgebiet.« Sie wirkte nachdenklich. »Ich begreife nur nicht, was die wollen. Was soll das denn bringen? Wie kann diese Aktion irgendwie dazu beitragen, dass wir herausfinden, was mit den Koniks ist?«

Sie schien in eine Gedankenspirale abzudriften, in der bestimmt nicht nur Animal Attack eine Rolle spielte, sondern auch die Zeitung, der Bürgermeister und das Landratsamt. Alle hatten sich in den letzten Tagen in ihren Forderungen überboten, schnell eine Erklärung für die Symptome der Koniks zu finden. Besser, ich holte sie da schleunigst raus.

Ich nahm sie fest in den Arm und drückte ihr einen Kuss auf die Haare. Bevor mir noch mehr Ablenkungen einfielen, zog Luise sie von mir weg.

»Sorry, ich brauch sie mal kurz«, sagte sie mit einem Grinsen und schob Frida zurück auf die Tanzfläche, wo irgend so ein Mädchensong lief.

Danke, Theo.

Ich drehte mich um und suchte Max. Der war der Musikauswahl ja auch zum Opfer gefallen.

Abwechselnd schauten Mama und Florian nach dem Rechten, hielten sich aber nie lang auf, was die Jungs zumindest bei Florian mit Erleichterung aufnahmen, denn wie üblich löste er bei den Mädchen akutes Tuscheln und Kichern aus. Obwohl wir Berge an Essen hatten, war das Büfett gegen elf leer geräumt, und ich war dankbar, dass Luise und Simon den Getränkenachschub übernommen hatten, sonst wäre ich den ganzen Abend nicht zum Quatschen gekommen.

Irgendwann begann Theo, ruhigere Musik zu spielen. Ich konnte gar nicht so schnell gucken, wie Linh neben uns auftauchte, Max am Arm packte und auf die Tanzfläche zog. Wie auf Kommando blickte ich mich um und suchte Frida. Sie stand auf der anderen Seite des Raums und sah mich an. Lächelnd legte sie den Kopf schief und hob fragend die Schultern.

Für die Antwort brauchte ich keine Sekunde. Ich stellte meine Cola auf die Theke und ging zwischen den vier, fünf tanzenden Paaren auf sie zu. Sie sah so hübsch aus mit ihrem grünen Top, das in dem gedämpften Licht funkelte wie ein Edelstein, und ihren roten Haaren, die nicht mehr ganz so perfekt lagen wie vor drei Stunden. Aber das machte nichts. So zerzaust und mit roten Wangen sah sie viel mehr aus wie meine Frida.

»Hey«, sagte ich, als ich vor ihr stehen blieb.

»Hey«, antwortete sie.

Und dann sagten wir nichts mehr. Sie legte ihre Arme um meinen Hals, und ich zog sie an mich, und obwohl ich immer gedacht hatte, dass ich nicht gut tanzen konnte, war es mit ihr ganz leicht. Kein Gerumpel und Geschiebe wie mit den Mädchen vor ihr.

»Wir haben noch nie miteinander getanzt«, flüsterte sie nach einer Weile, als hätte sie meine Gedanken gehört.

Ich sah sie nur an, denn wenn ich ihr all die Dinge gesagt hätte, die ich in dem Moment dachte, wäre es doch zu peinlich geworden. Ihr Blick glitt über mein Gesicht, so als wollte sie darin lesen, was mir durch den Kopf ging, und anscheinend stand es da auch ziemlich deutlich geschrieben, denn sie lächelte ganz zart. Dann legte sie den Kopf auf meine Schulter, und ich presste die Lippen zusammen und holte tief Luft, damit ich das alles aushalten konnte.

Erst nach drei oder vier Songs nahm ich überhaupt wieder etwas anderes wahr als Fridas Haare an meiner Wange, ihren Atem an meinem Hals und ihren Körper in meinen Armen. Mein Blick fiel auf Max und Linh. Ich konnte sein Gesicht nicht sehen, aber ihr Kopf lag an seiner Brust, und als ich sie ansah, hielt ich einen Moment die Luft an. Ihr liefen Tränen über die Wangen, ganz still, und als sie meinen Blick bemerkte, lächelte sie scheu und wandte die Augen ab.

Nach einem Moment zog ich Frida noch enger an mich.

Was hatte ich nur für ein Glück.

Kurz nach eins waren beinahe alle gegangen, nur Linh und Max standen noch eng umschlungen in einer Ecke. Theo legte Miri einen Arm um die Schultern und winkte uns zu, während sie ihn zur Treppe schob, Luise zwinkerte Frida zu, und während sie sie umarmte, flüsterte sie etwas, was wie »Viel Spaß!« klang.

Kaum war auch sie mit Simon zur Tür hinaus, sagte Frida: »Bin gleich wieder da«, und verschwand Richtung Toilette.

Plötzlich war es still. Ich wollte gerade unauffällig im Abstellraum oder sonst wo verschwinden, um Max und Linh nicht zu stören, aber sie ließen sich los und liefen grinsend auf mich zu.

»Und jetzt beginnt der inoffizielle Teil«, kam Fridas Stimme von der Tür.

Ich drehte mich zu ihr um. Sie hatte eine dicke Strickjacke an und einen flauschigen Schal um den Hals. In der Hand hielt sie meine Wanderschuhe, meine Softshelljacke und zwei Pakete mit Fackeln.

Max klopfte mir auf die Schultern. »Happy birthday, Alter.«

Wir machten eine Nachtwanderung. Es war nicht die erste dieses Jahr, aber anders als im Sommer ging es nicht ins Moor, sondern an die Küste. Das heißt hinauf auf die Steilküste.

An den Koppeln vorbei liefen wir erst Richtung Dorf, dann bogen wir rechts ab zum Westwald. Tagsüber waren dort die Spuren des Brandes immer noch zu sehen, aber jetzt, im Fackellicht, fielen die verkohlten Stämme kaum auf. Trotzdem waren wir alle erleichtert, als wir den toten Wald hinter uns ließen und auf die Wiese hinaustraten, die unterhalb der Landspitze lag. Linh und Max, die vorausgegangen waren, nahmen das Tempo ein wenig raus, und Frida drückte meine Hand und lächelte mich an. An einem Busch blieb sie stehen, gab mir ihre Fackel und zog einen Korb zwischen den Zweigen hervor.

Sie wollte weitergehen, aber ich hielt sie zurück. Denn jetzt sah ich es erst – über uns spannte sich ein Sternenhimmel, der so hoch und weit war, dass man die Stille dort oben fast hören konnte. Ich fühlte Fridas Blick auf meinem Gesicht, während ich hinaufschaute, und merkte, dass ich den Stress der letzten Zeit, die Hektik und die Aufgekratztheit von heute Abend hinter mir ließ. Es war nicht alles gut gewesen zwischen uns in den vergangenen Wochen, deswegen war ich so froh, dass wir anscheinend wieder auf einem guten Weg waren. Heute Abend war Frida anders, wieder wie früher. Ich konnte spüren, was sie dachte, wie sie sich fühlte, und kapierte erst jetzt, dass sie das seit Wochen nicht zugelassen hatte. Oder hatte ich nicht achtgegeben?

Es spielte keine Rolle. Jetzt war es gut. Langsam senkte ich die Augen und sah sie an, und gemeinsam liefen wir los, den Hügel hinauf bis zur Landspitze, wo die anderen schon auf uns warteten.

»Besser geht's nicht«, stellte ich fest, als wir neben Max und Linh stehen blieben.

Tief unter uns rollte die schwarze Ostsee an den Strand, in einem gleichmäßigen, langsamen Rhythmus. Die Wellen kamen mir vor wie ein Echo meines Herzschlags, und davon abgesehen war es so still, dass wir allein auf der Welt hätten sein können. Über uns streckte sich der Himmel in die Ferne.

Eine ganze Weile standen wir so da, zu viert nah beieinander, und je länger wir hinsahen, desto mehr Sterne tauchten auf. Immer wieder hatte ich das Gefühl, mir würde schwindlig werden, aber Fridas Hand in meiner war wie ein Anker. Irgendwann begriff ich, dass ich mein Gleichgewicht gefunden hatte, dass ich fest auf dem Boden stand und die Weite mir nichts mehr anhaben konnte. Ich war jetzt zu Hause, hier an der Küste, und wenn das kein gutes Geburtstagsgeschenk war, dann wusste ich auch nicht.

Wir steckten die Fackeln ein Stück von uns entfernt in den Boden. Max und ich wollten die Mädchen in die Mitte nehmen, damit ihnen nicht kalt wurde, aber die beiden wehrten ab und drückten uns nebeneinander auf die Decke, die Frida ausgepackt hatte.

»Das ist für euch«, sagte Linh, und ich hörte, wie Max schluckte, nach ihrer Hand griff und sie neben sich zog.

Frida suchte meinen Blick und lächelte, als sie sich rechts von mir hinsetzte. Und jetzt verstand ich auch, was sie zweieinhalb Stunden lang vorbereitet hatten. Frida zog den Reißverschluss des Korbes auf, den sie vorhin aus dem Gebüsch geholt hatte, und brachte Franzbrötchen und zwei Thermoskannen zum Vorschein.

»Wer weiß eigentlich alles von der Aktion hier?«, fragte ich, als ich das erste Brötchen aus der Tüte fischte.

Frida lachte. »Na, alle. Was nächtliche Aktionen angeht, bin ich immer noch auf Bewährung. Und du auch.«

Ich warf ihr einen Blick zu und verzog das Gesicht und sie lehnte sich grinsend an mich.

»Ich dachte, es wäre in unser beider Interesse, Hausarrest bis zum Abi zu vermeiden.«

»Sehr vorausschauend«, nuschelte ich mit vollen Backen, und dann war Ruhe, denn Luises Franzbrötchen verlangten hundertprozentige Aufmerksamkeit.

Aber auch als wir alles aufgegessen und den Tee ausgetrunken hatten und Schulter an Schulter auf Fridas Decke lagen und in die Sterne guckten, war uns nicht nach Reden zumute. Ich wollte nicht mal denken, ich wollte einfach nur da sein, in diesem Moment, mit meinen Freunden, mit dem Mädchen, in das ich so unfassbar verliebt war, dass selbst der Sternenhimmel nicht weit genug war für meine Gefühle.

Frida

Jemand steckte den Haustürschlüssel ins Schloss und öffnete die Tür. Ich brauchte einen Moment, um zu kapieren, dass ich auf dem Wohnzimmersofa eingeschlafen war, wo ich eigentlich für Geschichte hatte lernen wollen. Einen Moment lang streckte ich mich unter der Wolldecke, dann hörte ich Papas Schritte den Flur herunterkommen.

»Hallo«, sagte er.

»Hallo«, antwortete Mama über das Rascheln ihrer Jacke hinweg.

Papas Frage klang besorgt: »Was ist passiert?«

Jetzt saß ich kerzengerade. Mama war auf der außerplanmäßig einberufenen Vorstandssitzung des Schutzvereins gewesen und brachte anscheinend keine guten Nachrichten mit.

»Sie haben sich entschieden, die Koniks zu evakuieren«, berichtete Mama düster. Mein Herz fing an, laut zu klopfen. »Florian und ich konnten es ihnen nicht ausreden. Aber ehrlich gesagt fällt mir auch keine bessere Lösung ein.«

Papa atmete tief aus. »Setz dich erst mal. Willst du was essen?«

Mama machte ein unbestimmtes Geräusch, dann folgten ihre Schritte Papas in die Küche. Langsam stand ich auf und ging hinterher.

Ich konnte hören, wie Mama sich auf die Bank fallen ließ. Ein Topfdeckel klapperte, etwas Flüssiges landete in einer Schüssel, dann setzte sich Papa ebenfalls an den Tisch. Ich hatte das Gefühl, ich würde durch Kleister waten, so schwer fiel es mir, die paar Meter vom Wohnzimmer zur Küche zurückzulegen.

Mama schien einen Löffel Suppe zu essen, bevor sie weiterredete. »Ich sehe ja ein, dass wir die Pferde nicht einfach eins nach dem anderen sterben lassen können. Aber für wie viele finden wir wohl auf die Schnelle einen neuen Platz, noch dazu, wo die beiden Stuten immer noch krank sind? Wer stellt sich ein Pferd in den Stall, von dem er nicht weiß, ob es gesund ist? Ich fände es auch unverantwortlich.« Sie holte tief Luft. »Frida wird das ganz hart treffen.«

Der Kleister war zu Wasser geworden, tosendem, brüllendem Wasser, das in Wellen auf mich einbrandete. Ich konnte Papa über dem Rauschen in meinen Ohren kaum verstehen.

»Wann willst du es ihr sagen?«

»So schnell wie möglich. Es bleibt uns ja nichts übrig. Aber gerade jetzt, wo es ihr ein bisschen besser …«

Mama brach ab, sie hatte mich entdeckt. Ich stand in der Tür und krallte mich am Rahmen fest. Vielleicht hinterließen meine Fingernägel sogar Kerben, es war mir egal, ich versuchte nur, die Nerven zu behalten.

Mama ließ ihren Löffel in die Suppenschale gleiten, und während Papa sich zu mir umdrehte und genauso die Stirn runzelte wie Mama, lief sie auf mich zu und drückte mich an sich. Ihr Körper fühlte sich unwirklich an, wie Watte. Erst als das Dröhnen in meinem Kopf ein bisschen leiser wurde und mein Herz sich nicht mehr anfühlte wie ein durchgehendes Pferd, spürte ich ihre Arme um meine Schultern und ihre Wange an meinem Gesicht. Sie wiegte mich ein bisschen, und obwohl mich das noch mehr hätte erschüttern müssen, weil es ja bedeutete, dass alles genauso schlimm war, wie ich dachte, tröstete es mich.

Papa füllte noch zwei Schalen mit Suppe, stellte sie mit einem Korb voll Brot auf den Tisch und nahm Mama und mich am Arm.

»Ihr setzt euch jetzt, und dann wird erst mal gegessen, bevor ihr mir umkippt«, wies er uns an, während er uns auf die Bank drückte.

Mama strich mir über die Haare, und dann aß ich tatsächlich, nur um der Wahrheit, die gleich folgen würde, noch ein paar Minuten zu entgehen. Papa häufte mir extraviel Parmesan auf die Minestrone, aber er hätte auch Sägespäne nehmen können, es hätte gleich geschmeckt.

Irgendwann ließ es sich nicht mehr vermeiden, dass wir uns ansahen und weiterredeten. Mama schob ihr Geschirr zur Seite und lehnte sich zurück.

»Tut mir leid, dass du es so erfahren hast, ich hätte es dir gern anders beigebracht.« Sie betrachtete mein Gesicht, aber ich zuckte nur mit den Schultern. Was hätte es schon geändert? Wichtig war ja nur, was jetzt geschehen würde. »Also, Stand ist, dass der Schutzverein dem öffentlichen Druck nachgibt. Der Bürgermeister, die Gemeindevertretung, das Landratsamt, die Umweltschutzbehörde sind alle der Meinung, dass sich der Verein nicht länger angreifbar machen darf …«

»… weil das auf die Gemeinde zurückfällt«, warf ich bitter ein.

Mama nickte. »Ja, das spielt sicher hinein.« Sie machte eine kleine Pause. »Das bedeutet, dass die Koniks aus dem Gehege rausmüssen. Beim Auftrieb werden also nicht nur die jungen Tiere eingefangen, sondern alle.«

Alle.

Das Wort schlug wie ein riesiger Stein durch die Oberfläche

meines Bewusstseins und sank in die Tiefe, bis er in meinem Magen zum Liegen kam.

Alle.

Ich wusste, wie schwer es jedes Jahr gewesen war, genügend Käufer für die jungen Koniks zu finden, die aussortiert wurden, damit die Herde nicht zu groß wurde. Was sollte geschehen, wenn wir nicht fünfzehn oder zwanzig Pferde zu verkaufen hatten, sondern hundert?

»Und dann?«, krächzte ich, und Mama wusste natürlich sofort, was ich meinte.

Sie holte tief Luft und tauschte einen Blick mit Papa. »Ich telefoniere in den nächsten Tagen mit allen Landschaftsschutzgebieten, die Koniks halten. Vielleicht kann jemand ganze Familien übernehmen. Immerhin ist es ein Notfall und Blutauffrischung schadet ja nie. Wir werden überregional für die Auktion werben und auf unser Problem aufmerksam machen. Ein paar verrückte Pferdeleute gibt's bestimmt, die darauf anspringen.«

Langsam schüttelte ich den Kopf. »Wir sind die verrücktesten Pferdeleute, die ich kenne, und trotzdem wollt ihr keine Koniks aufnehmen. Glaubt ihr nicht, dass andere auch Angst um ihre Pferde haben, solange nicht klar ist, was mit unseren Koniks los ist?«

Für einen Moment schloss Mama die Augen. Papa griff nach ihrer Hand, dann streckte er den Arm aus und drückte meine Schulter. Ich hatte die beiden noch nie so hilflos gesehen, noch nicht einmal im Frühjahr, als dieser Shitstorm auf uns niedergegangen war.

»Frida«, sagte Mama und sah mich an, »es tut mir ja auch leid, aber …«

»… aber euch fällt eben nichts Besseres ein, als alle zu schlachten?«

Mit einem Ruck stand ich auf. »Ohne mich. Irgendeinen Weg muss es geben. Irgendeinen Weg gibt es.«

»Frida«, fing Mama noch mal an, aber ich war schon aus der Tür.

Sollte sie mal schön telefonieren und sich eine Abfuhr nach der anderen einhandeln. Ich musste meine Zeit besser nutzen.

Nach all den Laboruntersuchungen wussten wir eigentlich nur eines mit ziemlicher Sicherheit: Die Ursache für den schlechten Zustand der beiden Stuten und den Tod des Fohlens war Gift. Woher es kam, blieb das Rätsel. Also fing ich wieder von vorn an. Ich verbrachte halbe Nächte online und recherchierte Symptome, mögliche Quellen von Vergiftungen, schädliche Pflanzen und Substanzen. Als ich damit immer nur wieder bei dem landete, was die Laborergebnisse schon ausgeschlossen hatten, fuhr ich nach Buddenwalde und recherchierte in der Unibibliothek weiter. Das Ergebnis war dasselbe.

Zusammen mit Linh, Max und einmal auch Jannis – der war wieder jeden Tag mit Dari auf dem Springplatz, bis zur Kadersichtung waren es nur noch ein paar Tage – ging ich zurück ins Konikgehege und suchte dort weiter, wo ich mit Luise und Theo neulich aufgehört hatte. Wenn alles auf Giftpflanzen hindeutete, mussten wir etwas übersehen haben. Es musste irgendwo etwas wachsen, was den Wildpferden so zusetzte. Wir gingen so systematisch vor, wie es in unebenem, nicht gekennzeichnetem Gelände eben ging, und fotografierten jeden Stängel, der uns verdächtig vorkam. Nemo hielt Abstand, und ich konnte nur hoffen, dass ich nicht die letzten Tage verschwendete, die mir mit ihm blieben.

Sobald ich zu Hause war, fuhr ich den Rechner hoch und bestimmte jedes einzelne Pflanzenfoto. Und wie zuvor entdeckte ich: nichts. Das einzige Fundstück, das nicht im Naturschutzgebiet hätte sein dürfen, war ein Fetzen weiße Folie, den ich unter einem Busch hervorzog. Ob der angeweht worden war oder ob ihn ein Besucher zurückgelassen hatte, wusste ich nicht, aber so ärgerlich es war, dass die Leute nicht mal ein Naturschutzgebiet sauber halten konnten, wegen eines Stücks Plastik waren die Koniks sicher nicht krank geworden.

Je mehr Zeit verging, desto panischer wurde ich. Am Samstag war der Auftrieb, die Vorbereitungen waren in vollem Gange, und Mama machte nicht die geringsten Fortschritte dabei, eine neue Heimat für die Koniks zu finden. Jeden Tag demonstrierten die Naturschützer am Gehege, und noch immer schienen sie nicht zu kapieren, dass sie mit ihren Forderungen die Koniks geradewegs in den Tod schickten.

In all dem Chaos richtete sich meine Aufmerksamkeit immer mehr auf den einen Gedanken: nicht Nemo.

Wenigstens nicht er.

Wenigstens für ihn musste ich etwas tun können.

Aber dann dachte ich an das Leben, das er führen würde. Im Konikgehege könnte er nicht bleiben, nicht ohne Herde, nicht solange wir nicht wussten, woran die Pferde starben. Und wenn ich ihn behalten dürfte – Quatsch, wenn ich ihn zu uns nehmen dürfte –, welches Leben würde ihn auf dem Gut erwarten? Er kannte keine Stricke und Ställe und Fütterungszeiten und Gruppen, die von Menschen zusammengestellt worden waren. Wollte ich, dass er sich daran gewöhnte? Dass er vergaß, was es bedeutete, in Freiheit zu leben? Selbst wenn ich ihm damit das Leben rettete?

Ein kleiner, egoistischer Teil von mir machte sich in meinem Kopf lautstark bemerkbar. Ja! Ja! Ja!, brüllte er. Alles ist besser, als Nemo zu verlieren.

Aber da war noch eine andere Stimme, eine, die Nein sagte, die mich daran erinnerte, was ich mir immer für Nemo gewünscht hatte, obwohl es bedeutete, dass ich Abschied nehmen musste von ihm. Die Bilder kamen von selbst, Nemo auf seinem Hügel, wie er wachsam auf seine Familie heruntersah, die ihm vertraute und ihm allein deswegen folgte, weil er ihr Sicherheit gab. So wie mir, als ich sie am dringendsten brauchte.

Und weil es das war, was ich mir für ihn wünschte, würde ich sie retten. Unsere Koniks würden bleiben, und wenn ich von jetzt an gar nicht mehr schlafen würde, um den Grund zu finden, warum sie krank wurden. Die Koniks gehörten zu Eldenau wie der Strand und das Wasser und das Moor. Der Schutzverein und der Bürgermeister und all die anderen Leute, die die Wildpferde loshaben wollten, konnten denken, was sie wollten. Eines wusste ich: Ohne die Koniks war Eldenau kein Zuhause mehr.

Jannis

Sie sah scheiße aus.

Ich hatte eine Weile mit Dotty gespielt, weil außer Kristin, die gerade einer mittelmäßig begabten Wiedereinsteigerin eine Sitzschulung gab, niemand auf dem Gut war, und als Frida jetzt mit einem Affenzahn auf ihrem Rad um die Ecke bog, erschrak ich fast. Trotz der Geschwindigkeit war sie blass, ihre Haare hingen strähnig herunter und waren voller Kletten und Moos und allem möglichen anderen Grünzeug, und ihre Augen waren knallrot, so als hätte sie den ganzen Nachmittag geheult. Am schlimmsten aber war, wie dünn sie geworden war. Der Fahrtwind presste ihr die Jacke gegen den Oberkörper, und sie war so schmal, dass ich Angst hatte, die nächste Bö würde sie vom Rad heben.

Sie entdeckte mich erst auf den zweiten Blick, und anscheinend musste ich sie ziemlich schockiert anstarren, denn über ihr Gesicht glitten innerhalb einer Sekunde eine ganze Latte an Gefühlen: Überraschung, Freude, Verunsicherung, Trotz. Ich ließ sie gar nichts sagen, sondern stürzte auf sie zu, zog sie vom Fahrrad und drückte sie an mich. Und dann atmete ich auf, denn sie fühlte sich wesentlich stabiler an, als sie aussah. Allerdings auch angespannter.

Aber nicht mehr lange. Ich strich ihr über den Rücken und hielt sie fest, bis ihre Körperspannung nachließ und sie sich an mich schmiegte. Irgendwann machte sie sich los.

»Wie lief das Training?«, murmelte sie, während sie sich umdrehte und die Haustür aufschloss.

»Gut.« Ich folgte ihr in den Flur und streifte mir die Sneakers von den Füßen. »Dari war super. Um sie mache ich mir keine Gedanken. Ich weiß nur nicht, ob ich es hinkriege.«

Frida sah auf. Einen Moment lang musterte sie mich, dann nahm sie mir völlig den Wind aus den Segeln, als sie sagte: »Du bist der beste Reiter, den ich kenne. Die müssen froh sein, dass sie dich kriegen.«

Ich konnte ihr nur in die Augen starren. Sie meinte es ernst, ohne Frage, aber da war ein Ausdruck in ihrem Blick, der mir das Gefühl gab, dass sie es nicht nur als Kompliment meinte. Dass ein Vorwurf mitschwang, den ich nicht zu fassen kriegte. Etwas meldete sich in meinem Bauch, was ich gerade gar nicht brauchen konnte. Es bekam sofort eins auf den Deckel.

»Warst du im Naturschutzgebiet?«, wechselte ich das Thema.

Sie schien froh darüber zu sein, denn sie nickte, schob sich an mir vorbei ins Gästeklo, und während sie sich die Hände wusch, erzählte sie: »Den ganzen Nachmittag. Ich finde einfach nichts.«

Sie seufzte, griff nach dem Handtuch und steuerte die Küche an, wo sie eine Tüte Chips aus dem Schrank angelte. Ich folgte ihr wie ein Hund.

»Wo willst du hin?«, fragte ich, als sie wieder in den Flur und Richtung Treppe ging.

»In mein Zimmer«, antwortete sie verwundert. »Kommst du?«

Auf der untersten Stufe bekam ich sie zu fassen und bugsierte sie mit sanftem Druck zurück in die Küche.

»Nichts da«, widersprach ich, »du musst was essen. Was Richtiges«, schob ich hinterher, als sie die Chipstüte hochhielt.

Kapitulierend schnaufte sie, setzte sich an den Tisch und ließ den Kopf auf die Arme sinken. Mit einem kleinen Lächeln beobachtete sie, wie ich im Kühlschrank und in der Speisekammer auf Nahrungssuche ging. Am liebsten hätte ich ihr Milchreis gekocht, den hatte mir mein Opa immer gemacht, und das Problem musste erst noch erfunden werden, bei dem Milchreis nicht wenigstens ein bisschen half. Aber wenn ich nicht wollte, dass Frida in der Zwischenzeit verhungerte, musste ich mir was anderes einfallen lassen. Also rührte ich Eier, Milch und Mehl zusammen und stellte zehn Minuten später Pfannkuchen mit Zimt, Zucker und Apfelmus vor sie auf den Tisch. Sie waren nur minimal angebrannt.

Fridas Lächeln hatte sich verwandelt, in einen Blick, der in meinem ganzen Körper kribbelte. Sie aß einen Bissen, schloss beim Kauen die Augen, und als sie runtergeschluckt hatte, beugte sie sich zu mir, schlang mir den Arm um den Hals und drückte ihre Lippen auf meine.

Sie schmeckte süß und zimtig und ihr Kuss breitete sich wie ein Beben von meinem Mund bis in meine Zehenspitzen aus. Jetzt war ich doppelt froh, dass wir nicht in ihr Zimmer gegangen waren. Dort hätte ich für nichts mehr garantieren können.

Nachdem ich den Überfall verkraftet und ihre Begeisterung eine Weile ausgekostet hatte, bremste ich sie ein bisschen. Als unser Kuss langsamer wurde und sie leise seufzte, dachte ich echt, mir würde die Birne wegfliegen. Aber ich behielt meine Hände brav bei mir, und nach zwei oder drei Minuten schaffte ich es sogar, mich zurückzulehnen und zu sagen: »Du solltest essen. Deine Pfannkuchen werden kalt.«

Mit Genugtuung stellte ich fest, dass Fridas Gesicht wieder Farbe bekommen hatte. Sie blinzelte ein paarmal, setzte an, etwas zu sagen, überlegte es sich dann anders und haute bei den Pfannkuchen rein, als wäre sie am Verhungern. Gut, ganz auszuschließen war das nicht, aber bei den Seitenblicken, die sie mir zuwarf, hatte ich den Verdacht, dass ihr was ganz anderes als Essen durch den Kopf ging. Ich gab mir nicht mal Mühe, mein Grinsen zu verbergen.

»Also ist Dari fit?«

Wir lagen auf Fridas Bett, ich hielt sie im Arm und mein Herz beruhigte sich nach der Knutscherei der letzten zehn Minuten nur langsam. Ich brummte in ihre Haare. »Fit wie ein Turnschuh.«

Frida kicherte. Oh Mann, ich liebte es, wenn sie kicherte. Gerade nahm ich einen neuen Anlauf, sie zu küssen, als sie flüsterte: »Ich wünschte, du könntest morgen dabei sein.«

Okay, den Kuss musste ich verschieben. Stattdessen zog ich sie näher an mich. Das war auch in Ordnung.

»Was könnte ich denn tun?«, flüsterte ich zurück. »Es ist jetzt, wie es ist.«

Die Art und Weise, wie Frida in meinen Armen erstarrte, rief klar und deutlich: Du Vollidiot! Sie hat gerade den halben Tag im Gehege verbracht, um eine Lösung zu finden! Sie hat noch Hoffnung!

Mit einem tiefen Atemzug löste sich Frida von mir und stand auf. Ich wollte sie festhalten, aber das hätte die Sache nur schlimmer gemacht. Leise seufzend setzte ich mich hin.

Frida starrte auf den Boden und rieb sich über die Stirn. »Ich kann das nicht glauben.«

»Frida.« Ich stand ebenfalls auf und trat einen Schritt auf sie zu.

»Du rennst seit Wochen im Gehege rum und hast nichts in der Hand. Wie sollen wir denn über Nacht noch was finden, was den Verkauf morgen verhindert?«

Sie warf mir einen kurzen Blick zu. »Aber irgendwas muss es geben! Vielleicht hab ich eine Pflanze übersehen oder irgendwo liegt Müll rum oder was weiß ich! Vielleicht legt jemand Köder aus!«

»Wer hätte denn was davon?« Ich schüttelte den Kopf. »Nein, Frida, ihr habt das Wasser untersucht und das Heu und alles andere habt ihr nicht in der …«

»Ihr! Ihr!« Sie sah jetzt echt ziemlich gefährlich aus mit ihren wirren Haaren und den blitzenden Augen. »Wieso nicht wir? Mann, früher haben wir alles gemeinsam gemacht, ich hab dir mit Dari immer geholfen! Und jetzt interessierst du dich nicht die Bohne dafür, was mir wichtig ist.«

Mir blieb die Luft weg. »*Ich* interessiere mich nicht dafür, was *dir* wichtig ist? Geht's noch? Hast du in den letzten Tagen nur ein Mal beim Training vorbeigeschaut? Ich hab morgen die Chance, Dari endlich ganz für mich zu haben und nicht mehr damit rechnen zu müssen, dass mein Vater sie mir wegnimmt, und da gehst du ernsthaft davon aus, dass ich die Gelegenheit in den Wind schlage und stattdessen versuche, ein paar kranke Ponys vorm Schlachter zu retten, denen nicht mehr zu helfen ist? Hörst du dir eigentlich zu?«

Ich war so wütend, dass es mir nicht mal leidtat, wie schockiert sie wirkte.

»Wieso sollte Dari wichtiger sein als eine ganze Herde Pferde?«, flüsterte sie mit weißen Lippen.

»Weil Dari mein Pferd ist!«, brüllte ich, fassungslos darüber, dass ich ihr das echt erklären musste. »Die Koniks sind einfach ein paar Wildpferde.«

»Für mich nicht.« Ihre Stimme war kaum zu hören. »Für mich sind sie Freunde.«

Mit dem letzten Wort war die Luft raus. Wir standen beide da, mit hängenden Armen, und starrten auf den Boden. Als der irgendwann nicht mehr rot glühte, sah ich auf und suchte Fridas Blick, aber sie hatte den Kopf abgewandt. Irgendwas war gerade kaputtgegangen, auch wenn ich nicht wusste, was.

Fridas »Ich glaube, du gehst jetzt besser« zeigte mir, dass sie es auch spürte.

Die Nacht war richtig, richtig scheiße. Ich wälzte mich ewig hin und her, mal vor Wut, mal voller Selbstvorwürfe. Ein-, zweimal hatte ich das Smartphone schon in der Hand, um Frida anzurufen, ließ es dann aber doch bleiben.

Der Morgen war nicht viel besser. Ich stand ewig früh auf und fühlte mich wie durch den Fleischwolf gedreht. Wie ich aufs Pferd kommen, geschweige denn mich dort halten wollte, wusste ich nicht, und wie ich dann noch jemanden von meinem Talent überzeugen sollte, musste jemand beantworten, der deutlich schlauer war als ich. Fridas dürres »Viel Erfolg« trug auch nicht gerade dazu bei, dass meine Stimmung stieg. Sie hatte die Nachricht um Viertel vor fünf geschrieben – hatte sie wohl genauso schlecht geschlafen wie ich?

Diese Frage trieb mich noch um, als wir fast schon abfahrbereit waren. Mama wartete noch auf die angekündigte Strohlieferung, danach wollten wir sofort los. In Gedanken immer noch bei Frida, holte ich Dari aus der Box, prüfte ihre Hufe und legte ihr die Transportgamaschen an. Sie trat einen Schritt zur Seite, als ein Trecker um die Ecke gebrettert kam.

»He!«, rief ich, bevor ich mich daran erinnerte, dass ich Dari nicht zusätzlich aufregen wollte, und den Fahrer stattdessen bitterböse anstierte. Offensichtlich hatte er noch nichts davon gehört, dass man auf Pferdehöfen Schrittgeschwindigkeit fuhr.

Der Lärm hatte wohl auch Mama aufgeschreckt, jedenfalls stürzte sie aus dem Büro und machte beschwichtigende Armbewegungen, die der Vollidiot missverstand. Statt stehen zu bleiben, setzte er zurück und lenkte den voll bepackten Ladewagen auf den Weg zwischen Spring- und Dressurplatz. Das machte er ja ganz geschickt, die falsche Richtung war es trotzdem.

Mama warf mir einen genervten Blick zu, ich war aber zu sehr mit Dari beschäftigt, um zu reagieren. Dabei hielt sie sich super. Nach dem ersten Schrecken hatte sie das Gespann zwar nicht aus den Augen gelassen, aber sie beobachtete es eher neugierig als alarmiert. Ich kraulte ihren Widerrist, bis Mama den Trecker erreicht, den Fahrer rundgemacht und ihn Richtung Scheune gelotst hatte. Er fuhr so folgsam hinter ihr her, dass ich Zeit hatte, den Aufdruck auf dem Ladewagen zu entziffern. »Gut Braslow. Gutes Land, guter Geschmack« stand da rund um eine Sonne, die zwischen Getreidehalmen hindurchschien. Ich schnaubte.

Von Gut Braslow hatte Mama mir einiges erzählt. Es war eher eine Fabrik als ein Bauernhof, und der Verwalter, ein Herr Laßmann, hatte wohl gnadenlos verhandelt, bis sie sich über den Preis des Strohs einig geworden waren. Sie meinte, sie hoffte nur, Robert würde im kommenden Jahr wieder eine gute Ernte einfahren. Alles andere konnten wir uns nicht leisten.

Und schon waren meine Gedanken wieder bei Frida. Ich seufzte, beendete die Kuscheleinheit und band Dari los. Während ich sie zum Hänger führte, fragte ich mich zum bestimmt hundertsten

Mal, ob Frida nicht doch recht gehabt hatte. Ob wir zusammen endlich etwas gefunden hätten, was das Rätsel um die Koniks gelöst hätte. Egal, was ich gestern im Zorn behauptet hatte – natürlich ging es mir nicht am Arsch vorbei, was aus den Wildpferden wurde. Es war immer schlimm, wenn man keine Erklärung für eine Krankheit fand. Da wäre es fast noch besser gewesen, wenn es doch an Roberts Heu gelegen hätte. Na ja, fast.

Mitten auf der Rampe blieb ich stehen, sodass Dari beinahe in mich reingelaufen wäre. Heu. Ein rundes Logo auf einem Anhänger. Rundballen. Mit einem Mal hatte ich eine Vorstellung davon, was mit den Koniks passierte. Ich wusste noch nicht, warum, doch das würde ich herausfinden. Aber erst musste ich zu Frida.

Fünf Sekunden später hatte ich Dari von der Rampe geschoben. Mama, die die Aufsicht über die Strohlieferung anscheinend an Tadeusz abgegeben hatte, kam um die Ecke.

»Alles klar. Wir können …« Sie stockte und blieb stehen. »Was ist los, Jannis?«

»Ich lasse die Sichtung sausen«, erklärte ich knapp, während ich Dari die Gamaschen abnahm, sie zur Aufstieghilfe führte und mich auf ihren Rücken schwang. In ein paar Worten erzählte ich Mama, was ich mir gerade zusammengereimt hatte. »Es geht nicht anders. Frida ist total unglücklich. Wenn ich sie damit jetzt im Stich lasse …«

»Ist okay.«

»Was?«

»Es ist okay. Ich verstehe dich. Sei vorsichtig. Ich komme zum Sammelplatz nach und irgendwie lösen wir die Sache.«

Manchmal war meine Mutter ziemlich großartig.

Ich lächelte sie an. »Dann bis später.«

Frida

Mehr als zwei Stunden Schlaf hatte ich in der Nacht nicht zusammenbekommen. Nach diesem Desaster mit Jannis war ich erst mal zu gar nichts in der Lage gewesen, aber irgendwann hatte ich den Gedanken an ihn und damit alle Enttäuschung und den Schmerz weggeschoben. Ob zwischen ihm und mir noch was zu retten war, wusste ich nicht, es würde auch reichen, wenn ich mich am Sonntag darum kümmerte. Aber etwas anderes, das musste ich jetzt retten.

Ich hatte also Mama und Papa noch mal bearbeitet. Das Gute an Jannis' und meinem Streit war, dass ich angemessen fertig aussah, deswegen nahmen sie überhaupt noch ernst, was ich sagte. Trotzdem beharrten sie darauf, dass sie nichts mehr tun könnten, und schickten mich irgendwann gegen Mitternacht ins Bett. Da war die Stimmung schon seit einer Stunde im Keller.

Und jetzt streifte ich seit Sonnenaufgang im Konikgehege herum und versuchte, jeden Gedanken aus meinem Gehirn zu verbannen, der mir wegen der kranken Pferde jemals gekommen war. Ich wollte ganz frisch an die Sache rangehen. Na ja, so frisch es nach einer Woche Schlafmangel eben ging.

Um es kurz zu machen: Ich kam immer wieder zu denselben Schlussfolgerungen. Oder anders gesagt: Ich drehte mich im Kreis.

Und das nicht nur gedanklich, wie mir irgendwann auffiel. Nemo hatte sich mir ungefähr eine halbe Stunde, nachdem ich ins Naturschutzgebiet gekommen war, angeschlossen, hielt aber

Abstand. Anscheinend war ich wirklich ganz schön durch den Wind. Jetzt hatte er komplett die Geduld verloren und wartete am Rand einer kleinen Senke, durch die ich gerade stolperte. Und nicht zum ersten Mal. Ich erkannte die Stelle – beim letzten Mal hatte ich mich noch so darüber geärgert, dass die Leute selbst hier im Naturschutzgebiet ihren Müll abluden. Damals hätte es ja noch Zufall sein können, irgendein Stück Folie, das der Wind angeweht hatte, aber als ich mich umsah, entdeckte ich unter einem Busch schon wieder einen weißen Fetzen Plastik. Obwohl ich wirklich andere Sorgen hatte, bückte ich mich und wollte danach greifen, als mir ein seltsames Büschel auffiel. Das heißt, an dem Büschel war nichts Seltsames, im Gegenteil, so was lag bei uns auf dem Gut haufenweise rum. Aber der Ort war eigenartig. Es war nämlich Heu. Und zwar nicht nur ein bisschen, sodass man das Büschel für ein wenig verdorrtes Gras hätte halten können, nein, es lag im Umkreis von bestimmt vier Metern überall verstreut.

Die Fragen stürzten wie ein Platzregen auf mich ein. Wie konnte hier Heu sein, wenn Papa seines einen halben Kilometer entfernt ablegte? Hatten die Koniks es bis hierher geschleift? Wenn so was überhaupt möglich war, wieso hätten sie so etwas getan? Und warum hatten sie es dann nicht gefressen?

Ich fasste nach den Büscheln. Je mehr ich zusammentrug, desto stärker wurde mein Verdacht. Einen nach dem anderen zog ich die Halme aus dem Heuhäufchen vor mir.

Und dann atmete ich tief durch.

Das war es, wonach wir gesucht hatten. Was all die Symptome bei den Koniks ausgelöst hatte. Was jeder Pferdebesitzer fürchtete, weil schon kleine Mengen davon tödlich sein konnten. Gezackte Blätter und kleine gelbe Blüten. Jakobskreuzkraut. Im Heu.

Langsam richtete ich mich auf. Mein Herz schlug so schnell, dass sich alles um mich drehte. Da war unsere Antwort. Verunreinigtes Heu, durch das die Wildpferde vergiftet worden waren. Endlich, endlich ergab alles einen Sinn.

Blieb nur eine Frage: Wer hatte dieses gefährliche Heu ins Naturschutzgebiet gebracht?

Ich zwang mich, für einen Moment die Augen zu schließen. Als ich sie wieder öffnete, fiel mein Blick auf die weiße Folie. Und plötzlich war es, als würde ein Streichholz in einen Haufen Knallfrösche fallen. Ein Gedanke nach dem anderen machte PENG! – PENG! PENG! PENG! –, bis sich der Rauch lichtete und sich ein Bild vor mein inneres Auge schob: ein Trecker, der im Schatten einer Baumreihe weiße Rundballen stapelte. Damals, bei dem Spaziergang mit Nils und Marit, war es mir schon seltsam vorgekommen, dass jemand sein Heu so weit weg vom Schuss lagerte. Was, wenn dieser Jemand eine Entsorgungsmöglichkeit für schlechtes Heu gesucht hatte und dachte, er hätte sie bei den Koniks gefunden?

Mein Herz klopfte wie bei meinen schlimmsten Panikattacken, aber endlich kam das nicht daher, dass ich mich hilflos fühlte. Endlich wusste ich wieder, was ich zu tun hatte! Ich musste den Bauern finden, dem die Rundballen gehörten – nein, besser noch, ich musste Proben von den Rundballen nehmen und damit beweisen, dass sie die Ursache für die Vergiftungen waren. Dann konnten die Koniks in Eldenau bleiben. Den Rest sollte ruhig die Polizei übernehmen.

»Das ist es, Kleiner!«, rief ich und rannte auf Nemo zu.

Er reagierte mit kaum mehr als einem Ohrenzucken auf mich, sondern hielt den Kopf Richtung Süden gewandt. Waren die Treiber schon unterwegs? Kamen sie auf uns zu?

Aber dann hörte ich es auch.

»Frida?«, rief jemand. »FRIIIIDA!«

Keine dreißig Sekunden später tauchte Jannis auf der anderen Seite der Senke auf und starrte mich mit mindestens so großen Augen an wie ich ihn.

Einen Moment lang waren wir beide zu verblüfft, um etwas zu sagen, dann stellte er fest: »Das ist ein Konik«, während ich gleichzeitig fragte: »Was machst du hier?«

»Das ist Nemo«, stellte ich klar, während er antwortete: »Ich hab dich gesucht.«

Die Situation war so absurd, dass wir beide grinsen mussten. Und plötzlich schien diese Entfernung zwischen uns lächerlich. Überflüssig. Bedrohlich. Ich sah es in seinem Gesicht, bevor sich einer von uns auch nur bewegte, dass wir gleichzeitig einen Schritt nach vorn machen würden, aufeinander zu. In der Mitte der Kuhle trafen wir uns, und es war das Normalste auf der Welt, dass er seine Arme um mich schlang.

»Es tut mir leid«, flüsterte er und sah mir in die Augen, bis jedes böse Wort vergessen war.

»Mir auch.«

Da fiel mir wieder ein, warum er gar nicht hier sein durfte. »Was ist mit der Sichtung?«

Er schüttelte den Kopf. »Ist jetzt nicht wichtig.«

Klar, die Zeit rannte uns davon, die Treiber saßen uns schon im Nacken, und uns blieben nur ein paar Stunden, um eine ganze Herde Wildpferde zu retten, aber ich musste ihn einfach küssen. Ich umfasste sein Gesicht, drückte die Lippen auf seine und war drauf und dran, Wildpferde Wildpferde sein zu lassen, als eines hinter mir vernehmlich schnaubte.

Jannis' Mund verzog sich zu einem Grinsen und der Moment war vorbei. Widerwillig löste ich mich von ihm.

»Dein Freund ist ganz schön eifersüchtig, was?«

»Kann man so sagen«, antwortete ich trocken.

Aber Jannis ließ sich gar nicht aus dem Konzept bringen. Sein Grinsen wurde breiter. »Du nennst einen wilden Hengst im Ernst nach einem Fisch?«

»Nee, nach einem U-Boot-Kapitän.« Ich verdrehte die Augen. »Ich mache euch später bekannt, aber erst muss ich dir was erzählen. Neulich, als ich …«

»Frida«, fiel er mir ins Wort, »warte mal. Du hattest recht mit dieser Vergiftungsgeschichte. Ich hab gesehen, wie jemand mitten in der Nacht Heu hierhergebracht hat, und ich wette, es war kein gutes. Irgendwie müssen wir an das Heu von Gut Braslow rankommen.«

Schweigend hörte ich mir seine Geschichte zu Ende an, wie ihm ein Trecker von dem Gut entgegengekommen und ihn in den Graben gedrängt hatte, wie er heute Morgen bei der Strohlieferung die Verbindung hergestellt hatte. Alles, was eben noch Vermutung gewesen war, wurde jetzt extrem wahrscheinlich. Um nicht zu sagen, sicher.

»Am besten gehen wir zur Polizei«, schloss Jannis. »Wir müssen so viel Lärm schlagen wie möglich, damit können wir zumindest Zeit schinden. Und dann sorgen wir dafür, dass die Koniks bleiben dürfen.«

Einen Moment lang antwortete ich nicht. »Bisschen dürftig, das Ganze, oder?«, sagte ich dann. »Du bist doch sonst der Erste, der der Polizei unterstellt, sie würde nicht genug unternehmen.«

»Aber … du …«, stotterte er, doch ich grinste ihn an.

»Wie gut, dass ich schon weiter bin.« An der Hand zog ich ihn zu dem Gebüsch, unter dem die weiße Folie lag. »Da. Damit waren die Ballen eingeschweißt. Und wo der Rest davon liegt, weiß ich auch.«

Jannis war noch nicht in der Lage, etwas dazu zu sagen, deswegen redete ich weiter.

»Wir müssen zu dieser Wiese an der Wiek, dort ist bestimmt noch mehr von dem Zeug. Ich bin neulich vorbeigekommen, als ein Trecker da mindestens zehn Ballen aufgeschichtet hat. Wenn wir Proben holen und ins Labor schicken, haben wir endlich den Beweis, den wir brauchen. Und dann können die Koniks bleiben.« Ich lächelte Nemo an, der neben mir stehen geblieben war, und strich ihm über den Hals.

Jannis wirkte nicht so fröhlich. »Das ist gut, ja, aber meinst du, es geht schnell genug? Wenn wir bis heute Nachmittag nichts in der Hand haben, sind die ersten Koniks weg.«

»Dann müssen wir eben so lange auf den Schutzverein einreden, bis sie den Verkaufsbeginn aufschieben!«

Jannis antwortete einen Moment lang nicht. »Oder wir verstecken die Herde.«

Ich starrte ihn an. »Verstecken? Im Naturschutzgebiet? Eine Herde von hundert Pferden?«

Hilflos zuckte er mit den Schultern. »Oder außerhalb. Gibt's denn keinen anderen Weg aus dem Naturschutzgebiet als den Haupteingang?«

Heiser lachte ich auf. »Klar. Übers Wasser.«

Jannis fuhr sich durch die Haare und brummte. »Hm. Schwierig. Also … also müssten wir sie so lange vom Sammelplatz fernhalten wie möglich. Wo wären sie im Naturschutzgebiet am weitesten vom Eingang entfernt?«

Ich überlegte. »An der Nordostspitze wahrscheinlich. Die Helfer kommen von Süden und treiben die Koniks vor sich her Richtung Strand. Da ist eine Absperrung, an der entlang die Pferde auf den Hauptweg geleitet werden. Und über den kommen sie zurück zum Sammelplatz am Eingang.« Langsam formte sich eine Idee. »Wir könnten die Absperrung so aufstellen, dass die Koniks nicht nach Süden, sondern weiter nach Nordosten gelenkt werden. Das sind nur ein paar Flatterbänder, da steht keiner. Bis die Treiber merken, dass die Pferde nicht auf der vorgesehenen Route geblieben sind, sind sie vielleicht fast schon wieder zurück an der Sammelstelle. Und damit gewinnen wir zwei, wenn es gut geht, drei Stunden.«

Jannis strahlte. »Das ist es! Du hältst die Herde zusammen, und ich besorge in der Zwischenzeit die Heuproben.«

Bei dem Gedanken wurde mir flau im Magen. So weit hatte ich nicht gedacht. »Nein. Das geht nicht. Allein kann ich das auf keinen Fall. Wir müssen das gemeinsam machen.«

»Aber wie denn? Wer soll dann die Proben holen? Wir haben die Zeit nicht! Frida, du kriegst das hin. Du kannst das.«

Er sah mir in die Augen, aber natürlich verstand er nicht. Er wusste nicht, wie es war, wenn ich mehr als zwei Pferden gegenüberstand. Ich hatte es ihm nie sagen können, und jetzt wollte er, dass ich hundert wilde Koniks zusammenhielt. Mechanisch schüttelte ich den Kopf.

Jannis guckte immer ratloser. »Aber wenn *du* das nicht schaffst, dann schafft es …«

Er brachte den Satz nicht zu Ende, denn unter uns bebte der Boden. Schneller, als wir reagieren konnten, stürmten mindestens zwanzig Pferde heran. Sie erreichten den Rand der Senke und rannten direkt auf uns zu. Nemo wieherte und drehte sich um, was dann passierte, bekam ich nicht mehr mit, denn ich warf die Arme über den Kopf, kniff die Augen zu und ging in die Hocke. Rechts und links von mir galoppierten die Pferde vorbei, hundert, tausend, eine Million.

So blieb ich, eine Minute, zwei, vielleicht fünf, bis ich mitbekam, dass mir jemand über den Rücken streichelte. Ich richtete all meine Aufmerksamkeit auf die Wärme der Hand, die ich durch meine Jacke spürte. Langsam passte sich mein Atem an die Bewegung an, und irgendwann hörte ich auch die Worte, die jemand flüsterte. Jannis.

»… ist gut … sie sind weg … es ist nichts passiert … alles ist gut …«

Als ich es schaffte aufzuschauen, sah ich in Jannis' Augen. Er war genauso blass, wie ich sein musste, und während sich unsere Blicke trafen, war es, als könnte ich dahinter die Puzzleteile an ihren Platz fallen sehen. Seine Hand erstarrte auf meinem Rücken.

»Du hast Angst.«

Jannis

Der Satz war draußen, bevor ich darüber nachdenken konnte. Er war so unglaublich, so monströs, dass ich schon dachte, sie würde zu lachen anfangen, trotz der letzten Minuten.

Aber er war auch die einzige sinnvolle Erklärung, nicht nur für die letzten Minuten, sondern auch für so viele Momente in den vergangenen Monaten. Momente, in denen ich dachte, sie würde mir ausweichen, oder nicht verstand, was mit ihr los war.

Die ganze Zeit hatte sie Angst. Vor Pferden. Wegen ihres Unfalls.

Und ich hatte es nicht kapiert.

Langsam kroch die Röte über ihr Gesicht, bis ich die Hitze, die sie ausstrahlte, spüren konnte. Sie machte den Mund auf, und ich wusste, was sie sagen würde, bevor ich es hörte.

»Ich hab mich so geschämt.«

»Das …« Langsam atmete ich aus. »… ist der größte Blödsinn, den ich je gehört habe.«

Frida presste die Lippen zusammen, und kurz dachte ich, sie würde anfangen zu weinen. Gut, es war vielleicht nicht die einfühlsamste Antwort aller Zeiten gewesen, aber ganz ehrlich, mit so was rechnete doch keiner.

Doch Frida hatte noch was auf Lager. »Wenn ich Angst habe vor Pferden und sie mir nicht mehr vertrauen, was ist dann noch besonders an mir?«, fragte sie, und sie klang fast wütend.

Ja, okay, ich bin nicht stolz drauf, aber die Wahrheit ist: Ich musste lachen.

Jetzt war Frida ernsthaft sauer, das konnte ich sehen. Sie stand auf, verschränkte die Arme und starrte mich aus schmalen Augen an. Grinsend stellte ich mich ebenfalls hin.

»'tschuldigung. Aber diese Frage von einem Mädchen, das sich mit einem Wildpferd anfreundet, hat echt was Komisches.«

Fridas Augen blitzten. Es war ein verdammt schmaler Grat, den ich da entlangstolperte, aber noch fiel ich nicht.

Ich griff nach ihrer Hand. Widerwillig ließ sie zu, dass ich sie aus ihrer Armbeuge zog. Viel ernster sagte ich: »Frida, ganz viele Reiter haben irgendwann in ihrem Leben Angst vor Pferden. Manche sogar ständig. Aber denen vertraut garantiert kein Pferd. Dir schon.«

Sie schüttelte heftig den Kopf. »Nein, du hast das nicht erlebt, wenn … wenn ich zu den Ponys gegangen bin. Die haben mir nicht …«

»Er tut's«, unterbrach ich sie. Ich deutete zum Rand der Senke, wo der kleine Konikhengst wieder aufgetaucht war.

Fridas Mund wurde weich. »Das ist was anderes. Bei ihm hab ich …«

»… dir selber vertraut?« Ich ließ sie nicht aus den Augen.

In ihrem Gesicht jagte ein Gefühl das andere, Zweifel, Freude, Trauer, Erleichterung. Dann runzelte sie die Stirn und schaute mich an. »Du bist so ein Klugscheißer.«

Überrascht fing ich an zu lachen, dann zog ich sie an mich. Sie legte die Arme um meinen Rücken. Das nahm ich mal als gutes Zeichen.

»Frida, egal, was mit dir ist«, flüsterte ich, »egal, wovor du Angst hast, du wirst immer besonders für mich sein. Das Besonderste.«

Sie lachte erstickt auf. »Das Besonderste.«

»Mhm«, machte ich. »Nur …«

»Was?«, fragte sie misstrauisch und lehnte sich ein bisschen von mir weg, um mich anzusehen.

»Können wir jetzt endlich diese Pferdeherde retten?«

Frida

»Dann können die endlich auch mal … was Sinnvolles tun«, schloss ich keuchend, als wir fast schon am Camp von Animal Attack waren. Vorhin, als wir nach meinem Aussetzer unseren unausgegorenen Plan noch einmal durchgegangen waren, hatte ich eine Idee gehabt, wie wir die Koniks aus der Schusslinie bekommen konnten, ohne zu riskieren, von den Treibern entdeckt zu werden. Ich hatte Jannis' Meinung dazu gar nicht erst abgewartet, sondern war sofort losgelaufen.

Jetzt warf er mir einen eher skeptischen Blick zu, doch weil er nach der ganzen Rennerei genauso schwer atmete wie ich, sagte er nichts. Er hatte schon recht, bisher waren die Animal-Attack-Leute nicht gerade eine Hilfe gewesen. Außer Videos zu drehen und Plakate zu schwenken, war ihnen in der ganzen Zeit nichts Sinnvolles eingefallen. Aber wenn wir ihnen ein durchführbares Vorhaben präsentierten, sprangen sie hoffentlich darauf an. Dass ich an der Durchführbarkeit meine Zweifel hatte, durfte ich ihnen eben nicht auf die Nase binden.

»He! He, wo kommt ihr denn her?«, ätzte ein Typ in Cargohose und einem zerlumpten Hoodie, als wir über den Zaun kletterten und plötzlich neben ihm standen. Wir hatten uns so lang wie möglich im Schatten der Bäume gehalten, um nicht zu früh Aufmerksamkeit auf uns zu ziehen. Das hatte anscheinend geklappt.

»Ihr habt dadrin nichts verloren, das ist geschütztes Gebiet«, nervte er weiter, wahrscheinlich sauer, weil er uns nicht rechtzeitig gesehen hatte. Vielleicht musste er das Camp bewachen oder so. Allzu oft hatte der früher ja wohl kaum Cowboy und Indianer gespielt.

Auch Jannis beachtete ihn nicht, murmelte nur »Penner« und schob sich dazwischen, als der Typ mit einem weiteren »He!« nach meinem Arm griff.

Unbeeindruckt ging ich weiter. »Wir wollen nur mit Miri reden, also hab dich nicht so«, rief ich über die Schulter zurück.

»Ihr könnt hier nicht einfach rumlaufen!«, brüllte uns der Typ hinterher, aber wie es aussah, hatte er keine Idee, wie er uns davon abhalten sollte, denn er ließ uns laufen.

Durch sein Gekeife wurden jetzt immer mehr Leute auf uns aufmerksam. Verschlafene Gesichter zeigten sich in Zeltöffnungen, hier und da starrte uns jemand misstrauisch an. Dass die jetzt erst aus den Schlafsäcken krochen, war ziemlich verwunderlich. Wenn sie in dem Tempo weitermachten, waren die Koniks hinter der Grenze, bevor sie fertig gefrühstückt hatten.

Als ich ein Mädchen in Luises Alter fragte, wo wir Miri finden konnten, deutete sie nur zum vorderen Teil des Camps, sagte aber keinen Ton. Das Schweigen, das um uns herrschte, war ziemlich bedrückend.

»Ich fühle mich wie ein Stark, der in ein Lennister-Lager einbricht«, flüsterte Jannis mir zu, und dass ich laut auflachte, vertiefte das Stirnrunzeln der Umstehenden noch.

Ich griff nach Jannis' Hand und drückte sie. Wenn wir die Koniks retten wollten, hatten wir heute noch einiges zu tun, und trotzdem fühlte es sich an, als wäre alles wieder gut. Jannis war bei mir, er wusste Bescheid über … über mich und wir hielten zusammen. Egal, was später noch auf uns wartete, gemeinsam konnten wir es schaffen.

Je näher wir dem Teil des Lagers kamen, der dem Haupteingang des Naturschutzgebiets und damit dem Sammelplatz am nächsten lag, desto mehr Betrieb herrschte. Immer wieder wehte der Wind vielstimmige Rufe herüber, die nach »Rettet die Koniks! Rettet die Koniks!« klangen. Irgendjemand war also am Protestieren, was sie forderten, wussten sie aber anscheinend immer noch nicht genau.

»Frida!«

Ich zuckte zusammen, obwohl Miri weder besonders laut gerufen hatte noch besonders verärgert klang. Jannis spürte es natürlich und strich mir beruhigend über den Handrücken. Mit einem kleinen Lächeln machte ich mich los. Irgendwie hatte ich den Eindruck, dass sie uns ernster nehmen würden, wenn wir nicht Händchen hielten.

Wir wandten uns nach rechts, von wo Miris Stimme gekommen war. Miri stand mit ein paar anderen um einen Campingtisch, auf dem zusammengerollte Banner, eine Landkarte, Flyer und eine große Brötchentüte lagen. Außer Miri kannte ich nur den Typen, der sich gerade über den Tisch beugte, eine Tasse schwarzen Kaffee in der Hand hielt und ein verwaschenes T-Shirt mit dem Aufdruck »There is no Planet B« trug. Es war der aus den Videos.

»Hallo, Miri«, begrüßte ich sie, so locker ich konnte, dann winkte ich in die Runde. »Ich bin Frida und das ist Jannis.« Ich fühlte meinen Puls in den Ohren, aber wenn ich so tat, als wäre es das Normalste von der Welt, hier in aller Frühe aufzukreuzen, kamen sie vielleicht nicht auf die Idee, uns rauszuschmeißen, bevor wir ihnen von unserem Plan erzählen konnten.

Die Taktik schien aufzugehen. »Ähm, hi«, sagte Miri, dann zeigte sie auf den Typen, den ich letzte Woche schon getroffen hatte. »Das ist David. Er hat das alles hier organisiert.«

Ich nickte ihm zu, aber Miri redete schon weiter. »Das sind Sina, Ann-Kathrin und Justus.« Nacheinander deutete sie auf eine extrem schlanke, braun gebrannte Frau mit blonden Dreadlocks Mitte zwanzig, ein Mädchen mit rot gefärbten Haaren in Theos Alter, das in drei Fleecejacken noch zu frieren schien, und einen pickligen, vielleicht achtzehnjährigen Jungen. Er war mindestens zwei Meter groß. Der verschlissene Parka, den er trug, war ihm viel zu weit, ging ihm aber höchstens bis zur Hüfte. Er hob grüßend die rechte Hand, in der er ein Vollkornbrötchen hielt. Mein Magen knurrte.

»Du bist Theos kleine Schwester, oder?«, fragte David.

Ich nickte, auch wenn er sich das »kleine« hätte sparen können.

»Dann bist du auch eine von denen, die Pferde am liebsten in Boxen sperrt und ihnen Zöpfchen flicht? Was willst du hier?«, schaltete sich Sina ein. Ihre Stimme klang nach mehreren Schachteln Zigaretten zu viel.

Ich spürte, dass Jannis in Kampfhaltung ging, und griff nach seinem Arm. »Euch um Hilfe bitten.«

Sina starrte mich weiter misstrauisch an, aber in den Gesichtern der anderen machte sich Überraschung breit.

David stellte seine Tasse auf dem Tisch ab, richtete sich auf und verschränkte die Arme. »Aha. Und was sollen wir für dich tun?«

»Ihr sollt den Treibern zuvorkommen.«

Noch mehr Verblüffung. Nach einem Moment des Zögerns nickte David mir zu. Das sollte wohl heißen, ich durfte ihnen unseren Plan erklären. Und das tat ich.

Jannis

Es war ein komplizierter Plan, und die Chancen, dass er gelang, standen nicht allzu gut. Aber immerhin war es mehr, als sie hatten.

»Verstehe ich das richtig?«, fragte David, als Frida fertig war und er einen Blick mit den anderen getauscht hatte. »Wir sollen uns ins Konikgehege schleichen, eine Menschenkette bilden und die Pferde Richtung Nordosten treiben, wo du auf uns wartest. Danach sollen wir verschwinden und dich machen lassen. Und das alles, ohne dass diese Verbrecher vom Schutzverein was mitbekommen?«

Bei »Verbrecher« schnaufte ich schwer, doch ich hielt mich zurück.

Frida biss sich auf die Lippe, dann antwortete sie: »Genau.«

David nickte nachdenklich. Sina sah zwischen ihm und Frida hin und her und bekam langsam Schnappatmung, doch anscheinend wurde nicht dazwischengequatscht, wenn David verhandelte.

Nach einer effektvollen Pause fragte er: »Und wozu? Was hast du vor?«

Frida holte Luft. »Das kann ich euch nicht sagen.«

Sina schnaubte abfällig und wandte sich halb ab, aber als bei David nur die Augenbrauen nach oben wanderten und die drei übrigen weiterhin fasziniert zuhörten, drehte sie sich wieder zu uns.

»Aha.« David schien sich zu amüsieren.

»Ja«, sagte Frida fest. »Wenn es ohne euch ginge, würde ich es ohne euch machen, aber das ist eben nicht möglich. Sobald die Herde zusammen ist, übernehme ich, und was ich vorhabe, ist wahrscheinlich nicht vom Gesetz abgedeckt. Ihr könnt heute also hundert Wildpferde retten und müsst euch noch nicht mal die Hände schmutzig machen.«

Aus dem Augenwinkel sah ich Frida an. Ich musste dringend einen Blick auf ihre Streamingliste werfen. Ich hatte den Eindruck, sie guckte zu viele Gangsterserien.

Bei den Animal-Attack-Leuten schien die Masche aber zu ziehen. Sie wirkten alle ziemlich beeindruckt, nicht zuletzt David.

Nur Sina nörgelte wieder. »Und woher wissen wir, dass wir dem Schutzverein nicht in die Hände spielen und ihnen auch noch helfen, die Pferde loszuwerden? Du könntest sie ihnen ja einfach bringen. Wieso sollten wir dir vertrauen?«

Frida verlor die Geduld. »Weil ich hier aufgewachsen bin und mir Eldenau nicht ohne die Wildpferde vorstellen kann! Weil ich weiß, dass der gelbe Hengst mit seiner Familie am liebsten bei Sonnenuntergang am Bach ist und es in der Familie des dunkelgrauen Hengstes Zwillinge gibt, was so gut wie nie vorkommt! Weil ihr nicht mal wisst, dass sich die Herde in Familien unterteilt! Weil mir die Koniks wichtiger sind, als sie das für euch in hundert Jahren wären! Und weil ihr verdammt noch mal keinen besseren Plan habt und der größte Teil der Koniks heute Abend in einem Schlachthof in Polen landet, wenn ihr mir jetzt nicht helft, sondern weiter nur rumsteht und Plakate schwenkt!«

Ich hätte jetzt viel darum gegeben, sie in den Arm zu nehmen, aber ich durfte es nicht. Das hätte alles verdorben. Und sie brauchte es auch nicht, stellte ich fest, als sie mir einen schnellen Blick zuwarf. Ihre Augen blitzten.

Die Animal-Attack-Leute starrten Frida an. Sie war so laut geworden, dass bestimmt noch zehn andere stehen geblieben waren und guckten, was los war.

»Okay«, sagte Ann-Kathrin, die sich bisher noch gar nicht am Gespräch beteiligt hatte, und zuckte zusammen. Anscheinend wurde es nicht gern gesehen, wenn das Fußvolk dem Guru die Entscheidungen abnahm.

Doch David nickte nur. »Okay«, bestätigte er. »Wie viele Leute brauchst du?«

Aus Frida wich die Spannung. Sie atmete hörbar aus. »Fünfunddreißig.«

Davids Augenbrauen schossen nach oben.

»Ich nehme auch vierzig.«

Einen Moment lang starrte David sie an, dann brach er in dermaßen lautes Gelächter aus, dass im Umkreis von mindestens fünfzig Metern jedes Gespräch erstarb.

»Geht klar.«

Er winkte Frida neben sich an den Tisch, und in ein paar Minuten klärten sie, wo sie anfangen sollten, wie die Kette der Treiber verlaufen und wo Frida auf sie warten würde.

»Eins noch«, sagte Frida, als sie sich aufrichtete. Sie sah David an. »Ihr müsst aus dem Gehege verschwunden sein, bevor der Auftrieb losgeht. Das heißt, ihr braucht jemanden, der am Sammelplatz ist und euch Bescheid gibt.«

»Kein Problem.«

»Und was ist, wenn wir abbrechen müssen, bevor wir bei dir sind?«, warf Miri ein.

Frida sah mich kurz an. Dann zuckte sie mit den Schultern. »Die Koniks sind heute ziemlich unruhig, die merken, dass was im Busch ist. Wenn sie einmal in Bewegung sind, wird es schon klappen.«

Das »Hoffe ich«, das darin mitschwang, hörte hoffentlich nur ich. Aber am Ende war es auch egal – es war der beste Plan, den wir hatten.

»Ach, und …« Frida zögerte. »Im Gehege gibt es kein Handynetz. Könnt ihr euch sonst irgendwie abstimmen?«

»Du meinst, mit Buschtrommeln?« Sina war wieder obenauf, aber Frida ignorierte sie.

David auch. Er kramte zwischen den Handzetteln und der Brötchentüte herum. »Kein Problem. Wir nehmen das hier.«

Er hielt ein Walkie-Talkie hoch und Frida grinste.

»Praktisch.«

David lachte. »Und wie.« Er schien Frida zu mögen, denn nachdem er sie noch einen Moment angesehen hatte, griff er nach der Brötchentüte und hielt sie ihr hin. »Hunger?«

Falls es irgendeine andere Möglichkeit gegeben hätte, ich wäre nicht gegangen. Aber Frida war die Pferdeflüsterin, wenn wir eine Chance haben wollten, dass unser irrer Plan aufging, dann musste sie jetzt da durch. Und sie würde es schaffen. Am Ende zählten für Frida immer die Pferde.

So eines wäre jetzt echt praktisch gewesen. Stattdessen keuchte ich mal wieder zu Fuß durch die Gegend. Ich hatte Dari auf dem Gut gelassen, weil ich sie nicht ins Konikgehege hätte mitnehmen können. Einen Moment lang überlegte ich, mich in die Büsche zu schlagen und um den Sammelplatz herumzugehen, aber dann entschied ich mich dagegen. Erst musste ich Linh finden. Anders als ich war sie in der Gegend aufgewachsen und würde wissen, wo diese Wiese lag, auf der unsere Beweise warteten.

Möglichst unauffällig verließ ich das Animal-Attack-Lager und mischte mich unter die Helfer am Sammelplatz. Zum Glück war schon eine Menge Leute da, die sich an diesem diesigen Novembermorgen an ihren Kaffeebechern die Hände wärmten, andererseits machten die Demonstranten so viel Krach, dass ich so und so nicht groß beachtet worden wäre.

Während ich mich durch die Freiwilligen schlängelte, zog ich mein Handy aus der Tasche und rief Max' Nummer auf. Wo Max war, war auch Linh nicht weit. Eine Sekunde später hörte ich seinen Klingelton ein paar Meter rechts von mir. Als er ranging, antwortete ich gar nicht, sondern schob mich zwischen zwei Männern hindurch, die ich vom Sehen aus dem Dorf kannte.

Linh entdeckte mich als Erste und winkte mir zu. Max hatte einen Arm um ihre Schultern gelegt, wie meistens, seit er von der Sache mit Schanghai erfahren hatte, und sah mir gespannt entgegen, trotzdem haute ich im nächsten Moment die Bremse rein. Denn neben ihnen stand Theo und guckte extrem wütend.

»… Vollschuss, oder?«, sagte er, als ich in Hörweite kam. »Frida, das ist doch wohl die dümmste Idee seit … Natürlich, aber … Auf keinen …« Jetzt bemerkte er mich auch und warf mir einen mörderischen Blick zu. »Doch. Okay … Aber nur bis halb elf, kapiert? … Ja, gut. Gib mir mal Miri.« Er klang wieder normaler. »Hey. Bitte pass auf, okay? … Ja, ich versteh euch ja … Okay, bis dann.«

Als er aufgelegt hatte, runzelte er wieder die Stirn und deutete auf mich. »Wenn ihr nicht recht habt, wisst ihr, was los ist, oder? Jannis, das ist scheißgefährlich, und dass Frida das allein …«

»Das kann nur Frida. Jeder von uns wäre dabei absolut nutzlos.«

Er atmete tief durch und rieb sich über die Augen. »Ja. Ja, du hast recht. Dann macht, dass ihr wegkommt. Ich halte hier die Stellung.«

Ich nickte ihm zu und winkte Linh und Max, die uns mit großen Augen beobachteten. »Los jetzt. Ich erkläre euch alles unterwegs.«

Zehn Minuten später waren die beiden zwar im Bilde, aber von dem vielen Gequatsche, während wir rannten, blieb mir die Luft weg. Immerhin kam jetzt das Gut in Sicht.

»Was wollen wir … eigentlich da?«, keuchte Linh, und es war echt beruhigend, dass ich hier nicht der Einzige mit Konditionsproblemen war.

»Wir leihen uns … Fahrräder aus.«

Das schien ihr einzuleuchten, denn sie grinste und nickte zustimmend.

Ein paar Hundert Meter weiter erreichten wir auch schon den Hof des Guts. Dari hörte mich kommen und trabte wiehernd zum Gatter des Paddocks, auf den ich sie gebracht hatte, aber ich bog vor der Reithalle rechts ab und hielt auf den Schuppen zu, in dem die Benekes ihre Räder unterstellten.

»Mist«, stöhnte Max, und noch bevor ich ihn fragen konnte, was los war, sah ich es auch: Vor der Tür des Schuppens hing ein Zahlenschloss.

»Das heißt nichts«, meinte Linh, aber leider irrte sie sich.

So viel sie auch an dem Schloss rüttelte, es war tatsächlich abgesperrt.

»Ich fasse es nicht!« Aufgebracht trat sie gegen den Türrahmen.

»An dreihundertvierundsechzig Tagen im Jahr steht auf Eldenau jede Tür offen, und dann müssen sie unbedingt abschließen, wenn wir es eilig haben?«

Schnaufend drehte sie sich zu uns um. Max guckte sie an und bewunderte anscheinend ihre roten Wangen und die wirren Haare, aber ich war glücklicherweise schon einen Schritt weiter.

»Das ist nicht schlimm«, wiegelte ich ab. »Los, wir holen die Pferde.«

Es lag auf der Hand. Dachte ich jedenfalls.

»Bitte?« Linh starrte mich an, als wäre ich nicht ganz dicht. »Wozu das denn?«

Ich war schon losgelaufen. Jetzt drehte ich mich zu ihr um und grinste. »Na, um drauf zu reiten.«

»Ich kann nicht reiten und ich hasse Pferde.«

»Aber du würdest alles für Frida tun. Also komm und überlass uns den Rest.«

Mit verkniffenem Mund setzte sie sich in Bewegung. »Sagte der große Indianerhäuptling zur kleinen Squaw. Boah, ich frage mich echt, wie Frida es mit dir Macho aushält.«

Ich lachte. »Frida kann ja reiten.«

Hilfe suchend sah Linh Max an, aber der hielt sich aus gutem Grund raus und griff nur lächelnd nach ihrer Hand. Grummelnd folgte sie ihm.

Als ich fast bei Dari war, kamen mir doch Zweifel. Was würden die Benekes davon halten, wenn wir uns einfach eines ihrer Pferde ausliehen? Quatsch, sagte ich mir. Was sollte schon passieren? Wir ritten über ein paar Feldwege zu einer Wiese, holten einen Armvoll Heu und waren wieder zurück, bevor sie überhaupt merkten, dass eines fehlte.

Ich strich Dari über die Nase. »Gleich, Mädchen. Ich mache nur Iona fertig, dann geht's los.«

Als ich an Ionas Paddock nach ihrem Halfter greifen wollte, kam Max mir zuvor. »Lass mich. Welche ist Iona?«

Einen Moment zögerte ich, dann deutete ich auf die linke der beiden Highland-Stuten. »Da drüben, der Schimmel. Verhalte dich einfach so wie bei Selma.«

Max brummte nur, dann öffnete er das Gatter, und während er wie ein Profi auf Iona zuging und sie erst mal eine Runde streichelte, bevor er ihr das Halfter über den Kopf zog, schaute Linh mit großen Augen zu. Ich grinste in mich hinein. Anscheinend hatte er ihr noch nicht allzu viel von seinen Reitversuchen erzählt.

Aus der Sattelkammer – die natürlich offen stand – holte ich drei Reitkappen, dazu Ionas Trense und ihr Sattelpad und legte sie ihr an, Max kratzte ihre Hufe aus, ich führte Dari aus dem Paddock, und dann waren wir startklar.

Das heißt, Linh war plötzlich verschwunden.

»Linh?«, rief Max, während er Iona von der Aufstieghilfe weglenkte. Ich beobachtete ihn, wie er die Zügel vorsichtig aufnahm und sich in ihren Schritt einfühlte. Ja, das schien zu klappen.

Da tauchte Linh auch schon auf. »Okay, kann losgehen.«

Sie tat ganz geschäftsmäßig, aber jetzt war natürlich klar, dass der Moment der Wahrheit gekommen war. Ich hielt ihr den dritten Helm hin, grinste sie an und deutete auf Max.

»Er oder ich.«

Sie sah zwischen uns beiden hin und her. Dann seufzte sie schwer und wandte sich an Max. »Tut mir leid, ehrlich. Aber ich würde den Tag heute gern überleben.«

Max nahm es sportlich. Er sah sie nur mit hochgezogener

Augenbraue an und meinte: »Dein Verlust. Ich warne dich, Dari ist viel größer.«

Das stellte Linh wenig später auch fest, als ich sie von der Aufstieghilfe aus auf Daris Rücken zog. »Boah, geht's da weit runter. Ich glaub, mir wird schlecht.«

»Dann schau nicht nach unten«, meinte Max trocken.

Linhs Antwort wollte ich lieber nicht hören, also ritt ich Dari an, und ein paar Minuten lang hatte sie gut damit zu tun, sich an mir festzuhalten.

Die Wahrheit war, Linh machte es super. Ich hatte ihr gesagt, dass sie sich einfach entspannen sollte, und das tat sie. Sie ging seit Jahren ins Tanztraining und das kam ihr jetzt zugute. Schon nach ein paar Minuten traute ich mich, einen Trab vorzuschlagen, und auch wenn sie ziemlich laut schluckte, stimmte sie zu.

»Okay. Für Frida. Ich bleibe einfach weiter locker, oder?«

»Genau. Bei dir alles in Ordnung, Max?«

Er nickte und seinetwegen machte ich mir tatsächlich keine Sorgen. Iona hatte einen so weichen Trab, den konnte sogar Basti aussitzen. Und der war Spastiker.

Also trabten wir an. Nach dem ersten Schreck erinnerte sich Linh ans Loslassen, und bald merkte ich, wie sie sich entspannte. Jetzt kamen wir ordentlich voran, und Linh dirigierte uns durch das Gewirr der Wirtschaftswege bis zu einer Wiese an der Wiek, die halb versteckt hinter einem Wäldchen lag. Durch das schüttere Herbstlaub leuchteten uns weiße Ballen entgegen.

»Yes«, murmelte Max, und ich war beeindruckt, dass er nach dem flotten Trab dafür noch Luft hatte.

Linh glitt von Daris Rücken und brauchte dafür noch nicht mal Hilfe. Auch Max und ich saßen ab und ich drückte Max Daris Strick in die Hand.

»Lass die beiden grasen, okay? Wir kümmern uns um das Heu.«

Als er nickte, rutschte ich die Böschung hinunter, die die Wiese vom Feld trennte. Linh war schon ein paar Schritte voraus und hielt auf die Heuballen zu. Ich hatte ja keine Ahnung, wie lange die Leute von Gut Braslow ihr schlechtes Heu bei den Koniks entsorgt hatten, aber hier lagerten immer noch zwanzig Ballen. Wenn die alle mit Jakobskreuzkraut verseucht waren, konnte ich verstehen, dass sie nicht wussten, wohin damit. Solche Mengen konnte man noch nicht mal auf einem Feld verbrennen, das würde viel zu lange dauern. Aber die Wildpferde damit zu füttern, war natürlich die schlechteste Entsorgungsmöglichkeit.

Mittlerweile hatte ich Linh eingeholt, aber je näher wir den Ballen kamen, desto drängender wurde eine Frage, die ich überhaupt noch nicht bedacht hatte.

Linh sprach sie aus. »Wie willst du eigentlich das Heu transportieren?«

»Ähm.« Wie wollte ich überhaupt erst an das Heu kommen? Ich hatte nichts dabei, um die Folie aufzuschneiden. Bei der ganzen Aufregung, wie wir herkommen sollten, hatte ich darüber gar nicht nachgedacht.

»Das heißt wohl ›Keine Ahnung‹.« Linh warf mir einen belustigten Blick zu. »Da habt ihr ja mal Glück, dass ich mitgekommen bin.«

Aus ihrer Jackentasche zog sie ein Teppichmesser und einen großen schwarzen Müllsack, den sie mir in die Hand drückte. Mit dem Cutter fing sie an, an der weißen Folie herumzusäbeln.

»Sei froh, dass ich seit meiner frühesten Kindheit bei den Benekes ein und aus gehe. Du hättest das Zeug nie gefunden.«

Das hätte vorausgesetzt, dass ich überhaupt erst mal dran gedacht hätte, etwas mitzunehmen, worin wir das Heu verpacken konnten. Es kostete mich ziemlich Mühe, nicht zu sagen: »Frida erzählen wir aber nichts davon, okay?«

Stattdessen faltete ich den Müllsack auf und hielt ihn so, dass Linh das Heu, das sie aus dem Ballen zupfte, hineinstopfen konnte. Es war ziemlich fest gepresst, deswegen sagte ich nach einer Minute: »Halte du mal«, und griff mit beiden Händen ins Heu. Mit ein bisschen Zerren und Ziehen löste sich ein größerer Klumpen, und als ich ihn auseinanderrupfte, erkannte ich an einem Stängel die typischen gelben Blüten von Jakobskreuzkraut.

»Bingo!«

»Danach suchen wir?«, fragte Linh skeptisch, aber ich kam nicht dazu, ihr zu antworten, denn Max rief: »Jannis! Linh!«

Wir drehten uns beide wie von der Tarantel gestochen zu ihm um. Mit der Hand, in der er Daris Strick hielt, deutete er nach Süden, wo zwischen ein paar Bäumen ein Quad aufgetaucht war.

Der Fahrer brüllte jetzt: »He! Was macht ihr da? Lasst den Sack fallen!«

Linh und ich rannten gleichzeitig los. Ungeschickt zerrte ich an den Zugbändern, um den Müllsack zu schließen. Er war nicht besonders voll, aber ich hoffte, das Heu genügte für eine Probe. So oder so hatte ich kein Interesse, mit dem Typen auf dem Quad auszudiskutieren, was wir damit vorhatten.

Als wir am Feldweg ankamen, saß Max schon auf Iona, die lammfromm dastand, obwohl mittlerweile das Quad auf uns zuschoss. Ich half Linh hinter Max auf das Sattelpad, legte den

Müllsack über Daris Widerrist und nahm Schwung. Beim dritten Anlauf saß ich auf ihrem Rücken und wir waren unterwegs.

Unter normalen Umständen wäre ich megastolz auf mein Pferd gewesen. Vor einem Jahr wäre sie auf und davon gewesen, mit mir oder ohne mich, und hätte in ihrer Panik höchstens an der Ostsee haltgemacht. Und jetzt ließ sie sich hoch konzentriert mit einem raschelnden Ungeheuer auf dem Hals durch die Gegend galoppieren, während ihr ein wild gewordenes, stinkendes Metallmonster auf den Fersen war.

Aber es waren keine normalen Umstände. Bilder vom Sommer schossen durch mein Hirn, von Bikern auf röhrenden Motorrädern, die Pferde erschreckten und mich durch den Wald jagten. Und mit derselben Skrupellosigkeit war auch der Kerl auf dem Quad unterwegs. Er hatte uns fast eingeholt und schien nicht vorzuhaben, Rücksicht auf unsere Pferde zu nehmen.

Ich schaute nach rechts. Max erwiderte meinen Blick und nickte mir entschlossen zu. Wenn mich nicht alles täuschte, blitzte da sogar etwas wie Spaß in seinen Augen auf – klar, der hatte noch keine schlechten Erfahrungen mit solchen Typen gemacht. Linh klammerte sich an ihm fest und hatte die Augen zugekniffen, aber ihre Bewegungen passten sich weich an Ionas gemächliche Galoppsprünge an. So unerschütterlich dieses Pony war, im Moment wünschte ich mir, ich hätte ein etwas temperamentvolleres Pferd mitgenommen.

Der Quadfahrer war bis auf dreihundert Meter heran. Wenn mir nicht sofort etwas einfiel, war er bei uns, und dann wollte ich nicht wissen, was passierte. Hektisch sah ich mich um. Moment, das war … Auf den ersten Blick hatte ich ihn nicht erkannt, weil wir normalerweise von der anderen Seite kamen, aber links von uns lag in einer kleinen Senke unser Badeweiher. Im Sommer waren Frida und ich sicher ein Dutzend Mal hierhergeritten und mit den Pferden planschen gegangen. Denn anders als ein Quad konnten Pferde schwimmen.

Die einzige Schwierigkeit war der Graben, der den Feldweg von der Wiese mit dem Weiher trennte. Aber jetzt war nicht der Augenblick für Zweifel.

»Max«, brüllte ich. »Häng dich mit Iona an Dari dran, und wenn ich ›Jetzt‹ rufe, drückst du ihr die Beine fest in den Bauch, klar?«

Er nickte, und im nächsten Moment ließ ich Dari den Galopp verlängern, wartete kurz, ob Iona aufschloss, ritt einen Bogen nach rechts, soweit es der Wirtschaftsweg zuließ, und hielt auf den Graben zu. Max war zu verblüfft, um zu protestieren, oder vielleicht war er zu demselben Schluss gelangt wie ich, jedenfalls war Dari Sekunden später in der Luft, und ich schrie: »Jetzt!«

Frida

Nachdem Theo mich erst zur Schnecke gemacht und dann zähneknirschend zugestimmt hatte, bei unserem Vorhaben der Draht zur Sammelstelle zu sein – das war bestimmt der Teil, der ihm weniger Kopfzerbrechen bereitete, hin und wieder musste er nur den großen Bruder raushängen lassen –, war ich unseren Plan noch mal Schritt für Schritt durchgegangen. Egal, was Jannis gesagt, egal, was wir David und den anderen vorgegaukelt hatten, die ganze Sache roch so nach Verzweiflung, dass ich fast lachen musste. Selbst wenn die Animal-Attack-Leute es schafften, alle Koniks zur Wiek zu treiben, wie sollte ich die Pferde zusammenhalten? Ich? Wenn ich ein Pferd gehabt hätte, das ich hätte reiten können, vielleicht – aber hier hatte ich hundert und konnte nichts mit ihnen anfangen.

Mein einziger Trumpf war Nemo. Wenn er an meiner Seite war, würde ich vielleicht einen Weg finden, die Pferde ruhig zu halten, bis Jannis seinen Teil erfüllt hatte. Also stieg ich über den Zaun, und nach ein paar Haken, die nötig waren, um vom Sammelplatz aus nicht entdeckt zu werden, rannte ich den Hauptweg entlang. Ich hoffte, dass Nemo mich finden würde.

Es dauerte nicht mal drei Minuten, bis er hinter dem Wäldchen auftauchte und zur Umzäunung galoppierte. Wie machte er das nur immer? Woher wusste er, dass ich da war?

Er verstand nicht, warum ich auf der falschen Seite war, und schüttelte immer wieder unwillig den Kopf, aber diesmal konnte ich nicht ins Gehege. Ich musste auf dem Weg bleiben und so schnell wie möglich an den Strand und von dort an die Wiek. Jetzt kam uns zugute, dass Nemo so viel schneller war als ich, denn obwohl er immer wieder Gestrüpp oder Gräben ausweichen musste, hielt er mit. Er blieb bei mir. Das war das Wichtigste.

Je näher ich dem Wasser kam, desto öfter musste ich stehen bleiben und meine Hände auf den Knien abstützen, um wieder zu Atem zu kommen. Das Naturschutzgebiet war ganz schön groß, wenn man einmal quer hindurchrennen musste – für das, was wir heute vorhatten, war es aber vielleicht genau unser Glück.

Endlich hatte ich das Tor erreicht, das vom Weg auf den Kiesstrand führte. Es war geöffnet, denn da hindurch sollten die Koniks Richtung Sammelplatz laufen, deswegen verriegelte ich es hinter mir.

Nemo musste einen weiten Bogen galoppieren, um zu mir zu kommen, und ich konnte erkennen, dass er immer wieder den Hals reckte, um zu überprüfen, dass ich noch da war. Dann hatte auch er den Strand erreicht und preschte auf mich zu, dass der Sand und die Steine unter seinen Hufen nur so flogen. Dicht vor mir bremste er ab und schlug mit dem Kopf, bevor er mir prustend seine Nase hinhielt.

»Brav«, murmelte ich, während ich seine Lippe streichelte. »Gut gemacht. Kannst du mir helfen, Kleiner? Ich brauche dich jetzt.«

Er schnaubte, und von den vielen Malen, als ich dachte, dass er mich verstand, hoffte ich, dass es diesmal wirklich stimmte.

Ein Geräusch schreckte uns beide auf, ein Wiehern. Wir sahen nach Westen und fast im selben Moment tauchte am Ende des Strandes eine Gruppe Pferde auf. Es waren bestimmt fünfundzwanzig, dreißig Tiere, viel mehr als eine einzelne Familie, und sie trabten auf uns zu.

Ich war erleichtert zu sehen, dass sie keine Angst hatten. Immerhin das hatten die Animal-Attack-Leute geschafft – sie waren lästig genug, um die Koniks in Bewegung zu versetzen, aber sie hatten sie nicht erschreckt.

Jetzt musste es schnell gehen. Ich rannte zur Wasserlinie, zog die ersten drei Stäbe aus dem Boden, an denen Flatterband befestigt war, und öffnete damit den Weg zur Wiek. Aber damit hatten wir es noch nicht geschafft. Wir mussten ihnen den Rückweg abschneiden.

Ich ließ die Stäbe fallen, drehte mich um und rannte los. Auch jetzt schloss sich Nemo mir an, ohne einen Moment zu zögern. Wie immer war er ungeduldig, weil ich nicht mit ihm mithielt, aber er verschwendete keinen Gedanken an die anderen Pferde.

Die Koniks hatten uns – mich – bald eingeholt, doch von Nemos und meinen Streifzügen hatte ich jetzt einen Vorteil. Kaum hatte die Herde das Ende des Strandes erreicht, lenkte ich Nemo nach links und schnitt ihr den Weg ab. Die dunkle Falbstute, die sich an die Spitze der Gruppe gesetzt hatte und schon zu überlegen schien, ob sie umkehren sollte, war irritiert und führte die Pferde weiter am Wasser entlang. Genau das hatte ich erreichen wollen. Ich wedelte wild mit den Armen, um auch keine Zweifel an ihrer Entscheidung aufkommen zu lassen. Nemo guckte mich kurz an, entschied dann, dass ich Spaß machte, und buckelte ein bisschen. Vielleicht war es ja gut, wenn er das Ganze für ein Spiel hielt.

Unter mir bebte die Erde. Als ich mich umdrehte, stürmte eine weitere Familie auf mich zu, aber sie hatte es viel eiliger als die Gruppe zuvor. Anscheinend hatten sie die anderen Pferde entdeckt und wollten sich ihnen anschließen. Besser konnte es gar nicht laufen.

Ich trat ein paar Schritte zurück, machte mich klein und ließ sie vorbei. Nemo setzte noch eins drauf und lief ein Stück mit gesenktem Kopf und angelegten Ohren hinter der Familie her. Wenigstens hielt er genug Abstand, sonst hätte der Leithengst die Drohgebärde nicht einfach so ignoriert.

Sehr zufrieden mit sich kam Nemo zu mir zurück.

»Das war jetzt nötig, oder?«, tadelte ich ihn, aber seine leuchtenden Augen sagten sehr deutlich, dass es das gewesen war.

Kaum hatten sich die Neuankömmlinge unter die Pferde an der Wiek gemischt, waren wir wieder dran. Wie zuvor versperrten wir mit großen Gesten den schmalen Übergang zum Strand, sodass die Pferde auf dem grasbewachsenen Uferabschnitt bleiben mussten. Einige von ihnen schien es gar nicht zu stören, sie senkten schon die Köpfe und fingen an zu fressen.

Das brachte Ruhe in die ganze Gruppe. Immer mehr gaben ihre Habachthaltung auf und sortierten sich nach Familien. Ich fing schon an zu glauben, dass der Plan tatsächlich aufgehen konnte. Dann kamen die nächsten beiden Familien auf uns zu und das Spiel begann von vorn.

Mittlerweile waren etwa achtzig Pferde auf dem schmalen Uferstreifen. Ich versuchte, überall gleichzeitig zu sein, aber immer öfter musste ich Pausen machen und zu Atem kommen. Was am Anfang noch geklappt hatte, stellte sich bei so vielen Tieren als unmöglich heraus – Nemo und ich allein konnten die Herde nicht unter Kontrolle halten.

Wieder brach einer der älteren Hengste aus der Gruppe aus, und diesmal schaffte ich es beinahe nicht, ihn zurückzutreiben. Er merkte, dass mir die Kraft ausging. Den nächsten Versuch konnte ich vielleicht nicht mehr abwehren.

Als ich mich aufatmend wegdrehte, fiel mein Blick auf das

westliche Ende des Strandes. Neongelbe und orange Punkte kamen auf uns zu. Wenn ich bisher angespannt gewesen war, jetzt schlug mir das Herz bis zum Hals. Das waren die Treiber! Noch waren sie weit entfernt, aber es war nicht einmal Mittag – was konnte Jannis in der kurzen Zeit schon herausgefunden haben? Hektisch sah ich mich um. Wir konnten nicht bleiben! Ich musste wenigstens diese achtzig Pferde in Sicherheit bringen.

Für einen Moment schloss ich die Augen, um ein bisschen Ruhe in meinen Kopf zu bringen. Es war nicht so, dass ich nicht darüber nachgedacht hätte. Ich hatte gewusst, dass uns die Zeit knapp werden könnte und dass es dann nur einen Weg gab, die Koniks zu verstecken: durchs Wasser. Auf der Oie, dieser kleinen Vogelinsel mitten in der Wiek, würden sie wenigstens eine Weile nicht entdeckt werden. Ich hatte den Gedanken weggeschoben, ich wusste ja, wie unwahrscheinlich es war, dass mir die Pferde ins Wasser folgten. Aber jetzt gingen mir die Möglichkeiten aus.

Mit einem tiefen Atemzug wandte ich mich Nemo zu. Ich ließ meine Hand auf seinem Widerrist liegen und flüsterte: »Jetzt hängt alles an dir. Bitte hilf mir.«

Als ich meine Schultern straffte und auf die Herde zuging, folgte er mir. Während ich zwischen den Pferden hindurchlief, die mich neugierig ansahen und mir dann Platz machten, blieb er an meiner Seite. Nur meine Hand auf seinem Widerrist verhinderte, dass ich meiner Panik nachgab und davonrannte. Neben ihm hielt ich die Nähe der anderen Pferde aus.

Langsam drehte ich mich um und ging rückwärts voraus, bis die Wellen der Wiek um meine Knöchel spülten. Für einen Augenblick blieb Nemo am Ufer stehen und sah mich fragend an. Und dann setzte er seinen Huf ins Wasser.

Jannis

Dari landete sicher. Hinter mir kein Poltern, kein Aufschrei, nur ein Moment Stille, ein dumpfes Geräusch und ein paar Schritte.

»Halt«, rief ich. Dari blieb stehen, dann tauchte Ionas Kopf neben mir auf und gleich danach auch Max' und Linhs. Sie hingen beide über Jonas Hals und waren dabei, von ihrem Rücken zu rutschen. Ihre unterdrückten Flüche galten bestimmt zur Hälfte mir. Ich packte zu und zog sie zurück in die Senkrechte. Sie brauchten einen Moment, um sich zurechtzusetzen, aber alles in allem hatte das ganz gut funktioniert. Aufatmend nickte ich ihnen zu und wir drehten die Pferde herum.

Der Motor des Quads heulte auf. Jetzt war es fast gleichauf, und anscheinend hatte der Typ verstanden, was ich vorhatte, und war zu demselben Schluss gekommen wie ich: Auf direktem Weg konnte er uns nicht folgen, also musste er den längeren Weg um den Weiher herum nehmen. Schon gab er wieder Gas, fuhr an uns vorbei und brauste davon.

Ich sah die anderen an. »Alles okay bei euch?«

Max nickte, doch Linh starrte mich ziemlich humorlos an. »Das erzähl ich Frida.«

Ich grinste, dann deutete ich zum Teich. »Ab ins Wasser.«

Linh schloss die Augen und lehnte die Stirn tief seufzend an Max' Rücken.

Am Ufer ließ ich den Pferden keine Zeit zum Überlegen. Mit einem kräftigen Schenkeldruck trieb ich Dari an. Vorsichtig setzte sie den ersten Huf ins Wasser, dann den zweiten. Noch ein Schenkeldruck und sie stand mit allen vier Beinen im Weiher. Iona hatte anscheinend Geschmack gefunden an unserem Abenteuer, denn sie ließ sich erst gar nicht bitten, sondern platschte direkt hinter uns ins Wasser.

Das fand eine Ente gar nicht lustig. Laut protestierend flog sie dicht neben uns aus dem Schilf auf und schwang sich mit rauschenden Flügeln in den Himmel. Dari machte einen Satz und selbst Iona prustete.

»Alles in Ordnung?«, rief ich nach hinten.

»Klar!«, kam es von Max zurück.

Linh war nicht so deutlich zu verstehen, aber ich glaube, sie sagte etwas von »Wenn ich das überlebe, bringe ich dich um«.

Na, wenigstens waren noch alle da.

Das galt auch für den Quadfahrer. Immer wieder trug der Wind das Geräusch seines Motors zu uns herüber, aber wenigstens hielt dieser Weiher keine Überraschung mehr bereit. Das Wasser ging Iona jetzt bis zum Bauch und viel tiefer wurde es auch nicht mehr. Wir konnten zügig hindurchwaten und kamen auf der anderen Seite auch wieder gut ans Ufer.

Dort galoppierte Max wieder an – hatte der tatsächlich erst im Sommer mit dem Reiten angefangen? –, aber als Dari und ich ihnen nicht folgten, parierte er durch und wendete Iona.

»Was ist?«, fragte Linh.

»Lass ihn ein Stück näher herankommen.«

»Was?« Sie riss die Augen auf. »Falls du es nicht gemerkt hast, der ist schneller und stärker als wir.«

»Eben.« Ich nickte ihr zu. »Er ist in nicht mal einer Minute da, und wir tun so, als würden wir in die Richtung da fliehen.« Ich zeigte nach links. »Aber ein paar Hundert Meter weiter macht der Weg eine scharfe Biegung nach rechts, um einen dichten kleinen Wald herum, und da trennen wir uns. Ihr schlagt euch zwischen die Bäume und haltet euch Richtung Wiek, dann seid ihr bald wieder auf dem Weg zum Gut und bringt Iona zurück.«

»Und du?«, wollte Max wissen.

»Ich nehme mit Dari die Strecke über die Felder. Er wird sicher uns hinterherfahren, aber ich glaube, wir können ihn abhängen. Dann bringe ich das Heu auf den Carlshof. Wir treffen uns wieder am Sammelplatz. Und da lassen wir uns dann was einfallen.«

Max grinste, doch ich konnte sehen, dass er Bedenken hatte. Etwas Besseres fiel ihm aber wohl auch nicht ein.

Linh guckte mich scharf an und nickte dann. »Sei bloß vorsichtig, Jannis.«

»Keine Sorge.« Ich hatte Frida drei Monate lang alleingelassen, das hier brachte ich jetzt sicher nach Hause. Aber das behielt ich für mich.

Die Motorengeräusche wurden lauter. Dass der Typ den Sack unbedingt haben wollte, war so gut wie ein Beweis, dass mit dem Heu etwas nicht stimmte. In dem Sack steckte also die letzte Chance der Koniks. Und die würde ich nicht aus der Hand geben.

Ohne ein weiteres Wort lenkten wir die Pferde auf den Weg, wandten uns nach links und galoppierten in einem gemächlichen Tempo an. Ich konnte kaum fassen, was die beiden heute leisteten. Gut, Iona war für Krisen ausgebildet, aber Dari benahm sich wie ein Polizeipferd. Vielleicht hatte sie ihre wahre Berufung noch gar nicht gefunden.

Dann war der Quadfahrer so nah, dass es losgehen konnte. Wir trieben Dari und Iona noch mal an, und als ich die Hand hob, ritt Max das Pony energisch auf die Bäume zu. Dari und ich zogen das Tempo an, und als der Typ schon denken musste, er hätte uns eingeholt, schwenkten wir nach rechts auf das offene Feld.

»Dann zeigen wir dem mal, was Pferde draufhaben, okay, Mädchen?«

Ob Dari mich verstanden hatte oder nicht – sie verlängerte ihre Sprünge. Nicht aus Panik, sondern weil sie Spaß hatte. Jeder ihrer Muskeln war angespannt, und obwohl ich wusste, dass ich ein Risiko einging, hatte ich keine Sekunde lang Angst, dass wir stürzen könnten.

Und dann begann ich zu grinsen. Es war eine Weile her, seit ich mit Frida hier gewesen war, doch daran hatte ich mich noch erinnert: den Zaun, der Heinrichs Schafweide begrenzte.

Dari wusste sofort, was ich von ihr wollte. Der Quadfahrer kapierte es auch, denn genau wie wir wurde er langsamer, aber während wir unsere Konzentration zusammennahmen, blieb er stehen und musste uns zusehen, wie wir in einem perfekten Satz über den Zaun sprangen. Ein paar kleinere Schafgrüppchen stoben auseinander, als wir auf sie zugaloppierten, aber jetzt waren Dari und ich nicht mehr aufzuhalten.

Frida

Mit drei Schritten war Nemo bei mir. Er drückte seine Nase in meinen Bauch und ich schob die Hand unter seine Mähne. Aber der Moment war schnell vorüber. Nemo stellte sich neben mich, drehte sich zu der Herde um und wieherte dumpf.

Die Pferde waren nervös, ein paar liefen unentschlossen an der Wasserlinie auf und ab. Sie hätte eine Mauer sein können, so unüberwindlich schien sie für sie zu sein.

Wieder legte ich meine Hand auf Nemos Widerrist, dann machte ich ein paar Schritte zurück. Ohne zu zögern, folgte er mir, genau wie ich ließ er die Herde nicht aus den Augen. Er warf den Kopf hoch und stampfte mit dem Vorderbein, dass mir die Wassertropfen um die Ohren flogen, aber trotz ihrer Unruhe sahen die Koniks keinen Grund, ihm zu folgen. Ich konnte sie ja verstehen, trotzdem war ich nah am Verzweifeln.

»Jetzt kommt doch, kommt«, flüsterte ich immer wieder. »Ihr müsst hier weg.«

Mittlerweile war meine Jeans bis zum Bund vollgesogen. Ich bibberte und hätte mich am liebsten an Nemo gedrückt, doch das durfte ich nicht. Ich durfte ihn nicht bei dem behindern, was er für die Herde tun musste. Wieder wieherte er gedämpft.

Der gelbliche Hengst trabte mit aufgestelltem Schweif und gesenkter Nase am Wasser entlang. Er spürte, dass etwas anders war als sonst, dass er handeln musste, aber noch sah er die Lösung nicht darin, Nemo und mir zu folgen. Warum konnte Nemo nicht der ranghöchste Hengst sein? Dann wäre alles viel leichter gewesen, er hätte mir vertraut und wir hätten die Herde in Sicherheit gebracht.

Falls die Vogelinsel Sicherheit bedeutete, meldeten sich meine Zweifel. Falls du die Pferde sicher auf die andere Seite bekommst. Falls die Strömung nicht zu stark ist, falls sie dir genug vertrauen und nicht mittendrin umkehren, falls keine Panik ausbricht, falls ihr schnell genug seid und niemand mitbekommt, wohin ihr verschwindet …

Ratlos schüttelte ich den Kopf. Ich wusste es ja! Ich wusste, dass der Plan nicht wasserdicht war. Dass es fahrlässig war, so eine Idee überhaupt Plan zu nennen. Ich wusste sogar, dass ich das Leben der Koniks aufs Spiel setzte.

Und trotzdem – wenn ich sie dazu bringen konnte, mir zu folgen, dann standen ihre Chancen, diesen Tag zu überleben, immer noch besser, als wenn ich nichts tat und zusah, wie sie auf die Laster nach Polen verladen wurden, wo sie als Salami und Hundefutter enden würden. Jannis würde Beweise finden, dass das Heu von Gut Braslow die Ursache der Vergiftung war, deswegen musste ich jetzt meinen Teil erledigen.

Ich atmete durch, ließ Nemo los und ging langsam auf den gelblichen Hengst zu. Mein Blick glitt weich über seinen Körper, dann blieb ich stehen und wartete. Er hatte mich gesehen, trotz seiner Unruhe. Sein linkes Ohr drehte sich zu mir, aber er hielt mich auf Abstand. Erst als er noch eine Runde im flachen Wasser gedreht hatte und ich anscheinend immer noch Kontakt aufnehmen wollte, hob er den Kopf und sah mich an.

Ich durfte jetzt nicht darüber nachdenken, wie riskant es war, was ich da machte, dafür war keine Zeit. Stattdessen grub ich tief in mir nach der Ruhe, die ich einmal mit Pferden gehabt hatte. Mein Körper musste sich erinnern, wie es gewesen war.

Der Hengst bemerkte früher, dass ich sie gefunden hatte, als mein eigenes Hirn. Er senkte den Kopf ein Stück und schnaubte, dann kam er wie zufällig auf mich zu. In mir begannen sich Rädchen zu drehen, griffen ineinander und setzten einen Mechanismus in Gang, der alles überlagerte, was an Angst oder Zweifeln da war. Das hier konnte ich.

Wir taten beide so, als hätten wir nicht das geringste Interesse aneinander, als kämen wir nur zufällig hier entlang, dabei hatten wir alle Antennen aufeinandergerichtet. Ich dachte nichts, ich wollte nichts von ihm. Und er spürte es.

Stück für Stück kamen wir uns näher, bis ich schon glaubte, dass es klappen würde, dass wir uns auf dieselbe Seite schlagen würden. Doch im nächsten Moment riss er den Kopf hoch und wendete mit einem so gewaltigen Satz, dass ich erschrocken zurückzuckte, das Gleichgewicht verlor und hinfiel. Das Wasser schlug über mir zusammen, bevor ich mich aufrappeln konnte. Prustend, keuchend und triefend nass kam ich wieder auf die Füße. Mein Herz schlug so fest, dass es wehtat.

Was hatte ich falsch gemacht? Was war …?

Ich konnte die Frage nicht mal zu Ende denken, bevor sie beantwortet wurde. Ein schwarzes Motorrad jagte über den Kiesstrand, trieb eine Gruppe von ungefähr zwanzig Koniks vor sich her und hielt direkt auf uns zu. Drohend baute sich der Hengst vor der Herde auf. Die Neuankömmlinge schienen noch einmal schneller zu werden, weil sie ein Ziel vor Augen hatten, und als sie auf die große Herde trafen, bremste der Biker kaum merklich ab und schwenkte nach links, in meine Richtung.

In meinem Kopf spielten sich Erinnerungen an das letzte Frühjahr ab wie ein Film, Szenen von Motorradfahrern, die die Koniks in Panik versetzten und sie den Strand auf und ab jagten. Nur war ich diesmal mittendrin.

Mein Instinkt sagte mir, dass ich rennen sollte, aber gleich danach meldete sich die Wut. Ich war drauf und dran, mich zwischen den Pferden hindurchzudrängen – dumm, dumm, dumm!, wie mein Überlebenstrieb mir zuschrie –, als ich ein Muster im Verhalten des Bikers erkannte. Ja, die Koniks hatten Angst vor ihm, aber sie waren nicht blindwütig panisch, dazu hielt er zu viel Abstand.

Und jetzt winkte er mir!

Ich brauchte einen Augenblick, als er anhielt und das Visier seines Helms aufklappte, doch dann erkannte ich ihn. Nils!

Ich hob den Arm und winkte zurück. Im nächsten Moment fing ich wild an zu fuchteln. Das war unsere Chance! Sosehr ich es hasste, die Pferde zu verängstigen – wenn er die Koniks auf Nemo und mich zutrieb, würden sie uns vielleicht folgen. In Sicherheit.

Nils hob die Hände. Er verstand nicht, was ich von ihm wollte, klar. Wie sollte er auch auf so eine Idee kommen?

Hektisch strich ich mir die feuchten Haare aus dem Gesicht, dann sammelte ich mich und schaute mich nach Nemo um. Wie ein Schatten stand er hinter mir, beunruhigt, aber aufmerksam. Mit drei Schritten war ich bei ihm und schauderte, als seine Wärme durch meine klatschnasse Kleidung auf meine Haut traf.

Mit einer Hand auf seinem Hals flüsterte ich: »Bitte hilf mir.«

Er wandte die Augen von der Szene am Strand ab und drehte den Kopf zu mir. Langsam atmete er aus, so als müsste er sich für das, was jetzt kam, wappnen.

Schritt für Schritt tastete ich mich rückwärts weiter in die Wiek hinein und Schritt für Schritt folgte Nemo mir. Seine Ohren zeigten zur Herde, aber als würde er genau verstehen, wie wichtig es jetzt war, dass er seiner Familie vorausging, zögerte er kein einziges Mal.

Nils ließ mich nicht aus den Augen, dann klappte er das Visier herunter und der Motor seiner Maschine heulte auf. Er drehte nach rechts ab und begann, einen Halbkreis um die Herde zu ziehen, kehrte um und fuhr auf derselben Linie zurück. Immer dichter drängten sich die Koniks auf dem Kiesstreifen zwischen Wasserlinie und Nils' Spur, so dicht, dass die Familien durcheinandergerieten und die Hengste vergeblich versuchten, die Stuten zusammenzuhalten. Das Wiehern und Quieken, das nervöse Schnauben ging mir durch und durch, und nur meine Hand in Nemos Mähne verhinderte, dass ich Nils dazu brachte aufzuhören.

Es war furchtbar, aber es war die einzige Chance, die wir hatten.

Als immer mehr Pferde bis zu den Fesseln im Wasser standen und zurück zum Strand strebten, wo ihnen die entgegenkamen, die Nils und seinem dröhnenden Motorrad ausweichen wollten, als die Enge kaum mehr auszuhalten war und die Koniks sich gegenseitig anrempelten, um sich irgendwie Raum zu verschaffen, fiel mein Blick auf eine ältere Stute. Ihr Fell schimmerte silbrig und als eine der wenigen hatte sie ihre Aufmerksamkeit auf uns gerichtet. Jetzt drehte sie sich zu uns und neben mir brummelte Nemo leise.

Einen winzigen Moment zögerte sie noch, dann schnaubte sie und setzte den ersten Huf ins Wasser. Noch einmal suchte sie Nemos Blick und das schien ihr als Versicherung zu genügen. Langsam watete sie in unsere Richtung. Ihr Fohlen hielt sich dicht an ihrer Seite.

Nach ein paar Sekunden merkten zwei junge Stuten, ein, zwei

Jahre alt vielleicht und beide mit einem leichten Silberschimmer im Fell, dass die ältere Stute nicht mehr da war. Sie fiepten und suchten in der Herde am Strand einen Fixpunkt, aber den gab es nicht, so sehr bedrängte Nils die Herde. Ich hielt die Luft an, ging aber weiter, Nemo an meiner Seite. Und dann taten die beiden es tatsächlich – sie folgten der älteren Stute ins Wasser.

Mittlerweile hatten die ältere und ihr Fohlen uns fast erreicht. Nemo sah ihr entgegen und brummelte wieder, und das schien sie anzuspornen, die letzten Meter zu uns zurückzulegen. Für das Fohlen war es nicht leicht, das konnte ich sehen. Es musste seinen Hals recken und verlor immer wieder den Kontakt zum Boden. Hektisch paddelte es dann, um mit seiner Mutter mitzuhalten.

Auch für mich wurde das Laufen schwieriger. Vor Kälte und Anspannung zitterte ich wie verrückt, außerdem war es hart, in der Strömung das Gleichgewicht zu bewahren. Nur meine Hand an Nemos Hals gab mir Halt.

Und dann war es so weit. Zwei der Leitstuten hatten unsere kleine Gruppe entdeckt, sie blieben stehen und beobachteten, was wir taten. Jetzt ging es um alles.

Als Nils wieder auf uns zukam, machte ich mit dem Arm einen großen Kreis, dann noch einen. Einen Moment zögerte er, dann gab er Gas, dass der Motor fast kreischte, und hielt auf die Herde zu.

Von hier, wo ich stand, konnte ich es nicht genau sehen, aber es wirkte, als würde er mitten zwischen die Pferde hineinfahren. Sie sprengten auseinander, und irgendwie schaffte Nils es, mit dem Motorrad überall gleichzeitig zu sein, denn den einzigen Ausweg, den die Koniks noch sahen, war das Wasser. Waren wir.

Die Entscheidung fiel so schnell, dass es aussah, als würde eine riesige graubraune Welle auf uns zurollen. Stuten, Fohlen und

Jährlinge preschten ins Wasser, dass es in alle Richtungen spritzte, silberne Tropfen in der blassen Novembersonne, und hinter ihnen folgten die Hengste, die gleichzeitig Nils in Schach zu halten versuchten und aufpassten, dass kein Pferd zurückblieb.

Mein Triumphgeheul klang jämmerlich, so kalt war mir mittlerweile. Es war sowieso keine Zeit dafür, jetzt ging es um Sekunden. Ich drehte mich um und versicherte mich, dass Nemo weiter an meiner Seite blieb, dann ging ich schneller. Das heißt, ich versuchte es, aber mittlerweile stand mir das Wasser bis zur Brust, und die Strömung zerrte so an meinen Beinen, dass ich kaum mehr festen Stand fand.

Mir blieb nichts übrig, als zu schwimmen.

Das hatte ich vermeiden wollen, weil ich dabei weniger Kontrolle hatte und nicht sah, wo die Pferde waren, doch eine Wahl hatte ich nicht, erst recht nicht, als die ersten Stuten zu uns aufschlossen. Links von mir tauchte ein Pferdekopf auf, und an den Verwirbelungen unter Wasser konnte ich spüren, dass die Stute schwamm. Ich durfte nicht in die Nähe ihrer Hufe kommen, also drängte ich mich näher an Nemo, aber natürlich hatte auch er keinen festen Stand mehr und strampelte mit den Beinen.

Dann passierte es. Ein Kreischen ging in meinem Kopf los, das jeden klaren Gedanken übertönte. Überall waren nur noch Pferde, Beine und Hufe, ich bekam keine Luft mehr, platschte mit den Armen, geriet mit dem Kopf unter die Oberfläche und schluckte brackiges Wasser. Die Bilder in meinem Kopf waren viel greifbarer als die Kälte, mein Herzklopfen, mein Husten und Keuchen. Sie waren alles, was noch wirklich war.

Rechts drückte sich ein Körper an mich. Ich zuckte zurück, aber der Körper ging nicht weg. Er folgte mir, stabil und verlässlich, und nach unendlichen Augenblicken schien er mir nicht mehr wie eine Woge, die mich unter Wasser drücken wollte, sondern wie ein Rettungsring. Ich streckte die Hand aus, griff in eine tropfnasse Mähne und fand einen sinnvollen Gedanken.

Nemo.

Er war es, ich wusste es. Wer sollte es auch sonst sein? Welches der Pferde sollte sonst solche Rücksicht auf mich nehmen? Ich war ein Mensch, der um sich schlug und ihnen vielleicht sogar gefährlich werden konnte. Nur für Nemo war ich mehr.

Er wartete, bis ich einen festen Halt in seiner Mähne gefunden hatte, dann schwamm er wieder los. Langsam beruhigte sich mein Herzschlag, ich ließ mich von ihm ziehen und bekam wieder mit, was um uns herum geschah.

Nemo und ich waren längst nicht mehr die Ersten, überall um uns waren schnaubende und prustende Pferdeköpfe. Mindestens fünf oder sechs Stuten und Jungtiere hatten zu uns aufgeschlossen oder uns sogar überholt, doch ich hatte das Gefühl, dass ihnen nun die Richtung fehlte. Sie wussten nicht, wohin.

Als hätte er gespürt, dass wir ihnen den Weg zeigen mussten, beschleunigte Nemo seine Tritte. Aber er hielt sich zu weit rechts. Wir steuerten auf eine Stelle der Oie zu, wo eine Böschung steil zum Wasser abfiel, nur etwas mehr als einen Meter vielleicht, aber zumindest die Fohlen würden Schwierigkeiten haben hinaufzuklettern. Fünfzig Meter weiter links gab es eine flache, sandige Stelle, dorthin mussten wir.

Ich ließ Nemos Mähne los und strich über seinen Hals, um ihn auf mich aufmerksam zu machen, dann griff ich unter seinem Kopf hindurch und zog ihn sanft nach links. Viel schneller, als ich erwartet hatte, reagierte er. Ich spürte einen gewaltigen Schub seiner

Hinterhand in meine Richtung, und bevor ich ausweichen konnte, traf mich einer seiner Hufe am Schienbein. Mein Aufschrei ließ die Stuten neben und hinter mir nervös schnauben, aber als hätte Nemo gemerkt, dass er mich getroffen hatte, wurden seine Bewegungen vorsichtiger, das spürte ich selbst durch den Nebel aus Panik und Schmerz hindurch. Wieder griff ich nach seiner Mähne, und als ich wieder zu Atem kam, verstand ich, dass der Schmerz eine Erinnerung war, dass mich nicht die Pferde umbringen würden, sondern meine Angst. So konnte ich nicht weitermachen. Ich musste die Panik in den Griff bekommen. Wir hatten gerade mal die Hälfte der Wiek geschafft, wenn ich der Herde keine Richtung vorgab, strandeten wir vor der Oie, und was dann passierte, wollte ich mir lieber nicht ausmalen.

Nemo war jetzt ganz still. Seine Beine bewegten sich kaum mehr, er versuchte nur, an meiner Seite zu bleiben. Und immer mehr Pferde kamen auf uns zu.

Der Gedanke war nicht neu. Während unserer Spielstunden im Naturschutzgebiet, als wir uns gerade kennenlernten, hatte ich mich natürlich gefragt, wie es wäre, Nemo zu reiten. Ich hatte es nie versucht, vor allem, weil er mir zu jung erschien, aber auch, weil ich es nicht richtig fand, ein wildes Pferd zu reiten. Irgendwie wäre das, was wir miteinander teilten, nicht mehr dasselbe gewesen.

Aber jetzt war es anders. Jetzt waren wir in Gefahr, ich, Nemo, seine Herde. Jetzt hatte ich einen Grund.

Ich holte tief Luft und drehte mich mit dem Bauch zu ihm. Meine linke Hand fand Halt in seiner Mähne, meine rechte legte ich auf seinen Widerrist, dann strich ich sanft über seinen Rücken bis zu seiner Kruppe. Zwei-, dreimal wiederholte ich das, doch mehr konnte ich nicht tun. Wir hatten keine Zeit.

So sacht ich konnte, legte ich meinen rechten Fuß auf seine Kruppe. Nemo drehte den Kopf halb zu mir, aber er schien nicht erschrocken, eher neugierig, was mir jetzt wieder eingefallen war. Langsam ließ ich mein Bein seinen Rücken entlanggleiten. Ich keuchte vor Anstrengung, mich nicht zu schnell zu bewegen. Im Wasser, mit einer ganzen Herde Wildpferde um mich herum, kostete mich das alle Kraft, die ich hatte.

Dann hing ich an ihm, mein Oberkörper halb über seinem Hals, mein Bein über seinem Rücken. Vorsichtig zog ich mich hoch, verlagerte mein Gewicht und lag schließlich auf seinem Hals und Rücken. Behutsam richtete ich mich auf. Einen Moment lang schien Nemo unschlüssig, was er tun sollte, aber dann fingen seine Beine wieder stärker an zu treten. Er richtete seine Ohren nach vorn und trug mich immer schneller durchs Wasser.

Beruhigend legte ich ihm die Hand auf den Hals, flüsterte ihm zu, kraulte seinen Widerrist. Nach und nach wurden seine Bewegungen weniger hektisch. Mit langen, gleichmäßigen Zügen schwamm er der Vogelinsel entgegen.

Immerhin hatten wir nun wieder Vorsprung gewonnen. Vorsichtig drehte ich den Kopf und verschaffte mir einen Überblick. Am anderen Ufer stand Nils und reckte einen Daumen in die Luft. Das Motorrad hatte er auf den Boden geworfen, den Helm und seine Jacke ausgezogen. Ich winkte ihm zu, aber jetzt konnte er mir nicht mehr helfen. Jetzt lag es an mir.

Die Herde war uns tatsächlich bis zum letzten Tier ins Wasser gefolgt. Auf einer Breite von mindestens fünfzig Metern ragten prustende Pferdeköpfe aus dem Wasser, viele mit aufgerissenen Augen, die meisten unsicher, wohin sie sich wenden sollten. Aber nach ein paar Sekunden kam es mir so vor, als würden sie sich neu ausrichten. Als würden sich ihre Blicke auf mich heften, den einzigen Punkt, den sie vom Wasser aus erkennen konnten.

Und wir hielten uns immer noch nicht weit genug links.

Im Gegenteil – hier in der Mitte der Wiek war die Strömung stärker, Nemo hatte Mühe, Kurs zu halten. Langsam drifteten wir weiter nach rechts. Ich musste ihm helfen. Nemo hatte keine Ausbildung, er wusste nicht, was Hilfen bedeuteten. Trotzdem musste ich es irgendwie schaffen, ihm nicht nur die Angst vor dieser Last auf seinem Rücken zu nehmen, sondern ihn auch nach links zu lenken, auf das flache Uferstück zu.

Vorsichtig drehte ich meine Hüfte und meinen Oberkörper nach links. Nemos Ohren zuckten nach hinten, er hatte die Veränderung bemerkt. Aufmunternd strich ich ihm über den Hals, dann drückte ich meinen rechten Schenkel ganz sanft gegen Nemos Seite. Wieder seine Ohren, trotzdem blieben wir auf gerader Linie. Immerhin wehrte er sich nicht gegen den Druck.

Noch einmal legte ich den Schenkel an, mit etwas mehr Kraft als zuvor. Gleichzeitig beugte ich mich nach vorn und schob seinen Hals nach links, ein kleines Stück nur, so weit er eben nachgab.

Und tatsächlich wendete er ab. Fast hätte ich geheult, so erleichtert war ich.

Ich schob beide Hände unter seine Mähne, kraulte ihn wie verrückt und flüsterte immer wieder: »Danke … danke.«

Er prustete und beim nächsten Schenkeldruck änderte er fast sofort die Richtung.

Jetzt kamen wir dem schmalen Sandstreifen näher. Immer wieder korrigierte ich unseren Kurs, aber Nemo hatte verstanden, wohin ich wollte. Die Schenkelhilfe brauchte er kaum mehr, ich konnte allein mit Oberkörper und Gewicht steuern, wohin er schwamm.

Und das Erstaunlichste war: Er schien sich selbst sicherer zu fühlen mit mir auf seinem Rücken. Vielleicht lag es daran, dass ich ein Ziel vorgab und er merkte, dass ich den besseren Überblick hatte als er so knapp über der Wasseroberfläche, oder vielleicht war er auch einfach nur froh, nicht mehr Rücksicht darauf nehmen zu müssen, dass er mich verletzen könnte. Jedenfalls wurden seine Bewegungen kraftvoller. Die Strömung oder das zusätzliche Gewicht schienen ihm nichts auszumachen – wir glitten durchs Wasser, als wäre das sein Element.

Immer wieder warf ich einen vorsichtigen Blick über die Schulter zu den Pferden hinter uns. Ganz weit rechts sicherte der große dunkle Hengst die Herde, trieb die schwächeren Pferde an, achtete auf die Stuten, die ihre Fohlen ermunterten. Von Angst war nichts mehr zu spüren, die ganze Herde strahlte jetzt Entschlossenheit aus, diese gefährliche Reise zu überstehen.

Mein Gewissen meldete sich. Ich hatte sie in diese Lage gebracht. Deswegen musste ich auch zusehen, ihnen einen sicheren Weg zum anderen Ufer zu zeigen.

Nemo hatte sich wieder an die Spitze unserer Gruppe geschoben. Ich hatte keine Ahnung, wo er die Kraft hernahm, aber anscheinend wurde er überhaupt nicht müde. Seine Bewegungen waren gleichmäßig und geschmeidig, vielleicht legten sie sogar noch einmal an Tempo zu.

Und dann hatte er wieder Boden unter den Hufen. Kurz zögerte er, weil es sich anscheinend anders anfühlte, eine Reiterin über Land zu tragen, aber dann spannte er die Hinterhand an und stieg aus dem Wasser. Er schüttelte sich, dass die Tropfen nur so flogen und ich Mühe hatte, nicht von seinem nassen Rücken zu rutschen, aber dann drehte er sich ohne mein Zutun um und wieherte.

Sein Ruf gellte über die Wiek. Neue Energie machte sich zwischen den Pferden breit, ich konnte sehen, wie sie ihre letzten Kräfte mobilisierten. Eines von ihnen hatte es aufs sichere Land geschafft, der Rest würde folgen. So einfach, so unbestechlich war ihre Logik. Sie richteten sich auf Nemo aus, der mit gewölbtem Hals auf dem schmalen Strandstreifen auf und ab trabte und anscheinend ganz vergessen hatte, dass ich auf seinem Rücken saß.

Und dann hatte es die erste Stute geschafft. Zusammen mit ihrem Fohlen, einem kräftigen kleinen Hengst, stieg sie aus den Wellen. Nemo, der sie nicht aus den Augen gelassen hatte, wendete spektakulär – der Angeber! Hatte gerade mal zehn Minuten eine Reiterin auf seinem Rücken und dachte, er müsste eine Kehrtwendung hinlegen! – und sprintete auf sie zu. Wie machte er das nur, dass er sich auf die Hinterhand setzte, als wäre ich gar nicht da?

Die drei Pferde begrüßten sich wie nach einer langen Reise und irgendwie war es ja auch so. Immer mehr Stuten und Jungtiere kamen jetzt aus dem Wasser, sie prusteten und drängten sich aneinander. Langsam wurde es eng am Ufer, aber obwohl ich auf sie wartete, zeigte sich meine Panik nicht. Es war in Ordnung, hier auf Nemos Rücken, ich ertrug die vielen Pferde, ihre Nähe, ich genoss es sogar, dass sie immer näher herankamen, um ihre Nase gegen meine Beine zu drücken und sich die Mähne kraulen zu lassen. In diesem Augenblick war ich eine von ihnen – oder zumindest keine Fremde.

Als der erste Leithengst an Land ging, hielt ich es für das Beste, Nemo zu überreden, ihm das Feld zu überlassen. Das Letzte, was ich gebrauchen konnte, war, in den Rangkampf zweier Hengste zu geraten, und Nemo schien sich gerade unbesiegbar zu fühlen. Ich legte ihm die Schenkel an den Bauch. Erst zuckten nur seine Ohren zu mir, dann lief ein Schauer durch seinen Körper. Ich erstarrte. Was passierte jetzt? Hätte ich doch absteigen sollen, als es noch ging? Als wir noch nicht von Dutzenden Pferden umringt gewesen waren? Würde er mich jetzt abwerfen?

Aber nach einem kurzen Moment, in dem er zögerte, richtete er seine Aufmerksamkeit auf mich. Ich atmete langsam aus, dann holte ich Luft und straffte den Rücken. Ich konnte die Energie fühlen, die durch ihn hindurchfloss, als ich mich leicht nach links drehte und mit dem rechten Schenkel vorsichtig gegen seinen Bauch drückte. Dann ging er los. Brummend und kraulend lobte ich ihn und lotste ihn einen ausgetrockneten Priel entlang Richtung Inselmitte. Wir machten langsam, nicht nur, weil wir darauf warteten, dass sich uns die Herde anschloss, sondern auch, weil wir uns neu aneinander herantasteten. Er prüfte jede einzelne Bewegung darauf, ob eine Absicht dahinterstand oder ob ich mich einfach nur ausbalancierte, ich wartete bei jeder Hilfe, ob er verstand, was ich von ihm wollte, oder ob ich es ihm anders erklären musste.

Plötzlich war die anfängliche Scheu überwunden. Er schnaubte ab, wohlig und ausgiebig, und senkte den Kopf. Das Glücksgefühl, das durch mich hindurchfloss, war wie ein golden funkelnder Strom. Da akzeptierte dieser kleine wilde Hengst, der bis vor ein paar Wochen noch keinen Menschen aus der Nähe gesehen hatte, mich einfach so auf seinem Rücken!

Weil er dir vertraut, flüsterte es in mir. Weil du ihm vertraust …

Und in dem Moment, als Nemo mich unter der Novembersonne zwischen Strandroggen und Sanddornsträuchern dahintrug, über uns der milchigblaue Himmel, vergaß ich, dass mir schweinekalt war und ich mir wahrscheinlich eine Lungenentzündung holte, dass uns fast hundert Koniks folgten, ihre Schritte gedämpft vom sandigen Boden. Ich vergaß, wie voll von Angst und Bedauern und

Schuldgefühlen die letzten Monate gewesen waren, wann immer ich zu den Pferden ging. Ich war einfach nur hier, bei Nemo, und war dankbar.

Langsam lehnte ich mich nach vorn, legte mich auf seinen Hals und schloss die Augen. Alle meine Wünsche schnurrten auf diesen einen zusammen: dass ich diesen Frieden mitnehmen könnte, zurück in mein normales Leben, dass ich ihn immer finden könnte, tief in mir. Dann würde alles gut werden, meine Pferde würden mir keine Angst mehr machen, ich könnte wieder ehrlich sein, zu meiner Familie, zu Linh. So wie zu Jannis.

Tropfen glitten über mein Gesicht, vielleicht Tränen, vielleicht Wasser aus meinen Haaren, es war egal. Nemos Mähne fing sie auf und dort waren sie gut aufgehoben. So wie jedes Geheimnis.

Die Dünen wichen einer Grasfläche, die uns gegenüber von einem dichten Wald begrenzt wurde, sich aber rechts und links mehrere Hundert Meter erstreckte. Ich lenkte Nemo bis zum Waldrand, glitt von seinem Rücken und streichelte seine Stirn.

»Danke«, flüsterte ich, und während er den Kopf gegen meinen Bauch presste, seufzte er leise.

Dann trat ich einen Schritt zurück. Er sollte sich frei bewegen können, seinen neuen Status auskosten können. Einen Moment zögerte er noch, dann wandte er sich schnaubend um und ging davon, mitten hinein in die Herde.

Immer mehr Pferde tauchten im Gänsemarsch zwischen den Dünen auf und verteilten sich. Die Aufregung war ihnen noch anzusehen. Fünf, sechs junge Stuten fielen in Trab, dann galoppierten sie an. Es war, als hätten sie ein Signal gegeben. Eine große Gruppe stürmte los, am Rand der Dünen entlang. Staub wirbelte auf, als sich immer mehr Pferde anschlossen, ihre Hufe donnerten über die

Wiese. Dann war die ganze Herde unterwegs und unter mir bebte der Boden. Ich hatte Gänsehaut, als hundert Pferde am Ende der Wiese umkehrten und am Wald entlang auf mich zugaloppierten. Mit weit geöffneten Augen nahm ich ihre Energie in mich auf, während sie an mir vorbeirannten, und mein schneller Herzschlag hatte nicht das Geringste mit Angst zu tun.

Als sie die Grasfläche einmal umrundet hatten, kamen die Pferde langsam zur Ruhe. Sie verteilten sich und die ersten begannen zu grasen. Die Hengste fingen an, Ordnung zu schaffen und ihre Familien zu sortieren. Das Schlimmste war überstanden.

Jannis

»Gut gemacht, Mädchen.«

Ich schloss das Koppelgatter hinter Dari, drehte mich um und rannte Richtung Haus. Neben der Feststation im Flur wühlte ich zwischen Kassenbelegen und Futterrechnungen, bis ich den Zettel mit der Nummer gefunden hatte, von der ich sicher gewesen war, dass ich sie nie anrufen würde. Ich tippte sie in mein Handy.

Nach viermal Klingeln hörte ich: »Hallo?«

»Laura, hallo, hier ist Jannis Maibach.«

Das überraschte Schweigen dauerte höchstens zwei Sekunden. »Jannis, das ist ja schön! Ist alles in Ordnung?«

»Ja. Nein! Laura, kannst du mir helfen? Wir müssen verhindern, dass die Koniks aus dem Naturschutzgebiet wegkommen, und dafür brauchen wir ein Labor, und du kannst das doch bestimmt …«

»Jannis, durchatmen! Ich verstehe kein Wort.«

Ich bin mir nicht ganz sicher, wie ich es schaffte, Laura die Sache so zu erklären, dass sie kapierte, worum es ging und warum sie so wichtig war. So schnell, wie sie zusagte, uns zu helfen, und mir erklärte, was ich zu tun hatte, konnte ich Björn immerhin eines nicht absprechen: Er hatte einen ziemlich guten Frauengeschmack.

Noch während wir redeten, rannte ich aus dem Haus und hinüber zum Stall.

»Ich melde mich, sobald ich etwas habe.«

Damit hatte Laura aufgelegt, und ich rief: »Kamil? Kamil!«

Eine Viertelstunde später warf ich mein Rad hinter einem Kombi auf dem Parkplatz des Naturschutzgebiets ins Gras. Zwischen den vielen Lkw, Transportern und Hängern war es gar nicht so leicht, einen Weg zum Eingang zu finden – noch dazu hatte der sich so verändert, dass ich kurz stehen bleiben musste, um mich zu orientieren. Direkt vor dem Tor erstreckte sich ein Stahllabyrinth aus Gängen und Pferchen, das ich eher auf einem Rodeo als hier in der vorpommerschen Provinz erwartet hätte. Die Novembersonne legte einen milchigen Glanz über die Metallstreben, sodass die Anlage nicht ganz so brutal, dafür umso unwirklicher aussah. Von dort aus führten mit Elektrozaun eingegrenzte Pfade zu mehreren Koppeln, hinter denen sich ein Rettungswagen, zwei Feuerwehrautos und zwei Getränkeausgaben gruppiert hatten.

Auf dem ganzen Platz wimmelte es von Menschen. Es kam mir vor, als wäre halb Eldenau an der Sammelstelle. Und von überallher hörte ich aufgeregte Gesprächsfetzen.

»Wie, nicht da?«

»… auch gehört …«

»… kein einziges Pferd gefunden …«

»… hundert Pferde verschwinden?«

Anscheinend hatte Frida ihren Teil des Plans erfüllt, jetzt durfte ich sie nicht im Stich lassen. Ich scannte die Leute nach bekannten Gesichtern, nach Max oder Linh, Theo, Robert, Kristin, Florian oder Mama. Die Erste, die ich entdeckte, war allerdings Frau Jansen. Ich kannte sie von Fotos, aber selbst wenn ich nur Fridas Beschreibungen gehabt hätte, hätte ich sofort gewusst, wer die Frau mit Barbour-Jacke und Rollkragenpulli war, die da ein wenig abseits der Menge stand.

Im nächsten Moment blieb ich wie festgewachsen stehen. Neben Frau Jansen parkte ein weißes Quad mit rundem Logo, das eine aufgehende Sonne über einem Feld darstellte. Der Fahrer hatte seinen Helm abgenommen und redete aufgeregt auf Frau Jansen ein.

»He!«, schrie ich. »He! Sie Arsch, was fällt Ihnen ein, Pferde zu jagen?«

Bestimmt ein Dutzend Köpfe schnellte zu mir herum, als ich mich mit ausgefahrenen Ellbogen durch die Leute schob und auf Frau Jansen und den Quadfahrer zustürmte.

»Haben Sie eigentlich eine Ahnung, was hätte passieren können?« Es war natürlich kompletter Quatsch, was ich da redete, denn das eigentliche Thema war ja das Heu. Das Heu, das hundert Koniks in Gefahr brachte und das – darauf hätte ich gewettet – dieser Typ ins Naturschutzgebiet gekarrt hatte.

Trotzdem war die Wirkung erstaunlich. Frau Jansen bekam einen hochroten Kopf, als sie mich auf sich zulaufen sah, der Typ neben ihr – er war mindestens vierzig, und seine graublonden Haare waren schon so dünn, dass er sie bis auf ein paar Millimeter abrasiert hatte – glotzte mich an, als würde er mich am liebsten im nächsten Gülletank ertränken. Eine Sekunde später hatte Frau Jansen die Fassung wiedergewonnen.

Sie hob beschwichtigend die Hände. »Jetzt mal langsam bitte. Wer bist du denn? Was ist passiert?«

»Der da«, ich deutete mit ausgestrecktem Arm auf den Quadfahrer, »hat vorhin mein Pferd und mich quer über die Felder gejagt. Er kann froh sein, dass nichts passiert ist, meine Stute ist ein wertvolles Springpferd.«

Ich redete immer lauter, weil ich hoffte – keine Ahnung, was ich hoffte, einen Plan hatte ich immer noch nicht. Vielleicht konnte ich Mamas oder Florians Aufmerksamkeit auf uns ziehen und dann meine Story loswerden.

Mama oder Florian hörten mich nicht, aber Theo. Aus dem Augenwinkel bekam ich mit, dass er mir kurz stirnrunzelnd zuhörte, dann verschwand er.

Frau Jansen versuchte, den Menschenauflauf um uns herum wegzulächeln. »Das ist sicher ein Missverständnis. Bist du sicher, dass du Herrn Laßmann gesehen hast? Oder war es vielleicht nicht eher so, dass er seiner Arbeit nachgegangen ist, anstatt euch hinterherzufahren? Herr Laßmann ist der Verwalter von Gut Braslow, da ist er sicherlich häufiger in der Gegend unterwegs, die du beschreibst.«

»Warum nehmen Sie dieses … Herrn Laßmann denn jetzt in Schutz? Ich sage Ihnen doch, wie es war.«

Frau Jansen schüttelte den Kopf, aber sie kam nicht dazu, noch etwas zu entgegen, weil jetzt die gesammelte Carlshof-Gut-Eldenau-Fraktion auflief. Neun Leute standen plötzlich um uns rum, und hinter Mama, Florian, Max, Linh, Simon und den Benekes erkannte ich auch Frau Lewandowski und unseren Lokalreporter Herrn Lorenzen, die etwas mitbekommen hatten und sich einen Weg zu uns bahnten.

»Was ist denn hier los?«, fragte Mama. »Jannis?«

Ich setzte an, meine Geschichte von vorn zu erzählen, aber Frau Jansen fuhr mir über den Mund. »Ihr Sohn verbreitet hier haltlose Anschuldigungen, Frau Maibach. Ich schlage vor, Sie klären das mit ihm, und dann können wir gern in einer ruhigen Minute darüber reden, wenn wir unser heutiges Problem geklärt haben.«

»Welches Problem?«, fragte ich unschuldig.

Frau Jansen bedachte mich mit einem kalten Blick. »Die Koniks sind verschwunden. Du verstehst sicher, dass uns hundert Pferde, die möglicherweise in Gefahr sind, mehr beschäftigen als deine unbegründeten Vorwürfe.«

Mama runzelte die Stirn, aber insgeheim grinste ich. Jetzt hatte ich die Frau so weit. »Da kann ich Ihnen helfen, Frau Jansen. Der Mann, der die Koniks in Gefahr gebracht hat, steht neben Ihnen.«

Der Effekt war ziemlich gut. Laßmann sah aus, als würde er gleich das Fleischermesser rausholen, Frau Jansens Gesicht fror ein und Mama seufzte.

Kristin sah mich scharf an. »Geht's Frida gut?«

Die Frage schickte mir einen unbehaglichen Schauer über den Rücken. Dazu hätte ich gern laut und deutlich »Ja!« gesagt, aber wenn ich ehrlich sein wollte, reichte es nur zu »Ich glaube schon. Vorhin war alles in Ordnung. Sie hatte es im Griff«.

»Was im Griff?«, kam es misstrauisch von Frau Jansen, die sich wieder gefangen hatte, aber ich ignorierte ihren Einwurf.

Stattdessen nutzte ich Mamas Aufforderung: »Raus mit der Geschichte, Jannis.«

Ich suchte kurz Max' Blick, dann holte ich tief Luft und legte los. Ich begann mit Fridas Beobachtung, dass sich der Zustand der Koniks nach der Zufütterung verschlechtert hatte, und machte weiter mit dem Verdacht, dass es sich um eine Vergiftung handeln und Roberts Heu dahinterstecken könnte, was das Laborergebnis aber ausgeschlossen hatte. Frau Jansen versuchte ständig, mich zu unterbrechen, aber immer brachte sie einer der Erwachsenen zum Schweigen. Was die Frau hatte, wusste ich nicht, aber dass Laßmann gar nichts sagte, nahm ich als Beweis, dass ich bei ihm richtiglag.

»Der Witz bei der Sache ist«, kam ich zum Schluss, »dass der Verdacht mit dem Heu die ganze Zeit richtig war. Die Koniks sind mit schlechtem Heu vergiftet worden, aber es kam nicht von Gut Eldenau, sondern von Gut Braslow.«

Frau Jansen zeterte los: »Das ist eine ungeheuerliche Unterstellung! Wie kannst du denn so einen Verdacht in den Raum stellen? Ganz ohne Beweise?«

»Beweise habe ich. Ein Trecker von Gut Braslow hat mich auf dem Weg ins Naturschutzgebiet beinahe über den Haufen gefahren. Er hatte Rundballen geladen, die mit weißer Folie eingeschweißt waren.« Ich zog den Reißverschluss meiner Jacke auf. »Und genau so eine Folie haben wir im Konikgehege gefunden.« Aus der Innentasche holte ich den Fetzen Plastik und hielt ihn ihr hin.

»Das sind keine …«

»Ich war ja auch noch nicht fertig«, sagte ich ziemlich heftig, weil es mich langsam aufregte, dass wir hier wertvolle Zeit verschwendeten. War die Frau Vorsitzende des Konik-Schutzvereins oder was? Kristins Frage vorhin hatte mich auf dem falschen Fuß erwischt – ich wollte endlich klare Verhältnisse schaffen und dann so schnell wie möglich zu Frida. »Genau solche Rundballen liegen auch auf einer Wiese an der Wiek. Dort haben wir Proben vom Heu genommen. Der Typ da«, es war klar, dass ich Laßmann meinte, »hat uns dabei gesehen und ist uns mit dem Quad hinterher. Wenn das kein Beweis dafür ist, dass er was damit zu tun hat, weiß ich auch nicht.«

»Du hast weder einen Beweis dafür, dass das Heu belastet ist, noch dafür, dass Herr Laßmann wirklich derjenige war, der euch verfolgt hat.«

»Irrtum«, meldete sich da eine andere Stimme.

Alle Köpfe fuhren zu Linh herum. Sie machte einen Schritt nach vorn und streckte die Hand aus. Auf ihrem Smartphone lief ein Video. Durch einige Birkenstämme hindurch konnte man sehen, wie ein weißes Quad mit einem gelben Kreis unter dem Sitz hinter einem schwarzen Pferd über eine Wiese bretterte.

»Herr Laßmann«, sagte Kristin, als das Pferd mit einem perfekten Sprung über einen Zaun gesetzt war, und sah auf, »ich glaube, da gibt es einiges, was wir klären müssen.«

Ich begann zu grinsen und hielt Linh und Max die Handflächen hin. Sie schlugen ein.

Mittlerweile hatte eine ganze Menge Leute mitgekriegt, dass etwas im Busch war. Ordnerinnen, Freiwillige, Männer, die Polnisch miteinander sprachen, selbst der Bürgermeister waren auf unsere Gruppe aufmerksam geworden und drängten sich so um Kristin, Frau Jansen und Laßmann, dass Linh, Max und ich nichts mehr von dem Gespräch mitbekamen.

Zwischen all den Köpfen sah ich plötzlich Nils auftauchen, der immer wieder hochsprang und mir zuwinkte. Ich zog die anderen beiden am Ärmel aus dem Pulk und gemeinsam bahnten wir uns einen Weg zu ihm.

»Was ist denn mit dir los?«, fragte ich mit harter Stimme, als ich erkannte, dass er eine Bikerjacke trug. Die hatte ich seit Monaten nicht mehr an ihm gesehen. Ich hatte gedacht, mit der Sache hätte er abgeschlossen.

»Erklär ich euch später. Jetzt müsst ihr zu Frida.« Nils warf einen gehetzten Blick über die Schulter auf die Menschenmenge.

»Was?« Ich machte einen Schritt auf ihn zu. »Wo ist sie? Geht's ihr gut?«

Nils nickte. »Vorhin war sie okay. Aber sie ist mit den Koniks durch die Wiek geschwommen, ihr muss arschkalt sein.« Er packte mich am Arm und zerrte mich durch die Leute Richtung Parkplatz, wo es etwas ruhiger war.

Linh und Max versuchten, mit uns Schritt zu halten.

»Geschwommen?«, rief Linh. »Aber wohin denn?«

Nils blieb stehen und drehte sich zu uns um. »Auf diese Vogelschutzinsel, die Oie, glaube ich. Kennt ihr die?«

Max und ich schüttelten den Kopf, aber Linh nickte. »Ich bin da mal mit meinen Eltern vorbeigesegelt. Ist nicht weit vom Naturschutzgebiet. Aber trotzdem! Sie hat die ganze Herde mitgenommen?«

Endlich kam ich aus meinem Schock raus. Was mit den Pferden war, konnten wir später klären. Jetzt ging es um Frida. »Das ist doch egal. Wie kommen wir dahin?«

Nils runzelte die Stirn. »Ruft besser einen Rettungshubschrauber. Sie ist bestimmt unterkühlt.«

Unsicher sahen Max, Linh und ich uns an. Was sollten wir tun? Wenn wir verrieten, wo Frida war, wusste der Schutzverein auch, wohin sie die Koniks gebracht hatte. Und bevor entschieden war, dass die Wildpferde bleiben konnten, wäre vielleicht alles umsonst gewesen, und die Herde käme trotzdem weg.

»Was würde Frida wollen?«, fragte Max.

Linh und ich schnaubten beide.

»Na, was wohl?«, antwortete ich. »Die Pferde gehen bei ihr immer vor.«

Nils wurde unruhig. »Leute, sorry, ich bin weg.«

»Auf keinen Fall! Nils, warte. Du musst die Stellung halten und im Notfall den Rettungsdienst rufen.«

Er warf einen Blick auf meine Hand, die seinen Ärmel gepackt hatte. Ich ließ ihn los, sah ihn aber weiter fest an. Endlich nickte er. »Okay. Ich bleibe hier, versprochen.«

»Wir brauchen ein Boot«, warf Max ein. »Und trockene Klamotten, was Warmes zu trinken und eine Decke.«

Als wäre das der Startschuss gewesen, schwärmten wir aus und begannen unsere Rettungsmission.

Zwanzig Minuten später saßen Linh und ich Max gegenüber in einem Ruderboot und hielten auf eine Insel zu, von der ich bis heute noch nicht mal gehört hatte. Das mit dem Boot hatte Nils gedeichselt, während Linh, Max und ich zusammenklauten, was wir für Frida brauchten. Skrupel hatte ich keine, der Schutzverein war gut ausgestattet und immerhin war Fridas Mutter Mitglied des Vorstands. So genau würden sie es schon nicht nehmen.

»Frag nicht«, hatte mich Nils ziemlich heftig unterbrochen, als ich wissen wollte, wieso ein Ferienhausbesitzer an der Wiek ihm nach einem kurzen Anruf einfach so sein Boot auslieh, also hatte ich die Klappe gehalten. Es war mir eigentlich auch egal, Hauptsache, wir kamen schnell zu Frida.

Und jetzt waren wir endlich unterwegs. Ich war froh, dass Max das Rudern übernahm, denn ich war gerade zu nichts fähig. Meine Gedanken kreisten um das eine Thema: Frida war mit einer Herde von hundert Pferden durch die Wiek geschwommen. Das war so unglaublich, dass daneben alles andere, was heute passiert war, verblasste.

Jetzt, wo diese Neuigkeit langsam einsickerte, kamen mir Zweifel, ob wir uns richtig entschieden hatten. Was, wenn wir zu lang brauchten? Wenn Frida so unterkühlt war, dass sie ohnmächtig wurde? Wie sollten wir sie auf dieser Insel rechtzeitig finden? Mussten wir nicht sofort den Rettungsdienst holen?

Mir entwischte ein zittriges Geräusch, als ich mein Handy aus der Tasche zog und feststellte, dass ich hier kein Netz hatte.

Natürlich nicht. Wann hatte man an diesem verdammten Ende der Welt jemals Netz?

Ich fluchte unterdrückt und Linh legte mir eine Hand auf den Arm. »Wir finden sie rechtzeitig«, flüsterte sie.

Als ich sie anguckte, fiel mir auf, dass sie ihre Angst ganz gut im Griff hatte. Sie lenkte sich anscheinend damit ab, Max dabei zu beobachten, wie er uns mit kräftigen, gleichmäßigen Ruderschlägen übers Wasser beförderte. Ich sah ihm eine Weile dabei zu – hochziehen, eintauchen, hochziehen, eintauchen –, und ja, es war beruhigend. Wenn es hier nicht um jede Minute gegangen wäre, hätte es ein schöner Moment sein können, auf dem glitzernden Wasser unter der bleichen Novembersonne, in der Stille, die nur von ein paar Kranichrufen unterbrochen wurde.

»Woher kannst du das eigentlich?«, fragte ich, als mir aufging, dass Max ruderte wie ein Profi.

»Das ist der Vorteil, wenn man oft Angelferien mit seinem Dad in Kroatien macht«, antwortete er trocken.

Von Linh kam ein komisch ersticktes Geräusch zwischen Weinen und Lachen, und angesichts all der verrückten, halsbrecherischen Aktionen, die heute schon wieder passiert waren und in denen wir immer noch steckten, gab mir das den Rest. Ich fing an zu lachen, die anderen fielen glucksend ein und in dieser völlig überdrehten Stimmung schipperten wir auf das Ufer der Insel zu und scheuchten dabei mehr als eine Möwe auf.

Frida

Mir war immer noch eiskalt. Ich wusste nicht, wie lange ich jetzt schon auf und ab hüpfte, mir über Arme und Beine rieb und versuchte, irgendwie das Zittern abzustellen, das mich überfallen hatte, seit Nemo mich nicht mehr wärmte. Ich blieb im Windschatten der Bäume, und wo sich die Sonnenstrahlen fingen, brachten sie auch noch ein bisschen Wärme, die ich dringend brauchte. Aber kalt war es trotzdem.

Ich hatte mich nicht getraut, mich hinzusetzen, weil ich Angst hatte einzuschlafen. Doch langsam wurde nicht nur das Zittern anstrengend, sondern auch das Rumgezappel. Es war Zeit für eine Entscheidung.

Die Koniks grasten friedlich. Hier konnten sie es eine Weile aushalten, bis klar war, ob Jannis und ich mit unserem Verdacht recht hatten. Es gab ja eine Süßwasserquelle, wenn sie im Sommer sogar Rinder hierherbrachten. Und das hatte der Mann auf dem Ausflugsschiff im August doch erzählt, oder?

Das bedeutete, ich sollte langsam zurück. Den Gedanken hatte ich so lange wie möglich von mir weggeschoben, aber jetzt ließ er sich nicht mehr verdrängen. Wenn ich nach Hause wollte, musste ich los. Wärmer wurde mir nicht mehr, das hatte ich jetzt ja lange genug versucht. Und je länger ich wartete, desto größer würde mein Widerwille werden.

Seufzend sah ich mich nach Nemo um. Er graste in der Nähe

der silbern schimmernden Stute, die uns als Erste ins Wasser gefolgt war. War das seine Mutter? Hatte er sich seiner Familie wieder angeschlossen? Der Hengst würde das vermutlich nicht lange dulden, aber es war schön zu wissen, dass er nicht allein war.

Ich merkte, dass ich lächelte. Keine Ahnung, wie das hier weiterging, ob wir die Koniks wirklich gerettet hatten und kein weiteres krank werden würde, eines immerhin hatten wir geschafft: Wir hatten einen weiteren Tag gewonnen, und das war mehr, als heute Morgen möglich schien.

Langsam wandte ich mich den Dünen zu. Während ich über die Wiese ging, ließ ich den Blick über die Pferde schweifen, die vielen falben und grauen und bräunlichen Rücken.

Die Wildpferde von Eldenau. Sie hatten keine Ahnung, was sie mir heute gegeben hatten.

Am Wasser blieb ich stehen und atmete tief durch.

»Na los, Frida, du packst das«, redete ich mir gut zu, aber ich klang deutlich motivierter, als ich mich fühlte. »Es ist nicht weit, du kannst gut schwimmen und da drüben warten eine Badewanne und trockene Klamotten auf dich.«

Mit dem letzten Argument hatte mein Unterbewusstsein endlich einen stichhaltigen Grund gefunden, diese Quälerei noch mal anzugehen. Ich hatte schon den ersten Schritt in die Wiek gemacht, als ich zurückzuckte. Was war das?

Jetzt hörte ich es deutlicher: »Frida! Friiiiiidaaa!«

Ich begann zu grinsen. »Hier drüben! HIIIEEER!«, brüllte ich und war schon auf dem Weg zurück durch die Dünen.

Und da war er. Mit dem Rücken zu mir schaute er sich um und

versuchte anscheinend, die Richtung auszumachen, aus der meine Stimme gekommen war. Bevor er sich umdrehen konnte, war ich bei ihm und schlang ihm die Arme um die Brust.

»Oh Gott, Frida.« Er ließ den Kopf fallen und legte seine Rechte auf meine Hände. So standen wir einen Moment, bis ich zu zittern begann. Er war so warm.

Jannis machte sich los und dann passierte plötzlich ganz viel auf einmal. Er rieb meine Arme, und Linh tauchte auf und legte mir eine goldene Decke um die Schultern, und Max hielt mir einen Becher mit Tee an die Lippen, und alle redeten auf mich ein, sodass ich kein Wort verstand und irgendwann so lachen musste, dass ich mich fast nicht mehr auf den Beinen halten konnte.

»Aufhören!«, brüllte ich so laut, dass ich ein paar der Koniks aufschreckte, die in der Nähe der Dünen weideten. In die Stille, die folgte, sagte ich: »Ihr kommt ja wie gerufen.«

Und dann lachten wir alle vier, weil es so albern war, wie wir hier rumstanden.

Irgendwann nahm Max Linhs Hand und deutete Richtung Süden. »Wir warten am Boot auf euch.«

Das war die beste Idee, die heute jemand gehabt hatte.

Jannis

Den Rest des Tages ließ ich Fridas Hand nicht mehr los. Gut, sie duschte und zog sich um, und dafür musste ich sie doch allein lassen, aber kaum tauchte sie in einer Wolke aus Haaren und Zitronenduft in der Küche der Benekes auf, um sich wie wir anderen dem Tribunal zu stellen, wich ich ihr nicht mehr von der Seite.

Es war noch voller als sonst und Kristin und Robert guckten noch ernster als bei früheren solcher Veranstaltungen. Mama hatte mir meine Abreibung schon verpasst, aber wenn ich nach den Blicken ging, die Kristin mir zuwarf, würde ich gleich auch nicht ungeschoren davonkommen. Doch dann teilte Hilda Eintopf aus und die Urteilsverkündung wurde verschoben. Frida lächelte mich unter ihren langen Wimpern hervor verstohlen an.

Als alle fertig gegessen hatten und das Geschirr abgeräumt war, setzte Kristin, die eben auch ganz entspannt geplaudert hatte, wieder ihre strenge Miene von zuvor auf. »So, Frida, und jetzt mal ein ausführlicher Bericht. Was war da heute los?«

Frida und ich tauschten einen Blick. Wir hatten beide damit gerechnet, dass die Erwachsenen uns noch mal ihre Sicht der Dinge darlegen würden, doch dass Frida zuerst erzählen sollte, kam überraschend. Aber dann nickte sie, nippte an ihrem Tee und legte los.

Sie begann im Sommer. Ich konnte sehen, dass es Dinge waren, die sie noch niemandem gesagt hatte, nicht nur an ihrem Ausdruck, sondern auch an den Gesichtern der anderen. Sie erzählte davon, wie sie kapiert hatte, dass der Unfall mehr Schaden hinterlassen hatte als nur ihre Verletzungen, dass sie nicht gewusst hatte, wie sie mit ihrer Angst umgehen sollte, und dass sie bei den Koniks die Leichtigkeit wiedergefunden hatte, die ihr zu Hause fehlte. Kein einziges Mal stockte sie, es war, als hätte der Tag heute alles wieder an seinen Platz gerückt und als würde sie selbst nun den Sinn darin erkennen.

Als sie erklärte, wie sie dahintergekommen war, dass mit den Koniks etwas nicht stimmte, wurden die Erwachsenen unruhig. Ich glaube, ihnen wurde klar, dass sie spätestens da hätten kapieren müssen, dass mit Frida etwas im Argen lag. Genau wie ich.

Die Tage zwischen der Entscheidung zur Evakuierung und heute fasste Frida mit ein paar wenigen Worten zusammen, aber da packte sich längst jeder selbst an die Nase, weil wir alle etwas Besseres zu tun gehabt hatten, als uns um Fridas Verzweiflung zu kümmern. Schließlich kam sie zu dem Punkt, als sie mit einer Herde von hundert Pferden am Rand der Wiek stand und ihr die Zeit davonlief, und wenn bisher noch Gefahr bestanden hatte, dass sie Ärger bekommen würde – die Geschichte, die sie uns jetzt auftischte, wischte sie einfach weg. Dass es halsbrecherisch gewesen war, wusste Frida selber. Aber es war auch verdammt cool.

»Danach haben wir das Boot zurückgegeben und ab da wart ihr ja dabei.« Frida nickte einmal, als wollte sie ihre Worte bekräftigen, und dann herrschte für eine lange Minute Stille.

Heinrich schob irgendwann seinen Stuhl zurück, ging schweigend aus dem Raum und kam mit einer Flasche Schnaps und einem Stapel Gläser zurück.

»Teufelsmädchen«, murmelte er, und als einer nach dem anderen anfing zu lachen, erst verhalten, dann immer lauter, zwinkerte er Frida zu.

»Trotzdem, Frida, das war gefährlich«, flüsterte Kristin, als sie sich neben uns setzte und Frida in den Arm nahm.

Frida lächelte vorsichtig. »Ich war bei Nemo, Mama.«

Kristin sah sie einen Moment an und ließ es so stehen.

Der Abend ging noch lang. Miri hatte die Lacher auf ihrer Seite, als sie erzählte, wie Frida am Morgen durch das Animal-Attack-Lager gefegt war und die Truppe zum Handeln gezwungen hatte. Ich hatte den Eindruck, dass sie sich in diesen Eldenau-Kosmos ziemlich gut einfügte, seltsame Tierretterfreunde hin oder her.

Theo nahm Frida und mich irgendwann zur Seite und fragte: »Habt ihr eine Ahnung, wohin Nils vorhin verschwunden ist?«

Wir schüttelten beide den Kopf. Ja, ich hatte mich auch gewundert, wieso er sich am Nachmittag so seltsam verhalten hatte.

»Wusste er von dir, was wir im Konikgehege vorhatten?« Frida guckte Theo an, der gedankenverloren vor sich hin starrte.

»Du meinst, weil er mit dem Bike hinterhergefahren ist?« Er sah auf und nickte. »Miri und die anderen mussten abbrechen, weil die Treiber schon unterwegs waren. Er hat mitbekommen, dass … Na ja, sagen wir, ich hatte ein angespanntes Gespräch mit David.«

»Und da war ihm klar, dass die Herde noch nicht komplett ist, und er hat mit seinen Mitteln nachgeholfen?« Ich grinste, als Frida es so ausdrückte. »Wusstet ihr, dass er ein neues Motorrad hat?«

Doch ehrlich gesagt waren mir Nils und sein Bike gerade ziemlich egal. Mama kam herüber und meinte, sie würde Linh, Max und mich jetzt nach Hause bringen, aber nach einigem Gemaule ließen sich die Erwachsenen dazu breitschlagen, dass wir im Wohnzimmer der Benekes ein Matratzenlager bauten.

Eine halbe Stunde später war im Haus Ruhe eingekehrt und wir lagen zu viert schweigend nebeneinander. Jemand hätte aufstehen und das Licht ausmachen müssen, aber wir hingen alle noch unseren Gedanken nach. Ich hielt Fridas Hand und neben mir atmete Max immer wieder tief ein. Eine Weile fiel mir das gar nicht auf, aber dann drehte ich den Kopf und sah ihn an.

Er hatte die Lippen zusammengepresst und starrte an die Decke. Erst nach einer langen Minute warf er mir einen schnellen Blick zu, bevor er leise sagte: »Das war dann wohl mein letztes Pferdeabenteuer in Eldenau.«

Fridas Hand drückte so plötzlich zu, dass ich zusammenzuckte, und Linh drehte sich auf die Seite, schlang den Arm um Max und legte ihren Kopf auf seine Brust. Sie biss sich auf die Lippe.

»Du solltest einfach hierbleiben«, murmelte Frida.

Linh rollte eine Träne über die Wange, als sie meinte: »Es ergibt überhaupt keinen Sinn, dass du weggehst. Dort siehst du deine Mutter bestimmt noch weniger als in Berlin. Und wir …«

Max schluckte, als sie nicht weiterredete. Er hatte seinen Arm um Linh gelegt und zog sie jetzt noch näher an sich.

Mir gingen Fridas Worte nicht aus dem Kopf. Genau das hatte ich vorgeschlagen, als Max mir zum ersten Mal von Schanghai erzählt hatte.

»Max«, sagte ich, »würdest du bleiben wollen?«

Es dauerte einen Moment, bis er antwortete: »Das war jetzt eine rhetorische Frage, oder?«

Ein Grinsen konnte ich mir nicht verkneifen, als sich Frida und Linh gleichzeitig auf den Ellbogen stützten und ihn ansahen. »Dann wird es Zeit für einen Plan.«

Nach einem ausgiebigen Frühstück mit Luises Schokobrötchen liefen Max und ich am nächsten Morgen Richtung Carlshof. Ich wollte gleich nach Dari sehen, und dann musste ich mir schleunigst eine gute Ausrede für Björn einfallen lassen, warum ich gestern nicht bei der Sichtung aufgetaucht war. Doch schon von Weitem kam uns Mamas laute Stimme entgegen. Ohne ein Wort wurden wir schneller.

»... mir egal, Björn! Du kannst hier nicht rumlaufen wie ein Dreizehnjähriger und machen, was dir gefällt! Gerade hattest du es geschafft, dass er dich nicht mehr für einen Arsch hält, und dann so was?« Max und ich bogen um die Ecke der Reithalle, und da stand sie, hielt sich das Handy ans Ohr und fuhr sich durch die Haare. »Nein, jetzt rede ich! Auf keinen Fall kommt sie zu dir! Er hatte gestern gute Gründe, die Sichtung ausfallen zu lassen – und ich habe rechtzeitig abgesagt, also hab dich nicht so –, und wenn er dir versprochen hat, sie zu machen, dann hält er das. Aber gestern gab es Wichtigeres als dieses verdammte Springen!«

Mama drehte sich um und bekam große Augen, als sie uns stehen sah. Sie war knallrot im Gesicht. Nach einer Sekunde drehte sie sich wieder weg.

»Damit ist jetzt Schluss, Björn. Du wirst ihn nicht länger mit dieser Stute erpressen. Setz einen Vertrag auf, ich kauf dir deinen Anteil an Dari ab. Interessiert mich nicht! Ich wollte gar nichts von dir, aber das tust du gefälligst für mich! Ich melde mich.«

Sie legte auf und atmete scharf aus. Dann straffte sie die Schultern und drehte sich zu uns um. Wir mussten sie ziemlich fassungslos anstarren, denn ihre Mundwinkel zuckten. »Ich habe gerade dein Pferd gekauft.«

»Wir haben das Geld nicht«, war alles, was mir zu sagen einfiel.

Mit drei Schritten war sie bei mir und nahm mich in die Arme, erinnerte sich aber glücklicherweise gleich wieder daran, dass Max neben uns stand. Kamil und Tadeusz auch, wie ich gerade bemerkte.

Sie trat ein bisschen zurück und schob die Hände in die Hosentaschen. »Und ob wir dieses Geld haben. Jannis, du hast den ganzen Sommer so viel gearbeitet, dieses Pferd verlierst du nicht. Irgendwie kratze ich den Kaufpreis zusammen. Vielleicht lässt sich dein Onkel zu einem vorgezogenen Abiturgeschenk überreden.«

»Das sollte dann besser mal ein Einser-Abi werden«, steuerte Max bei und rieb sich den Nacken.

Mama schmunzelte. »Ja. Mach mir bloß keine Schande.«

Okay, scheiß drauf. Ich stürzte auf sie zu und jetzt umarmte ich sie. »Ist das dein Ernst?«

»Mein voller«, flüsterte sie mir ins Ohr und drückte mich. »Ich halte das selber nervlich nicht mehr aus.«

Das brachte uns beide zum Lachen.

»Was war denn eigentlich?«, fragte ich, als ich sie losließ.

Mama winkte unseren Angestellten, die ein Stück näher kamen. »Tadeusz und Kamil waren gestern hier, als Björn mit dem Hänger anfuhr und Dari mitnehmen wollte. Er hat wohl getobt.« So eine Überraschung. »Und dann haben sie verhindert, dass er sie auflädt. Also ist er wieder abgezogen.«

Heute war sowieso schon alles egal. Ich fiel auch Tadeusz und Kamil um den Hals. »Danke, Leute, echt, vielen Dank, dass ihr das getan habt.«

Kamil machte nur eine wegwerfende Handbewegung und guckte woandershin, doch Tadeusz meinte: »Männer und Frauen können sich lassen scheiden. Aber niemand darf trennen ein Mann von seinen Pferd.«

Tja, damit war wohl alles gesagt.

Punkt sechzehn Uhr klingelte es.

Ich wischte mir die schwitzigen Hände an der Hose ab und lächelte meiner Mutter nervös zu. Sie hob die Augenbrauen und ging zur Tür, um zu öffnen. Ich hatte sie gebeten, heute Nachmittag zu Hause zu sein, aber sie wusste nicht, wen ich erwartete.

»Frau Hoffmann, Max!«, sagte sie überrascht. »Kommen Sie doch rein.« Als Max an ihr vorbei ins Haus trat, drückte sie seine Schulter, guckte ihn aber fragend an.

»Ich hoffe, wir stören nicht, Frau Maibach«, machte Max' Mutter mit den Höflichkeiten weiter.

Max verdrehte die Augen.

Als endlich alle Nettigkeiten ausgetauscht waren, alle vor Kaffee oder Saft am Tisch saßen (ich hatte gestern auf dem Gut sogar noch einen halben Apfelkuchen abgestaubt – war ja für einen guten Zweck) und Mama sich nach Schanghai erkundigt hatte, hielt ich es nicht mehr aus.

»Mama, wir müssen dich was fragen.«

Sie schaute von einem zum anderen. »Aha.«

»Ja.« Frau Hoffmann räusperte sich. Anscheinend wollte sie übernehmen. »Ich bin bei der Sache noch unentschlossen. Sein Vater wäre einverstanden und natürlich würde ich für alle Kosten aufkommen. Max versichert mir, dass er sich hier sehr wohlfühlt und …«

»Wir wollten fragen, ob ich bei euch wohnen darf, solange

Mama in China ist.« Max starrte meine Mutter aus großen Augen an.

Wir hatten die ganze Sache über die letzten Tage immer wieder durchgesprochen, er hatte seine Mutter und seinen Vater bearbeitet, und überhaupt waren wir zu dem Schluss gelangt, dass es aus den unterschiedlichsten Gründen die beste Lösung war. Und jetzt lag es an Mama.

Nach einer Schrecksekunde lachte sie auf. War das ein gutes oder schlechtes Zeichen?

Frau Hoffmann holte schon wieder Luft, um irgendwas zu erklären, aber Max schüttelte knapp den Kopf. Ja oder nein, mehr gab es da nicht zu sagen.

Was Mama sagte, war: »Kommt mal mit.«

Max und ich tauschten einen irritierten Blick. Das lief anders als erwartet. Folgsam standen wir vom Tisch auf, gingen in den Flur und stiegen hinter Mama die Treppe hoch. Vor dem Gästezimmer machte sie halt.

Langsam drehte sie sich zu uns um. »Weil Max doch in der letzten Zeit so viel hier war, dachte ich … also …«

Sie öffnete die Tür. Im Gästezimmer sah es aus wie auf einer Baustelle. In einer Ecke standen Farbeimer, dahinter lagen Malerrollen, Pinsel und Abdeckfolie. Neben dem Fenster stapelten sich braune und weiße Kartons mit Möbeln, die noch zusammengebaut werden wollten.

Ich kapierte es nicht. »Wollt ihr das Zimmer jetzt endlich für Emma und Basti einrichten? Aber was hat das …? Max könnte doch bei mir …«

Mama schüttelte den Kopf und guckte mich an, als wäre ich irgendwie begriffsstutzig. »Nein, die enge Treppe ist für Basti nichts, selbst mit Aufzug. Und hier oben kann er sich mit dem Rollstuhl nicht mal umdrehen.« Sie machte eine kleine Pause. »Wir wollten es dir eigentlich ein andermal sagen, aber Florian und ich dachten, wir könnten hintenraus anbauen. Zwei Zimmer, ein barrierefreies Bad.«

»Für Basti und Emma?«

Jetzt wurden ihr Blick und ihr Ton geradezu unverschämt. »Ja, Jannis.«

Ich breitete die Hände aus. »Dann … Was soll dann das Zeug hier?«

Max schlug sich die Hand vor die Stirn. »Alter.«

Mama sah ihn an und lachte. »Also ist es abgemacht?«

Während ich immer noch versuchte, mit den Ereignissen Schritt zu halten, standen Max die Tränen in den Augen. Er nickte und fiel Mama um den Hals. »Danke, Eva.«

Und endlich machte es auch bei mir klick. »Du … du wolltest …«

»Ich wollte euch längst dasselbe fragen, du Genie, ja. Komm her.« Mama streckte den Arm nach mir aus, und weil es doof gewesen wäre, Frau Hoffmann auszuschließen, standen wir plötzlich zu viert in einer Gruppenumarmung da und redeten durcheinander.

Später, als die Emotionen ein bisschen verebbt waren und unsere Mütter die rechtlichen Details besprachen, luden Max und ich unsere Freundinnen zu Pizza zu uns ein. Wir hatten was zu feiern.

Frida

Es war ein ziemlich seltsames Gefährt, mit dem die Koniks da anlandeten. Wir standen seit einer Weile hier auf dem kleinen Hügel im Naturschutzgebiet unter der windschiefen Eiche und sahen zu, wie Familie um Familie von der Oie ins Gehege zurückkam. Der Schutzverein hatte dafür die Fähre gechartert, die im Sommer die Kühe auf die Vogelinsel brachte.

Eine Woche war vergangen seit der Rettungsaktion. Lauras Laborergebnisse hatten alle Beweise gebracht, die wir benötigt hatten – Laßmann war überführt, den Koniks drohte keine Gefahr mehr, und die Entscheidung, dass das Naturschutzgebiet evakuiert werden sollte, wurde aufgehoben. Was weder Jannis noch ich gewusst hatten, war, dass Gut Braslow Frau Jansen gehörte und Laßmann daher ihr Angestellter war. Gewesen war, denn als klar wurde, dass er tatsächlich hinter der »illegalen Heuentsorgung« steckte, wie es die Zeitung beschönigend formuliert hatte, kündigte sie ihm. Sie beteuerte, nichts von seinen Machenschaften gewusst zu haben, legte aber trotzdem den Vorsitz des Schutzvereins nieder. Ich hielt das ja für einen überschaubaren Verlust, auch wenn es bisher weder eine Nachfolgerin noch einen Nachfolger gab.

Und jetzt kamen die Koniks nach Eldenau zurück. Es war wieder, wie es sein sollte.

Mit einem sanften Ruck setzte die Fähre am Kiesstrand auf und senkte langsam die Rampe. Die Koniks prusteten nervös. Die vordersten merkten schon, dass es gleich in die Freiheit ging, und rempelten sich ungeduldig an, aber insgesamt schien auch die letzte Gruppe die Überfahrt gut überstanden zu haben.

»Ist er das?« Aufgeregt deutete Linh auf eine große Stute mit hübschen dunklen Augen.

Ich schmunzelte. »Nein. Da ist er, schau.« Ich nahm ihre Hand mit dem ausgestreckten Zeigefinger und richtete ihn auf eines der hintersten Pferde.

Nemos Fell schimmerte silbern, obwohl der Dunst, der über dem Wasser lag, viel vom Novemberlicht schluckte. Ganz still stand er da und beobachtete aufmerksam, was vorging.

Ich fühlte Jannis' Blick auf mir. Er wusste, was ich mir vorgenommen hatte: Heute wollte ich Abschied nehmen von Nemo. Er durfte für immer in Eldenau bleiben, dieses Versprechen hatte ich Mama abgenommen, aber unsere gemeinsame Zeit war jetzt vorbei.

Vorsichtig setzten die ersten Pferde die Hufe auf den Kies, so als müssten sie erst testen, ob der Boden sie wirklich trug. Doch kaum hatten sie wieder festen Grund unter den Hufen, fanden sich die Familien zusammen und machten, dass sie von der Fähre wegkamen. Eins nach dem anderen, manchmal in Gruppen von zwei oder drei, sprangen sie von der Rampe und trabten den Strand entlang, schnaubend und prustend.

Nemo verließ die Fähre als einer der Letzten. An seiner Seite war eine kleine sandfarbene Stute. Ich musste lächeln.

Jannis griff nach meiner Hand, und da kapierte ich es auch: Ich hatte erwartet, dass Nemo mich entdecken würde, mir irgendwie zeigte, dass er wusste, dass ich da war. Aber er tat es nicht. Ohne in meine Richtung zu sehen, trabte er mit der jungen Stute über den Kies, mit weiten, eleganten Tritten. Er schien zufrieden.

Wieder lächelte ich, als ich spürte, dass Jannis meine Hand drückte. Ich sah ihn an.

»Alles gut«, sagte ich leise.

Sobald die Pferde verschwunden waren und die Fähre abgelegt hatte, liefen wir gemeinsam den Hügel hinunter zum Zaun. Auf dem Weg wandten wir uns nach rechts Richtung Ausgang.

»Ich bin ja ein bisschen aufgeregt«, sagte Max, und allein das klang so unwahrscheinlich, dass wir anderen drei anfingen zu lachen. »Was?«, fragte er grinsend. »Bald gehe ich auf eine neue Schule, da wird man wohl nervös sein dürfen.«

Linh lehnte ihren Kopf an seine Schulter.

»Und die viele Freizeit, die ich auf dem Land haben werde … Was macht man, wenn man hier was erleben will? Bei Dates oder so? Ist ja bestimmt nicht viel los, was?« Er sah erst auf Linh hinunter, dann über die Schulter zu uns.

Jannis schüttelte nur grinsend den Kopf, aber ich schlug vor: »Du könntest deine Freundin überreden, reiten zu lernen.«

Linh machte »Pfff« und drehte sich zu mir um. »Vergiss es. Ich hab den Prinzen. Behalt das Pferd.«

Lachend blieb Jannis stehen und zog mich an sich. »Lass denen mal ein bisschen Vorsprung.«

»Kein Problem. Was sollen wir in der Zwischenzeit machen?«

»Wie wär's mit …« Sein Gesicht kam meinem immer näher, seine grünen Augen, die Nase mit den Sommersprossen, die langsam verblassten, sein Mund. Es war, als könnte ich ihn jetzt, wo alles erzählt war und unsere Geheimnisse nichts Bitteres mehr hatten, endlich wieder richtig sehen.

Und fühlen. Sein Kuss war ganz zart, aber ich spürte die Berührung bis in meine Fingerspitzen.

Dann spürte ich noch etwas. Lachend öffnete ich die Augen. »Ich fasse es nicht!«

Es regnete! Fett und prall fielen die Tropfen aus den niedrigen Wolken und zerplatzten auf dem Boden. Innerhalb einer Minute waren wir klatschnass. Quietschend rannten wir los.

Der erste richtige Regen seit Monaten! Ich hoffte so, er hielt an. Dann wuchs endlich wieder Gras für die Pferde.

Am Ausgang war der Platzregen in ein stetes, sanftes Nieseln übergegangen. Immer noch lachend steuerte ich hinter Jannis auf das Tor zu, als ein Gefühl in meinem Nacken mich bremste. Mit einem tiefen Atemzug wandte ich mich um.

Da war er. Auf seinem Hügel, dort, wo er so oft auf mich gewartet hatte. Mein Kleiner.

Wir standen eine Weile da, im Regen, und sahen uns an. Ich spürte ihn, so wie ich ihn damals gespürt hatte, als er sich noch im Wald vor meinen Blicken versteckte. Das würde immer bleiben.

»Danke«, flüsterte ich.

Ein letztes Mal schlug er mit dem Kopf, dann machte er kehrt und war verschwunden.

Jannis wartete am Ausgang, als ich mich umdrehte. Langsam ging ich zu ihm. Er legte mir den Arm um die Schultern und küsste mich auf die Schläfe. Einen Moment lehnte ich mich an ihn, dann lächelte ich.

»Jetzt können wir los.«

Und als ich das Tor schloss, ließ ich die Geheimnisse des Sommers hinter mir zurück. Die schlechten und die guten.

Natürlich magellan©

FSC
www.fsc.org
MIX
Papier aus verantwortungsvollen Quellen
FSC® C083411

Wir pflanzen Bäume
Für unsere Umwelt
www.magellanverlag.de

Hergestellt in Deutschland
Gedruckt auf FSC®-Papier
Lösungsmittelfreier Klebstoff
Drucklack auf Wasserbasis

1. Auflage 2019

Umschlaggestaltung: Christian Keller
unter Verwendung von Motiven von iStock / anttoniu / Extezy / subjob / yod67 und shutterstock / Viktoriia Bondarenko
Druck: CPI, Leck
ISBN 978-3-7348-5040-0

www.magellanverlag.de